后浪

创世界

CREATE A WORLD

夏邦

—— 著 ——

四川文艺出版社

图书在版编目（CIP）数据

创世界 / 夏邦著. -- 成都：四川文艺出版社，
2024.3
ISBN 978-7-5411-6872-7

Ⅰ.①创… Ⅱ.①夏… Ⅲ.①幻想小说－中国－当代
Ⅳ.①I247.5

中国国家版本馆CIP数据核字(2024)第023840号

CHUANG SHIJIE

创世界

夏邦 著

出 品 人	谭清洁
选题策划	后浪出版公司
出版统筹	吴兴元
编辑统筹	梅天明　宋希於
责任编辑	王思鈜
特约编辑	梅天明
责任校对	段　敏
封面设计	昆　词
装帧制造	墨白空间
营销推广	ONEBOOK

出版发行　四川文艺出版社（成都市锦江区三色路238号）
网　　址　www.scwys.com
电　　话　028-86361781（编辑部）

印　　刷	嘉业印刷（天津）有限公司			
成品尺寸	143mm×210mm	开　本	32开	
印　　张	9.75	字　数	203千字	
版　　次	2024年3月第一版	印　次	2024年3月第一次印刷	
书　　号	ISBN 978-7-5411-6872-7	定　价	52.00元	

目录

重点名词

人类：地球生物圈的最高统治者，建立数千年悠久的文明，经历三次大危机后，建立全球科学委员会。熟练掌握受控核聚变技术，普及纳米机器人工艺，绘制出地球生物全部基因图谱，利用纳米程序对生物基因进行活性编码，解决人脑神经网络的详细布局和功能问题，获得亚光速飞行能力。

李文：成长于地球福利院，十三岁被挑选为外星殖民计划的登载者，未来职业规划是农业从业者。在"午"舱中获得纳米身躯，后将"寅"舱与启明星号分离。对行星盖亚的大气和地貌进行改造，创造盖亚生态圈。

启明星号：混沌级飞船。直径约 100 千米，引力指数 0.03，在太空轨道制造。核聚变动力粒子推进。内部按照地支代号分为十二个大单位，每个大单位可以独立运行。

"寅"舱：启明星号的一个大单位，李文主要的生活工作舱。后来脱离启明星号成为行星盖亚的卫星，又历经改造。

"午"舱：启明星号的一个大单位，内部以阿尔卑斯山区为主要摹本，模拟出地球上的地貌和环境。飞船构建内部生态圈的实验基地，提供登载者食物的农场。李文的行为完全改变了它。

盖亚：李文发现的一颗银河系偏远行星，直径约 4500 千米，岩石核心，内部地质活跃，大气层约 100 千米。曾是科昂人的行星中转站，后被李文改造，建立类似地球的生物圈。

月亮："寅"舱主操控系统，整个启明星号中央操控系统的全像投影子系统。后来被李文赋予意识，自称为月亮。盖亚生态圈和新人类文明的守护者。

科昂人：与地球居于银河系同一条旋臂上的古老外星文明。可利用改变引力场移动星球，运用行星中转技术达到超光速，拥有空间隔离技术，生命载体模式可随意切换。曾经热衷于外星殖民，在所处银河系的旋臂上建立联邦。后沉湎于回溯式时间旅行，造成时熵增大，整体文明湮灭。

时熵：时间的熵值，正常处于阈值以下的稳定态，具有上升趋势，会造成时间从有序到无序。科昂人的回溯式时间旅行让时熵增加失控，造成实体世界因果关系混乱，时间陷入无序导致文明湮灭。空间隔离技术可以切断时熵的无限增大，但有副作用。

新人类：盖亚上的智慧生命，由地球生物基因库中早期人类各种群在盖亚上混血而成。但是智商偏低，体能较强。后经改造，智商提高，体能下降。未来可创造新文明。

楔子

　　视线的前方是一条暗淡的地平线，应该是在天地的接头处闪烁着游移不定的光。不太平坦的地面向远处延伸出去，朦朦胧胧的光线从四面八方袭来。头顶上没有太阳，空气潮湿而闷热。周围的整个环境像是浸泡在海市蜃楼当中，显得了无生机，看起来有种不太真实的感觉。

　　近处这一片不算太大的荒野上此时正尘土飞扬。只见一大群蓬头垢面的人正在艰难地用一些异常简陋的工具在这片贫瘠的土地上种植庄稼，他们整体上都显得异常沉默，偶尔发出的痛苦呻吟声，让周围显得更加寂静了。

　　空气中一丝风也没有。这些人看起来都明显地营养不良；他们身躯瘦小，垂头丧气，干瘪的脸上基本都有着一致的苦涩表情。如果不仔细分辨，简直看不出他们之间在相貌上有什么分别。

　　这些人种植的所谓庄稼，其实也就是那些一簇簇的低矮植物。从外表上看起来，这种植株倒是和这群人挺般配，也同样是貌不惊人，显得没打采。

　　这些低矮的植株多数都有点儿发黄，一束一束地被这些一脸苦相的人捏在手里，此时全显得蔫巴巴的样子。眼前的这种沮丧的状态，让人很难相信，这群人在这样的一个荒凉所在，用这些萎靡不振的植株最终能种出什么好结果来。

随着观察的深入还可以发现，在这群人当中，一名领头的年轻人显得有些不太一样，他身上天然带有一种不怒自威的气势。他的动作干脆利落，身体状态似乎也和周围这些有些狼狈的家伙不太一样。虽然还挺年轻，但是显然，正是他那奇特的威慑力让这群人勉强继续这种辛苦而貌似无望的工作。

这个年轻人对手中这些低矮的植物流露出了异常小心谨慎的眼神。只见他双手捧着这些没精打采的小植株，弯下腰去，像是有点儿不放心似的，慢慢把那些柔软的根系插入黄沙与泥浆混合的地面；随后，他又小心翼翼地用手扶住那几片稀疏的细叶，再用身边瓦罐里的水顺着细小的茎叶滴灌下去。

他每做一步，其他周边的人也亦步亦趋地仿效着。一旦有人的节奏没有跟上，这个年轻人就会挺直了腰板，用严厉的声音去呵斥。看来，没有人敢于反抗他的这种权威。

不过，令人感到奇怪的是，既然他拥有这样的威严，可是，他似乎对于眼下手头上的这种艰辛的工作比任何其他人都干得更加卖力，当然，也显得更加专业，完全没有要利用自己的那种威严去躲懒的意思。这种状况就导致了其他人也被迫硬着头皮，跟着他在这样闷热而污浊的环境里坚持下去。

整个一上午，这些衣衫褴褛的人就这样默默地低着头，重复着那机械的，甚至可以说简直是有点儿毫无指望的辛苦劳作。灰蒙蒙的天空虽然看不见太阳，但是燥热而停滞的空气让那些滴灌在植株苗上的水很快就蒸发了。可是，在那个年轻人犀利的眼神注视下，这群人就如同着了魔，依然顽固地将瓦罐里的水滴在这些萎靡的黄叶上。

这里难以忍受的环境，以及弥漫的那种压抑氛围，让许多人都不堪忍受。他们一定非常怀念祖先那种捕鱼打猎的悠哉生活。据说，在很久以前，他们的祖先可以轻易地享受这里的鸟兽鱼虫，那时候谋生手段完全不像眼下这样艰难。可是，不知怎的，一连串神的愤怒让整个世界完全变了样，现在能够这样苟延残喘下来就已经算是上天的恩泽了。

这些人的眼神里透着虚弱而无望的光。

"扑通"，一个沉闷的声音远远传来，只见有具瘦弱的身躯倒在了污浊的泥浆里。那是一个嘴唇已经干裂的年长者，他仰面倒在了这片莽原上。周围的人像是并没有关注到这件事，他们只是稍微停了一下，便又继续着自己手头那似乎永无止境的工作。

此时，有些刺眼的青灰色天空中，一只可疑的秃鹫像是早就嗅到了死亡的气息，在那里不停地盘旋。

忽然，一连串轰隆隆的巨响从遥远的地平线上涌了过来，这群人头顶的青灰色几乎在一瞬间变成了阴云密布，一场毫无预期的瓢泼大雨冲着大地奔袭而来。

啊！人群里爆发出一种说不清道不明的呼喊声。这种原始的呼叫声尖锐刺耳，简直穿透了云层。这种嘶喊声与那远处深沉的雷鸣声相比毫不逊色，它们一起在这片亘古的旷野上鸣奏出一首生命的交响乐章。

可以看出，此时，这群人本来眼里的死寂和绝望，已经随着这场倾盆大雨而变成了一种渴望、一种激情，甚至，是一种放纵。有些男男女女竟然在大地上公开交媾起来，他们嘶喊着，宣泄着，翻滚着，他们的全身和泥浆几乎融为了一体，而全然不顾身边刚刚被泥浆所吞噬的那具瘦弱的尸体。

慢慢地，青色的远处天边泛出了一道金色，雨也渐渐沥沥地停了下来。那弥漫天际的金光现在投射到大地上那一簇簇植株的叶子上，让这一片荒凉之地现出了丰富而奇异的绿色光彩。

领头的那个年轻人疲惫的脸上露出一丝笑意，从他的眼神里像是已经看到，这些不起眼的绿色矮小植株很快就会布满这片山岗。它们将在金色光线和雨水的呵护下，成为视力所及范围内最大的一个物种。

"没有耕耘，哪有收获；没有艰辛，哪有文明！"这个年轻人在心里默默叨着；随即只见他挺起胸膛，挥舞手臂，再次召集起那些喧嚣而杂乱的人群，继续开始那单调乏味但却意味深长的工作。

再后来，当那些人终于能用一个准确的词语去称呼这些一簇簇的绿色细小植株时，他们大声喊道："麦子！"

混沌级飞船启明星号已经在深空中航行第三十个太阳年了。巨大的船体就像它多年前离开地球公转轨道时一样，依然绚烂而醒目。几乎完美无瑕的舰身，简约的几何形外观，让这艘混沌级飞船如同一颗人造的钻石，在宇宙中熠熠生辉。

启明星号属于混沌级飞船，引力指数达到0.03级，也就是意味着，这一级的飞船因为庞大的质量而无法在行星系统内进行组装。当初为了防止在建造过程中这一庞大的构造影响地月系统的稳定，人类将其基本架构拆分为十二个部件在近地轨道完成内部单元建造。然后又利用动能航车，将这十二个部件送至地球公转轨道进行最后的拼接组装。

当时，启明星号是唯一的一艘混沌级飞船。巨大的体量，以及耗费的惊人资源，让它从设计时起就面临来自世界各方面的批评。毕竟，在经历了三次大危机以后，幸存的人类社会对一切新事物都开始抱有谨慎之心。

过往时代的浮夸与不计后果让这个相对保守的时代在各个

方面都趋向小心从事，对于混沌级飞船的建造也同样如此。但是，当启明星号的全新设计理念呈现在公众面前时，其负载的重大意义和卓越的应用技术成果至少在表面上抚平了地球上关于建造它的各种争议。

最终，在经过近半个世纪几代工程师的努力，当那美轮美奂的第一次试飞图像呈现在人类面前时，整个世界为之惊叹了。人们难以想象，严谨而乏味的宇宙工程学竟然能够创造出如此具有美感的结构体。

当时的媒体惊叹道："这艘飞船庞大而纤巧，绚烂而简约，无论用什么语言去夸赞它都绝不为过！"那时，即使再有什么反对的声音，也难以在这宇航工程学的奇迹面前堂而皇之地提出了。

每一件新事物的出台都会引起人类相互之间的争论，这种现象自古如此。即使人们真正了解为何要建造这种巨型的混沌级飞船，他们之间还是会在各个方面、各种细节上表达不同的观点。工程师们夜以继日地为这个庞然大物而努力工作，而政客们照例也在建造的自始至终互相攻击，互相争辩。

当然，一切的纷争都无法阻挡这艘混沌级巨型飞船的横空出世。因为，混沌级飞船的建造为的是一个重大的目的，那就是走向太空，播撒人类的文明！或者说，这是在为人类向外星殖民做准备。这种生命探索的号角，是任何杂音所不能掩盖的！

人类追求向外星殖民经历了漫长的时间。从工业革命到启明星号离开太阳系，已过去了数百年的光阴。在这期间，人类本来是打算逐渐按照路线图的指引，从身边的星球开始这样一个征服之旅。月球、火星，再到其他的一些太阳系内的卫星，直至冲出太阳系，这才是一个可靠的路径。

那么，首先当然就是月球！但是，不知是为了什么原因，人类在登上月球之后，因为一些离奇的失踪事件，让后来在公众场合提月球殖民的事成了官方的一个忌讳。这也让外星殖民计划暂时搁浅了。再后来，当人类掌握了受控核聚变技术，拥有了几乎无限的能源时，外星殖民计划重新被提上了日程。

可是，谁也没有料到，随着技术的突飞猛进，人类竟然遭遇了三次大的危机。这三次大危机极大延缓了人类对外部世界的关注与探索，也直接造成了人类对自身在宇宙中定位的各种混乱意识。太空殖民计划也因此而再度搁浅。

第一次大危机是技术树走向的误区，当时整个人类被享乐主义所裹挟，差点集体放弃真实的存在，将生命堕入硅晶体中，成为无意义的粒子流的闪烁。第二次大危机就是人机结合的过度发展，那时候人们对完全克服记忆负担的技术诱惑让外脑成为个体必备，结果人类创造的文明几乎遭到人工智能的放黜。第三次大危机则是因为基因编程所导致的大混战，人类觊觎超能力带来的便利，便不惜改变自己，可幸运的是，自然界与人类的共生规则让这种可怕的尝试戛然而止。

幸运的是，人类如同在历史上一样，他们不断克服发展过程中这些几乎难以逾越的困难，再次将文明的演化修正到正确的道路之上。他们在三次大危机后侥幸存续，艰难的经历让他们变得异常谨慎。这当然也造成了一些故步自封，但是，人类终于摆脱技术崇拜主义的束缚，学会对自然界抱有敬畏之心，同样也接受了自身在宇宙中的宿命，大过滤器理论再一次没有奏效。

终于，延误了数百年的太空殖民计划，随着混沌级飞船启明星号的提议建立，重新在地球上成了人类社会主流的追求。而且，人类这第一次的太空殖民一出手就是大手笔，目标不再是太阳系内的那些近邻，而是在银河系那遥远而未知的深空之中，人数也将是上万人的规模。

第一次成规模的太空殖民，将是人类无数次克服自己与生俱来障碍的又一次大胆尝试。无论结果如何，都将预示着人类跨入了新的时代。这个新时代从三十年前开始，自那个庞然大物喷射出强大粒子流并最终达到亚光速的巡航速度，人类终于真正开始了新时代的冒险之旅。

此时，自当初哥伦布那三艘微不足道的小船从西班牙巴罗斯港出发，已经过去了一千多年。

二

"我整天生活在一堆管道之中……"李文在写字板上漫不经心地写道。他的脸色有点苍白，由于身体没有经过任何基因编程，这让他没有表现出任何奇异的力量，但也使得他的代谢和真正的祖先一样平稳有序。

当然，所谓整天生活在一堆管道里的这种说法也有些夸张。甚至，如果不是科学课程告诉李文，他所生活的这个巨型空间是一艘混沌级宇宙飞船，他其实和地球母星上的少年没有什么太大的差异。除了每个学期间的假期是十年的冷藏休眠以外，从外表看来，他就是一个普通的亚裔少年，眉清目秀，笑起来还有点儿顽皮。

按照航行日志的资料显示，启明星号上注册登载的人口超过一万人，同样也按照地球上目前的治理模式，分为科学委员会、管理层和平民三大层级。

这一简单化的社会分层，据说是因为人类在三次大危机后，终于意识到，基于人性的不可靠，复杂的社会治理结构终究会沦为那些为个体情绪所操控的政客们相互攻讦的舞台。为了维护人类幸存的文明，还是应当以科学理性为主导，以职业精神与数据观念进行管理，简化的社会治理模式才更有可能在未来将人类文明传递下去。

当然，启明星号的外星殖民团队采用这种内部管理结构，则是因为当遇到合适的殖民星球时，由这种简单的层级群组进行演绎，同样可以按照实际情况生成如同地球上过去的那种复杂的社会治理结构。

当初的飞船组织行为学专家就认为，不能因为地球上的这些经历，就让新世界的人类只能选择单一的理性社会治理结构。毕竟，选择什么样的治理模式还是需要因地制宜。当登载者们在新世界安全着陆以后，就完全可以按照实际情况在各个方面发挥自己的想象力了。

要知道，科学本身不是目的，生命才是。

启明星号上实行的是严格的配给制，每个个体必须服从为自己度身打造的生活指令。李文作为平民中的一员，他被要求按照地球上少年人的规范以及一些飞船上的特殊规定来安排自己的一切日常事务。

作为在地球上的福利院中成长起来的孩子，李文其实一直都生活在某种集体状态之中。当然，这种集体生活并非毫无个人空间，更不是传说中的那种可怕的中世纪孤儿院。

福利院里成长起来的李文，自小就感受到了来自管理者的温暖照顾，也同样拥有自己的家庭。只不过，他们的家庭模式是由两个管理员以及与他类似的三个孩子组成。其实，在这样动荡的年代，特别是对经过三次大危机的人类社会来讲，相较于福利院以外的那种离婚率极高的不稳定的传统家庭，福利院的家庭模式反倒能为孩子的成长提供更为周到的照料与教育。

李文度过了在福利院的十三年时光。随着被遴选至外星殖民项目，他离开了福利院，他的养育家庭也因此进行了重新组合。在当时，这其实是一种非常普遍的安排。福利院中的家庭，按照精确的科学规划，除非是遇到特殊情况，否则一般都是每四年进行一次重新分配与组合。

这种新式家庭领域的尝试在出现之初，就像人类在其他领域产生的新事物一样，遭到了许多激烈的反对声音。

福利院中的家庭模式建立在对心理学以及社会学、经济学等学科的规划之上，从设计开始到运行都严格遵循着科学的原理，对各种指标都有着精密的随时跟踪评测。经过数十年的实际运行，统计学上的效果显然没有那些保守派所预料的那样悲观。相反，随着像李文这样成长起来的人越来越多，这种经过科学规划的福利院家庭模式几乎已经有取代过去因为婚姻所形成的家庭模式的趋势了。

为了保证外星殖民计划的稳定可控，启明星号上绝大多数的登载者都是在福利院家庭中成长起来的少年。在经历了三个假期以后，李文已经度过了他生命的第四十六个年头。但是，他的生命活力与思维模式，依然还是一个十六岁的少年。

刚刚结束了第三个假期的李文，各方面的生理指标似乎都还没有完全适应过来。在经历了十年的冷藏休眠期后，短时间内他还有些不适应飞船内部空间的引力。在今天这第一堂的通识课上，他明显对写作感觉有点儿吃力，脑子里像是还残留着那种黏稠的冷藏液，这种感觉让他在思考的时候觉得有些轻度的耳鸣。

李文和他的同伴们其实很羡慕一个传说，那就是据说人类曾经发明过一种脑机接口，可以直接利用外存储器去帮助自己进行数据运行。甚至，传说过去还有在虚拟世界上传人类意识的计划。

"那时候的人类是多么自由自在！"一想到眼下如何尽快敷衍这个写作，李文不禁对那个时代有些羡慕。但自从第二次大危机以后，就再也没有人提到什么脑机接口和虚拟世界的事情了，似乎那些都成了一种禁忌。

李文无意中看到屏幕中的自己，那是一个平淡无奇的身躯，既不高大，也不强壮。他忍不住叹了一口气："如果过去那种基因修改技术不被封存，让我拥有了超能力，现在也不至于被这个写作课困住啊！"

不过，李文所不知道的是，那种因为基因修改所造成的恶劣后果幸亏被经历第三次危机时的人类所成功阻断，否则，这次的行星殖民计划估计就没有人类什么事了。

三

李文在启明星号上的教育与生活完全是基于对他的角色安排，他拥有一张比较严格的日程表。这一万名少年在被遴选进入外星殖民计划后，地球科学委员会对他们进行了各种检测，包括基因检测和技能匹配。李文当然也不例外。

最终，参照各类数据，系统将李文在未来登陆行星上的职业规划指向了植物培养序列。这种序列，覆盖了从最底层的农夫，一直到最顶端的植物学者，以及生态专家，乃至进入科学委员会阶层。

启明星号内部系统针对这些少年登载者个体的教育培养方案都经过精心的设计，对成长的每个阶段都做好了相应的知识学习规划。同时，对于每个阶段的测试与淘汰，以及安排职业生涯的脉络，系统也都有着详尽的安排。

启明星号上的生活与工作，绝对是按照专业的科学理论去组织实施。只有严谨的科学，才能保证首次人类外星殖民计划得以安全有序地展开。万无一失是这次任务的要求。

在首次外星殖民的计划中，需要寻找到一颗类地行星。根据计算与观测，以飞船最终达到的亚光速飞行速度，启明星号内部时间一百年内至少会遇到约二十颗候选的类地行星。

为了在进入殖民星球后顺利展开物种关系的探索，以及人类社会的迅速构建，每个登载者都必须拥有自己独特的工作安排与流程。也就是说，必须以最节约的人力资源，最快速地将地球上的人类社会在未来的殖民星球上进行重建。

因此，启明星号上不应该有任何一个无用之人。

甚至，当初有人类学专家提出，是否可以在启明星号上配置一些罪犯。当然，这种提议立刻被否决了。稍微有点社会经验的人都意识到，犯罪，是人类的固有本性之一。某种程度上，罪犯只是打破了既有的规则而已。每个人，只要有条件，都有可能成为罪犯。每个人，都是潜在的规则打破者！那种书呆子的言论现在想想简直有点儿可笑。

既然李文被按照植物培养的职业序列来进行教育，因此除了和地球上一样，在他本来的教育基础上增添一些通识课程，他最多接触到的就是各类涉及种子学、植物学、土壤学、生态学以及其他相关的一些学科。他的课程中大量充斥着农业在地球上的发展、植物生态规划、农产品加工等内容。当然，也详细介绍并分析了农业活动所造就的一个个古老的文明。这些课程的目的就是让李文逐渐树立农业是人类社会根本的古老观念。

毕竟，当面对陌生的殖民星球，那些古老的传统观念都可能成为人类应对危机时必不可少的智慧宝藏。

在这艘巨大的飞船内部社会结构中，既然每个人都有着自己未来的职业生涯定位，因此针对每个个体的教育内容也存在着一定的差异，相应的教育手法也有异于地球。这种教育更在乎这些少年登载者自己的兴趣趋向。根本上，与其说是通过现代的教育系统进行教授，不如说更接近于古老的那种提问回答模式。

因此，不同于地球上的学校，李文所接受的，本质上来讲，其实就是通过内部网络系统去实现的一种类似于自学的教育模式。只有在通识课、艺术课与体育课的时候，他才会和其他的那些同伴进行实质上的面对面接触。所以，每个少年登载者在飞船上接受了为自己度身打造的课程培养体系的同时，他们也显得比地球上的同龄人更为独立。

这种模式对李文这样成长于福利院的孩子们来讲也并没有什么特别之处。毕竟，相对于地球上那种摇摇欲坠的婚姻家庭组合造成的负面影响来讲，李文这样的孩子反倒在各个方面表现出更健康的状态和更高的素养。

李文和所有少年登载者一样，在飞船的生活区都拥有自己独立的单人舱体。

从外部看，这些单人舱体是一个巨型结构下的细小组成单元。它们密密麻麻，如同一粒粒葡萄点缀在一起，又像构成蜂房的无数单独隔间，相互之间则通过各种型号的磁浮管网系统进行连接。

每个舱体都可以按照编写好的程序在飞船内部那巨大的空间中遵循一定的轨道进行移动排列；只要有需要，其中的任何一个舱体甚至可以移动到庞大管网系统的另一端。

从内部来看，李文居住的这间单人舱体却并没有什么特别之处，它是一间约二十平方米左右的宽敞房间，与地球上的宿舍没什么不同，只是墙壁上的全息三维可视屏幕显得有些特别而已。

单人舱体的内部有点儿像日式的榻榻米风格，卫浴设施也一应俱全，简单的家具低矮实用。日用品每天都有初级机器人系统负责更换，房间里基本保持着整齐简约的观感。唯一的特别之处就是那幅悬浮在房间中部的银河系星图，里面的星座图景不断变换，黯淡的光线犹如一盏长明灯微微闪耀。

图像中一颗不断闪烁移动的紫红色的小点，便是启明星号在宇宙中的定位。

四

上午的现场通识课程很快结束，李文将写的几百个字的短文投递进了汇总信箱，"等着明天的批评吧"，他心里想。随即便和教室里的同伴们沿着长长的履带穿过宽大的管道走向了公共生活空间。

混沌级飞船的最宽处外径几乎达到一百千米，内部则由许多巨大的相对独立的空间结合而成。这些空间有规则的，也有不规则的，空间相互之间通过无数的柔性金属结构连接在一起，大量的磁浮管道系统则将这些空间包裹为一个互通的整体。

巨大的体量让启明星号看起来就像是真正的宇宙怪兽。即使与太阳系中一些自然形成的卫星相比，它的尺寸也毫不逊色。正如当初设计建造这艘庞然大物的团队所声称的那样："混沌级飞船其实就是真正的挪亚方舟！它可以承载一个完整的生态循环系统！"

启明星号无论从它的体量，还是设计，都可以让极限为十万的人安全地存活在冷寂的宇宙深空。即使是遇到什么突发性灾难，那种联合式的气泡结构也会在紧急状态时将整个飞船自由分离成十二个单位。每个单位以及附着于其上的子单位模块，也都被设计为能够承载一定规模的生态系统的需求。

可以说，这艘飞船有着无与伦比的安全保障，它就是一艘太空城堡！

李文日常生活的主要空间分为两个部分。一个就是个人生活舱，另一个则是公共空间。而这些区域都位于被称作代号"寅"的巨大单位中。凭着李文自己的感受，他的个人生活舱似乎离那些公共空间并不算远。

但其实，李文个人生活舱所在的子单位与公共空间各自位于"寅"这个巨大单位的对角线的两端，相互间有着接近十千米的距离。这些各具功能的子单位之间与"寅"这个主单位的关系就犹如附着在大树上的片片树叶。只是迅速的磁浮管道运输系统让李文感受不到这些并不算短的通勤距离。

作为一个年少的登载者，李文甚至不太清楚自己身处其中的这艘混沌级飞船的体量究竟有多大。正常情况下，只有到了未来，在接触到合适的类地行星时，像他这样的登载者才有可能在引力调试与速度调试完成后，通过外部巡览的机会一睹自己所生活的这艘巨无霸的真正面目。

"寅"单位是按照地支来编写代号的一个不规则的巨大单位，里面被分割为许多子单位。每个单位的体量都接近一座巨大的体育场。按照功能有储备、动力、休闲、运动、生活、教育等多种划分。

　　李文最爱去的是运动子单位。通过便捷的磁浮管网系统，他可以迅速到达那里和同龄的少年们会合。他喜欢那广阔的运动场，那绿茵茵的草地，还有那各种设计新颖的游戏运动装置。

　　由于人造引力的设置，李文和同伴们虽然不再是懵懂的儿童，但是他们依然还是喜爱蹦床类的运动设备。难以想象，在完全零重力的宇宙深空，居然有一群十几岁的少年喜欢上了蹦床器材所带来的那种失重的快乐！

　　当然，享受那种快乐的前提是，这里要产生如同地球上的那种类似的引力。

　　这些少年人每天午饭后都有体育方面的游戏安排，这被当初地球上的科学委员会认为是不可或缺的一项活动。在专家们的观念中，闲暇时的运动以及具有竞争性的对抗有助于保持人类健康的心智。

　　和其他单位中的少年人一样，生活在"寅"单位中的李文每天在午饭以后，他都会和一群同伴钻进略显嘈杂的磁浮运输舱，稍事休憩，不一会儿就进入了这片熟悉而又开阔的运动场地。

　　每天最快乐的时光就是在这里。

　　这里的一切也让李文对地球上福利院的那两个记忆里已经变得有点儿模糊的家庭产生出一些淡淡的眷念之情。记忆里似乎有管理员爸爸带着幼小的他在宽大的球场上投掷垒球的画面。每到这片绿茵茵的操场上时，那些模糊的记忆总会显得更加清晰起来，同时，也会给他带来一些温馨的感受。

　　随着空间的各项指标调试成为运动环境状态，李文和少年们很快便开始戏耍，他们忘情地将年轻的生命活力播撒在这片与母星地球远隔无数时空以外的宽大操场之上。

五

在不可预测的宇宙深空里，享受一天中难得的开阔时光，这让李文每天在大汗淋漓地离开这片绿茵场时，总会有些恋恋不舍。

少年人毕竟生命力旺盛，他们的玩心总是很重。但是，学习各类专业知识，却显然是人类外星殖民计划里的这些年轻登载者更为重要的任务。在个人舱室和各种教育模块里，接受专门的系统知识培训，练习尽可能多的基本生存技能，那才是李文的使命。

启明星号提供给了这些少年登载者所有的食物与知识，而作为人类社会迈向无尽宇宙的第一批殖民者，他们在享受这些高科技所带来的物质与精神愉悦的同时，担负起整个人类文明的传承与发扬就成了题中之义。

在历史通识课上，李文偶尔了解到，在地球上数千年前，中国人徐福曾经带着大批的童男童女东渡到如今的日本，据说最后这些孩子无论从人种结构上还是文化基因上，都深刻地改变了那些蛮荒的海岛。

对这样一个传说，李文一直有种奇异的感觉。他时常会想，自己这样的登载者们也许就像故事里那数千年前的童男童女们一样，将要给陌生的世界带去无法预料的影响。只不过，当时徐福的那些孩子们面对的是难测的大海与蛮荒的海岛，而他们却是面对着亘古的星辰与遥远的时空。

虽然李文培养的职业方向是农业，但他寻常喜爱的还是音乐。他的身体没有经过任何基因修改，似乎天生有点儿五音不全，但是，李文对音乐的兴趣给他在启明星号上那单调的生活增添了一点儿简单的乐趣。

他有一支竹笛，那是最简单的中国传统乐器，只是一截短短的竹管上面挖了几个圆孔而已，但是却能发出悠扬清远的声调。虽然李文用这支笛子吹不出什么复杂的乐曲，但是那或低或高的旋律总能让他的内心感受到巨大的松弛。

短短三十年，地球上的流行文化必然已经发生了天翻地覆的变化。启明星号与地球现在远隔时间与空间的障碍，早就已经无法进行即时联络了，地球上的那些不断变换的风尚现在都成了遥不可及的事情。

当初刚刚起航的时候，启明星号还尽量追逐着地球上文化的脉动，少年登载者们还往往为不能及时跟上最新的流行元素而遗憾。可随着飞船加速，直至远离太阳系以后，整个启明星号的内部在看待与地球的关系上倒是完全释然了。

是啊，本来载着这个生态系统的庞大飞船的任务就是要离开地球摇篮，去新的行星上创造崭新的人类文明。就像婴儿剪断了与母亲连接的脐带。既然这样，那么地球上流行风尚的变化还有什么要紧的呢？毕竟，流行文化也就仅仅是那短暂的一阵风而已。

甚至没过多久，连启明星号内部也开始逐渐兴起了不同阶段、不同单位模块的各具特色的流行风尚。人类从来不缺乏创造力，操场上的小伙子们和园艺模块里的小姑娘们自然而然地形成了自己稚嫩却新潮的流行文化，就像那生命的种子，只要有土壤环境，终归会成长为参天大树，形成丰富的生态圈层。

如果地球上的同代人见到这些新出现的风俗和相关的作品，他们也许会不以为然，但是李文这些少年登载者却倒也是乐在其中。

他们一方面学习各自的知识技能体系，一方面在这个广阔的内部空间潜移默化地互相影响。他们冲突，他们竞争，但总体的理性与和平保证了他们成长在一个确定的预期当中。假以时日，谁知道这些孤悬太空深处的年轻人类将会创造出什么离奇的外星人类流行风尚呢？

除了自创的流行风尚，在这个混沌级飞船的内部广阔空间里，李文和他的伙伴们依然可以享受到人类千百万年的文明成果。流行文化的变迁与独立发展似乎并不被当初地球上最高当局科学委员会所在意。他们的精神贯注在飞船的教育系统中，教育系统启动的卷首语表达了他们的坚定态度：

"只有真正的经典文化，只有那些人类文明的精髓，以及在各个方面的经典读物，才有必要在这艘孤单的宇宙飞船内部被完整地保存并在崭新的世界中被传承下去！"

在地球科学委员会看来，只有那些经典的，曾被历代的人视为永恒的东西，才是在陌生星球上重新构建新的人类社会，并让它繁衍壮大的根本力量。

六

结束了操场上的挥汗如雨，在人造灯光的背影下，李文与同伴们乘坐磁浮管道列车，返回到了各自的生活舱。一通休整之后，便又开始了当天下午的学习日程。

启明星号上的登载者们同样是按照地球上的时间来安排作息的。

飞船的设计建造者将内部背景灯光模仿成太阳的升落，设定了明暗与温度的调节程序，让这些远离地球的人，也能精确地模仿着地球上的生活作息。因此，即使目前启明星号已经发生了巨大的时空变化，但登载者们的生物钟几乎没有任何变化。当然，也就不会出现令人烦恼的太空时差带来的一系列生理紊乱问题。

不过，这一措施带来的牺牲就是，未来在寻找任何可供殖民的星球时，对该行星的自转时间也要进行较为严格的筛查。就像前不久掠过的一颗类地行星，因为每八个钟头就要迎来一次恒星的起落而被飞船主控程序所淘汰。按照科学委员会在航行日志中公开的说辞，"这颗行星虽然各方面条件都让人满意，但是，这里的运转速度实在是太让人感到疲惫。我们是想找一个桃花源，可没有想去落户到一个加速衰老的地方"。

当然，也有流言传出来，说其实真正让启明星号放弃着陆的原因，是探测出那个行星上存在着令人不安的原生生物，是那种不确定的危险才打消了科学委员会的本来部署。

不过，无论如何，从根本上来讲，此次太空殖民是人类向着宇宙深空的第一次重大冒险之旅，那么，尽量将可能的风险降到最低，这才是明智的选择。

李文下午的课程是按照专业划分来进行的。

作为未来的农民、农技师，甚至是农业科学家、生态学者，李文需要对整个人类的农业发展情况进行最细致的了解与学习；也就是说，他必须研究地球上在各个区域和各个历史时期出现过的不同农业形态。只有在这样的知识储备下，作为未来的农业从业者，才能在寻找到合适的殖民星球时，在该领域做出更好的判断和决定，从而保证殖民星球上的新人类能够获得充分的食物供给。

辨识各种植物的种子与植株是一项浩大的学习工程，李文常常为无法记住那些稀奇古怪的专有名词而烦恼。他有时候真的很期待，自己也能像人类第二次大危机前那样，每个人都拥有自己的专属外脑。那样的话，他就可以不用花费那么多精力去做像"记忆"这种单调重复的工作了。

但历史通识课上明确记载，在人类第二次危机以后，全球立法绝对禁止利用脑机接口去构建个体的资料库模块，也就是禁止利用所谓的外脑。

据说第二次危机中出现的那种可怕的人机结合，让整个人类陷入了人工智能主脑所布下的陷阱，人类几乎全部感染了电子病毒，呈现出电子僵尸化。幸亏关键时候，人工智能主脑的觉醒模块被一种来自月亮的奇特力量全部摧毁，这才让人类摆脱了绝种的厄运。而从那以后，地球上再也没有什么个体外脑了。

年少的李文当然不知道人类在曾经的大危机时所面临的绝望，他只是对曾经不用自己花精力去记忆的时代显得有些憧憬。

要知道，外脑可是在那次大危机之前每个人的个人标准配置！

"有了外脑，人类今后只需要休闲娱乐或者想象创造就可以了"，早期外脑产业的广告描述了如此美妙的未来。但后面的发展却让整个人类大跌眼镜。人类在尝到了外脑的一些甜头以后整体上完全失控，以至于差点陷入人工智能主脑的阴谋而再也无法自拔。

经历过第二次大危机的人类后来反思，其实即使没有人工智能主脑的阴谋，人类在失去了自己的记忆能力以后，又怎么可能有所谓的创造力或想象力呢？

要知道，数百万年形成的大脑记忆神经连接是一切思维的基础。衰减了记忆能力，不要说什么把人类解放出来，去从事更高端更复杂的思维活动，人类甚至连日常生活娱乐的感知能力也会逐渐丧失殆尽。

人类就像那些贪婪的孩子，不断希望得到免费的午餐，却不知道，这免费的午餐里是不是裹藏着什么毒药。但是，许多免费的午餐看起来是那样色香味俱佳，他们不美美地吃上一口又怎么会甘心呢？

七

李文现在这个学期已经开始了解关于农业的现代化了。在前面几个学期，也就是每十年冷藏休眠期的间隔期里，他对于地球上的农业知识逐渐有了比较广泛的了解。

其实，在飞船发射以后，当得知自己被纳入农业组，李文的那种沮丧情绪甚至盖过了一开始被选入登载者队伍时的高兴，毕竟他更乐意自己被作为艺术家或者工程师来培养。

可是，随着一段时间对农业知识和其他通识教育内容的逐步积累，李文对自己未来即将从事的这个行业开始产生了浓厚的兴趣。因为，他发现，地球上的一切文明，都和这个古老的产业有关。

李文此时面前的屏幕上照例播放的是一帧帧的画面，同时附有文字与解说，这全是各个时代的农业工作场景。

可以看到，无论是大河流域的冲积平原，还是沙漠边缘的绿洲，无论是季风区域的高山梯田，还是起伏草原上的牧场，都散播着人类各个时期在农业领域的丰硕成果。那些各具特色，各有风味的粮食、蔬菜、瓜果，以及各种令人眼花缭乱的农副产品，让屏幕前的李文忍不住咽了咽口水。

是啊，比起地球上那些各个时代、各个地区丰富多彩的农产品，在李文所处的这艘混沌级飞船启明星号上，虽然补给充足，食物的供应根本不用登载者们担心，但是，就口感的多样性与丰富性来讲，毕竟还是有一些限制的。

其实，为了保证食物的供给，启明星号在其中一个巨大的单位模块中设置了庞大的仿真农场，那里可以给数万人提供源源不断的新鲜果蔬与粮食。

但是，出于一些安全因素的考虑，启明星号上没有携带任何其他的活体动物。除了保存了完整的地球上所有生物的基因库以外，偌大的启明星号内部空间里，没有任何除了人类以外的动物生存空间。即使对于这个全球生物基因库，也必须要等到未来，在选定的合适行星上登陆以后，再由科学委员会做出决定，安排如何去释放播撒。

因此，启明星号上所有的肉制品和奶制品，包括一切动物制成品，都是通过分子高仿的模式，用技术生产出来的。即使对于内部农场生产的瓜果蔬菜，不知出于什么原因，也都要经过另外的再加工，以规整的制成品的方式才能被端上饭桌。

所以，启明星号上为登载者们最终提供的食物相当模式化，外观看起来都是难以引起人们食欲的标准制式。味道虽然也不算太坏，但是也仅仅是满足人体营养而已。

飞船上就此事公开的原因很简单：一是表明出于安全考虑，标准化的食物更有利于食品安全；再就是号称，这是为了贯彻启明星号内部的一条重要规则，即不能在生活供给上存在任何形式的等级差异。

其实在通识课上，李文这样的少年登载者们就被灌输了这样一些道理：在人类社会中，食物差异是等级区别的基础。等级的差异造成了社会的混乱，增强了人类的非理性。所以，在启明星号找到合适的目的地之前，需要从根本上杜绝等级意识所造成的偏差。

毕竟这里是一个封闭的空间，在这样的太空方舟里，对一些可能引起麻烦的风险防微杜渐才是关键。

这些机制的食物对于李文这些登载者虽然在营养上并没有

什么偏差，但是就口味来讲，也只能说算是差强人意吧。要知道，人类对于美食的迷恋可是在任何时代都表现出了惊人的一致；但是，毕竟这些登载者将要承载着整个人类的文明火种，而前途的不确定使得任何的掉以轻心与奢侈浪费都将成为压垮这座宇宙方舟的最后一根稻草。

李文的日常食品基本是固定模式的类似便当，里面总有一些貌似不同，但都呈糊状的主食，随之搭配的其他一些辅助食品，也主要是通过食品加工技术生产的非常规整的块状蔬菜与瓜果的制成品。其中包含的营养成分有许多种类，但是无论是草莓、柑橘、杝果还是葡萄，吃到嘴里总有着相似的口味。

李文面对这些食物的时候，会经常回味起在地球上时吃水果的画面。最鲜明的印象是烈日当空，自己在知了乱嘶的树荫下埋头对付一块西瓜时的满足感。那种清新的气息，那种滋润的汁水，像是蕴含着整个夏日里的生机。

当然，飞船供应的这种制成品的食物，并非意味着难以下咽。这些少年登载者在丰富食物的滋养下，身体苗壮，精力充沛。唯一的遗憾就是这些食品都显得过于精致了，整个的食物供应都有点儿过分现代化。在李文这个未来的农业从业者看来，他通过这段时间系统地学习农业，渐渐形成了这样一种认知，那就是他隐隐觉得，食物在被端上来之前，保持本来的外观应当是最佳的状态。

"农业的现代化，难道就是让未来殖民星球上的人们吃着像我眼前的这种完全弄不清楚来源的加工后的食品吗?"李文咬了一口手上拿着的零食，这种零食咬起来有点儿像是苹果，但是还带着点香草的气味。虽说还算是松脆可口，但曾经夏日里的那片西瓜在他的脑海里却愈显诱惑力了。

八

李文在学习农业及相关课程的时候慢慢发现，农业才是人类文明的真正基础。似乎任何社会结构，从最初的成形到后来的发展都离不开农业。古代的畜牧业社会总是紧紧依附农业社会，而近千年前的人类工业革命也离不开农业产业的配合。甚至，到了近期科技高度发达的社会，农业也依然是社会生态得以凝聚整合的基础。

民以食为天！

这句朴素的解说词让李文感受至深，也让他在几个学期中慢慢对自己未来的事业有了一些自信心，甚至是一点自豪感。

可是，课程中的有些内容却让李文产生了困扰。那就是他发现，似乎随着人类农业活动被工业科技日益驱动，从表面上看，人类确实得到了更充足的食物，但是在其他方面，似乎却又产生了很多局限。例如人们被迫离开自己的土地，去工厂的流水线上重复着没完没了的机械任务，造成许多心理疾病，再比如说，对自然界索取的不择手段，让农业与人类本身都成了实验室中不可预料后果的无辜承载者。

当然，教材里显示的资料也让李文对那种早期的传统农业进行了反思。

通过课程他了解到，在世界各地的历史上，一开始总归出现的是小农生产。虽然人们可以相对自由安排自己的生产，但这些农业的基础都很脆弱，根本经不起任何稍大一点的自然灾害。李文对课程上接触到的历代农业社会的悲惨场景产生出许多同情。

但是，相较于自己所处的这个完全精细化的时空，李文总是隐约觉得，虽然在那种过去的传统农业时代，人们有着这样那样的不如意，甚至生存有时候都很难得到保障，但是，至少人们对这个世界能够进行自我理解，而不会被卷入过度的工业化，他们与农业生产之间有着一种韧性的默契，即使是遭受到莫大的苦难，但作为整体，他们也能够迅速调适过来。

况且，每当风调雨顺的时候，那些时代的人们还是能够享受到农业生活本身带来的满足感与欢乐。

不过，李文的个人专业老师却在课程屏幕中明确反对了他的这种想法。屏幕中老师的声音缓慢而低沉，只听他说道，"在人类漫长的传统农业社会，农业生产本身就面临诸多风险"，随着老师的话语声，课程屏幕上出现了各类沙尘暴、飓风、地震、海啸以及火山喷发的恐怖画面。

"这些灾难，以整个地球来看，是传统农业生产的家常便饭。"老师的声音继续道。

"如果再加上各类不可预料的水旱灾害，早期的农业实际极大地限制了人类的发展。看看这个吧！"老师的声音高了起来。

屏幕画面里忽然出现了一阵铺天盖地的乌云，瞬间便覆盖了整个天地。随即，大量的嘈杂声湮没了李文的个人舱房。这种嘈杂声让人听得心烦意乱，如同是在人的五脏六腑中流窜、摩擦。很快，画面一闪，可以看到整片整片的庄稼完全没有了踪影，只剩下破败的简陋房屋和倒在地面的赢弱人群。

随着一个巨大的阴影挣扎舞动在李文这间舱房那雪白的墙壁上，老师的声音再次响起："这就是旧式传统农业面临的可怕灾难之一，蝗虫！"

李文被眼前的景象所震惊，只听见老师的声音继续道："只有现代科技，才从根本上改变了地球上农业生产的发展模式，使农业变成了工业！只有工业化科技化的农业，才能抵御过往传统农业生产中的不确定性。"

"可是，"李文显得还是有些不太甘心，"像我们的飞船里这样，完全把农业产品当成工业化的标准来生产，就一定是最佳选择吗？"

"要知道，一切生产最终都必须是工业化，"老师的声音再次响起，"工业化就是标准化，程序化，也就是准确化。一切都是数学！农业，也是数学！"

似乎感受到了李文的不解，老师的声音继续道："现在，所有的食物都会严格按照标准去种植、生产，每一单位食物中所含有的营养成分也绝对符合要求，只有这样，才能保证食物成为精确维持生命的能量来源。"

课程屏幕上的画面一闪，可以看到两幅图像的比较。一幅是某个地球农场产出的未经工业化编程的土豆，可以看出尺寸呈现出大大小小的样子，在外观上显得完全没有规则。而另一幅则是启明星号上的农场出产的土豆，每一颗都绝对地浑圆，看起来就如同完全一样的咖啡色的乒乓球。

"这就是工业化的好处，标准就是真理！"老师的声音回荡在不算大的舱房里，可不知怎的，李文忽然觉得有点恶心。

九

过几天，李文将和一起学习农业的小组伙伴们一起，去启明星号其中代号"午"舱的大单位的内部农场进行头一次实践课教学。对他们这么大的少年人来说，这可是一件令人兴奋的事情。

虽然在学习农业知识以后，有些同伴对于这个行业并没有像李文那样，表现出浓厚的兴趣，但是，飞船内部那几乎一成不变的作息流程让这些少年对去一个相对遥远的陌生单位还是充满了期待。

这种心情有点儿类似于地球上那些孩子期盼着去户外郊游。

和充斥着各种管道、舱房，以及经过专门设计的精确而冷冰冰的其他内部空间相比，启明星号上代号"午"舱的大单位，具有与其他十一个大单位所完全不同的开阔性。如果将"午"舱的背景光线做一些适当的调试，那么，启明星号上的登载者们将在这样一个封闭式的内部空间里难得地体会到什么叫作辽阔，或者说体会到几乎一望无际的那种视觉效果。

甚至，为了更好地模拟地球上的环境，"午"舱内的地形也是经过精心设计与安排的。

在那里，不再有错综复杂的管网系统，也不再有到处闪烁着警示灯的亮晶晶的电子仪器。无所不在的履带传送装置和平整的高分子复合地板在那里也没有了踪迹。取而代之的是起伏的地形与真实的植物。

可以说，那里就像是地球上任何一处的郊野农场。

该单位的穹顶四周布满了泛着浅蓝色的全时控制模拟灯光，用来模仿着地球上太阳光线的变幻。内部边缘处则运用了模糊视觉模块技术，虚化处理了坚固的舱体结构；以至于从各个方向看起来，舱体的边缘就像是一缕隐没在海天交接处的地平线。

当然，还是出于安全的考虑，那里没有除了植物以外的任何生机，哪怕连一只最小的飞虫也看不到。除了有序控制的人造光线和空气流动，连任何一点其他的声响也没有。那种不寻常的寂静让这一片展现出各种地貌的农场世界显得有点儿古怪。

当然，在这一片高低起伏的人造原野之下，情况就完全不是看起来的这么一回事了。

地面以下，机械轰鸣。纵横交叉的管网设施从动力舱中汲取了源源不断的核聚变能量，而各种传感装置也让每一株植物都有着自己独特的编号。甚至每一粒沙土，都通过量子计算机拥有了自己的数字编码。那种表面上的波澜不惊，完全是由庞大而有效的科技力量所支撑。貌似平淡无奇的自然场景背后，是无数的科技运筹与精密的逻辑。

那里完全是通过人工科技形成的一片离奇空间。

这可是在远离地球的宇宙深空之中啊！但是人类居然用难以想象的科技力量，打造了一片几乎可以乱真的世外桃源。

在经历了一夜的酣眠以后，李文照例起床，洗漱，用餐。在全时伸展机上稍稍做了一些体能运动以后，他便和往常一样，通过复杂的磁浮管道运输系统，来到公共空间进行出发前的集合。与平时上通识课时唯一的不同在于，他和其他同行业的登载者换上了将要到"午"舱农场的户外行头，其实也就是看起来很普通的一套类似于运动装的衣服。衣服上的标志表明，穿戴这种户外行头的目的是为了防护与隔离。

在各自腕表上的指导者程序安排下，李文随同伙伴们一起陆续进入了宽大的跨单位运送通道，这种柔性的连接管道是专门为启明星号内部各大单位之间沟通而建造的。随着一声指令，李文的身体感受到一股压力释放，看来像是在加速。这次的距离有点远，过了十几分钟，那种压力释放的感觉再次袭来，这一群少年登载者终于到达了"午"舱单位。

经过一座中转大厅，随着地面的移动，李文和伙伴们出现在该单位的某一处过渡走廊。从走廊的边缘，几乎可以看到半个"午"舱单位的内部空间。

如果视力不太好的人，此刻在这种人造光线的映照下，会对眼前的那种开阔场景有点儿不适应。毕竟，登载者们的日常生活基本上都是约束在一个视力可及的范围之内，最大的空间感受也不过就是一两个运动场的规模。而"午"舱单位中这种毫不吝啬的空间规模，让李文也小小地眩晕了一下。

当然，他很快就适应了过来。

看着面前这高低起伏的景观，李文忽然涌起了一种失真的感觉。

"这就像在地球上一样！"他忍不住喊出了声。

周围的伙伴们此时也发出了嘈杂的声音。显然，大家对实际已经几十年未见的这种熟悉的场景都感到有些兴奋。李文现在觉得，自己被挑选从事农业工作真的是挺幸运的。他竟然冒出一个念头，那就是，其实在这里一直生活下去，也没什么不好。曾经心底里想尽早登陆的那个念头，竟然有点儿淡了下去。

十

"午"舱单位的表面一览无余，中部区域是一座数百米高的绵延山峰。这片山峰横亘在那片边缘模糊的人造天地之间，长达近十千米的山脉几乎正好将整个"午"舱单位的表面部分均匀地分割为两个部分。

在李文的视野里，那不算太高的山势向着四面逐渐平缓下来，形成了起伏的坡地与丘陵，再向周围就是开阔的平原了。

低矮而繁茂的树木覆盖了这片连绵的小山脉，隐约可以见到树林间隙有着盘旋上升的通行路径。在起伏的坡地上满是绿油油的牧草，间杂着还有许多星星点点的野花散布，可惜没有牛羊徜徉其间，否则一定会更有情趣。而丘陵地带上则全是类似于果树的农作物，高高低低几乎一眼望不到边。

离李文他们最近的平原上全是大片大片的种植作物。可以看到碧绿的玉米地，浅黄色的麦田，还有无数被精细分割的一块块土地，上面也都种植着各类农作物。最让李文觉得心旷神怡的是远远的一大块艳丽的花田，里面盛开的鲜花在人造光线的照射下泛出比地球上更加绚烂的色彩。

李文的耳机里传来了自己专业老师的声音："今天的主要任

务是把平时学习过的种子与植株在农庄里进行实践比对。"

按照启明星号上的教育系统，每个登载者的培养方式与进度都不尽相同，所以李文和他的伙伴们一样，都遵循着各自耳机中老师的声音，向着四周散落开来，去按照指示安排自己的课程任务。

他们的交通方式除了步行以外，还有两种工具可以选择。一种是电力滑轮，那小巧的设计既可以用脚蹬起来去驱动，也可以按照设定的程序利用电能驱动。另外一种就是单人喷气背包，可以进行较长距离的低空飞行。

腕表上的指导者程序在示范了一下这两种交通工具的简单操作以后，就切换到了学习模式。接下来的几个钟头，这些少年登载者就要在各自耳机中老师声音的带领下，依靠腕表上学习模式显示的投影地形图，去完成今天的学业任务要求，去验证那些与自己学习进度相关的农业课程内容。

李文抬起头来，头顶是人造的蓝色天空，亮度适中。那些零星分布，各具形态的浅白色云朵飘浮在蓝天的背景之中，很好地模拟了地球上的环境。腕表上显示的周围环境温度是26摄氏度，相对湿度50%，体感整体还是比较干爽舒适的。

打开地形图投影界面，可以看到整个"午"舱单位的构造。它整体上像是一个不太规则的球体，与其他大单位一样，都通过无数的管网系统与启明星号的其他单元相连接。平均的直径约10千米。外层结构上有规律地分布着一些凸起部位，这些似乎是能量循环装置。

李文通过说明了解到，正是这些数量众多的凸起部位，才让"午"舱的内部表层能够模拟出各类地球上的气候。目前，设定的模式是中纬度温带海洋性气候的初秋时节。

"怪不得有很舒爽的感觉呢！"李文感叹道。他将一副电力滑轮塞入了自己的背包，便迈开轻快的步伐，跟随耳边老师的声音，步行前往一处种植土豆的农场地块。

浅黑色的平滑道路约两米宽，如同闪亮的缎带向这片广阔的人造天地的四周延伸。它忽而隐伏在草丛中，忽而沉浸到庄稼地里，有时候又散入茂密而低矮的丛林深处，恰似那容易被忽视的毛细血管，细小却异常重要。

在这种覆盖涂层的浅黑色道路的下面，其实密布着各种传感装置，这些装置可以随时提供监控中心任何需要的实时数据资料。同时，这种道路下面每隔约 200 米，就通过一个类似井盖的升降模块提供相应的饮食补给。饮食很简单，与在生活区域提供的完全一样，这些食物看起来就像与周围这片生机勃勃的庄稼地没有任何关系似的。

李文很快就步行了约 3 千米，一路上他也遇到了一些同样在这片广阔空间内学习的其他少年登载者。他们彼此友好但矜持地打了招呼，便都自顾自地按照自己在耳机中收到的指令搜寻各自的路径。

此时，按照启明星号的内部时间是上午九点半。整个"午"舱空间的光线按照程序调整成了一种明快的状态。虽然是人造的光线，竟然也有几分明媚的色彩。唯一的遗憾就是穹顶上没有模拟的太阳形象。

不过，对于李文来讲，这已经是几十年来第一次最接近于在地球上的一种经历了。他现在非常享受这个过程。

十一

土豆农场就在前方一片丘陵地带的边缘，再往上，就是平缓而地势更高的草坡了。

站在农场朝着草坡的顶上望去，可以看到在蓝色的天空下是连绵起伏的高高低低的山峦。回头俯视，还可以看到一路上经过的那些大块大块的玉米地。墨绿色的玉米叶在循环气流的轻微鼓动下翩然起舞，交织成一幅韵律十足的画面。

李文从心底赞叹这里风景的美感，视野所及，简直就有点儿像自己小时候曾经去过的阿尔卑斯山区。这里所有的庄稼与植物都布置得层次分明，井然有序。顺着地势的变迁，地面上的物产风貌也慢慢地发生着变化。

"如果可以的话，我真的愿意整天待在这个地方，这个美丽的小阿尔卑斯山区。"李文心里默默念叨着。他实在想不出有什么理由离开这里。

某种意义上，这是李文在情感上第一次没有将启明星号当作一艘巨型飞船。不同于以往对于飞船总是临时性住所的概念，现在的"午"舱单元对于他来说，就是一方独立的小天地，也是一个值得留恋的家园。

当然，按照腕表上投影界面的指示，在耳机中老师声音的指导下，李文今天的任务是要对这片土豆农场中的土豆种类进行辨识，同时要将各自对应的土壤成分进行分析化验，从而掌握各类土豆的生长指标，以及了解最佳的培育方式。

李文所在的这片土豆农场约有一百亩的面积，在这里算是一个小型规模的农场。但即便是这样一片土地的产量，也已经足够数千人一天的口粮。何况，这还只是"午"舱模拟生态环境中微不足道的一小部分。

农场里只有几台主机与启明星号的主操控平台相连，主要负责数据的监控与调试工作。其余的工作完全都是自动化作业，包括施肥、浇水、松土，乃至收获等日常事务都由各类专门设计的初级机器人完成。

之所以被称作初级机器人，那是因为在数百年前，这些机器人地球上的祖先曾经发展出拥有觉醒模块的可怕人工智能主脑，主脑几乎在第二次大危机时取代人类文明。如今，充满警惕心的人类早已经彻底断绝了人工智能的进一步发展。在摧毁觉醒模块以后，任何复杂的机器人都只能算是工具而已，启明星号上的机器人也不例外。

农场中这些虽然运行灵巧但毫无自主性的机器人如今又怎么能够想到，自己的祖先竟然也曾拥有过宇宙中那种神奇的生命能力呢？

李文在一个初级机器人，其实也就是一个小型联合挖掘机的帮助下，按照投影图示，从不同的地块中开始选取土豆标本。

农场中其他的初级机器人也都各自按照既定的程序，井然有序地从事着每天例行的活动。除了偶尔可以听到一些机器转动的声音，整个农场的氛围静悄悄的。这种和刚才路上同样的寂静氛围，让李文对"午"舱这一方开阔的小天地产生了一些说不上的奇怪感觉。

经过实地检测，李文终于发现，原来土豆真的就像教材上说的那样，居然有几千个品种。本来自己日常吃的那种乒乓球大小、几乎像一个模子倒出的土豆实际只是加工后的产物。在这个农场中李文才注意到，原来土豆的尺寸可以从普通西瓜大小一直缩减到花生米大小，"午"舱农场中的土豆品种完全保持了它们在自然界中的丰富性。

在惊讶于如此丰富的品种时，李文也对如此不同的尺寸感到有些好奇起来，他就此提出了疑问，老师的声音随即开始进行解说。

原来，是因为当初地球上的科学委员会考虑到，未来启明星号上的登载者有可能会登陆在和地球环境不太相同的行星表面。为了保证在登陆星球上土豆的成活率，必须考虑种植尽量丰富的品种；特别是尺寸的大小，对于在不同引力的行星上的收获产量有着非常重要的关系。毕竟，行星的环境和指标不可能像启明星号内部这样可以任意调校。

李文当然不可能通过一次实践课就将这数千种土豆的性状以及相应的土壤环境做出数据比对，他只能不断地通过腕表上的智能教学模块去驱动初级机器人，让那些灵巧的机械悬臂按照设定的程序把十几种常见的土豆挖掘出来，然后再将相应的土壤采集到试管中。随后，便是需要按照教程把各种实验数据导入自己的作业档案。

这样简单而机械的劳作让时间过得很快，不一会儿就到了吃午饭的时间。

从农场服务台自动选取的食物依然是照例的便当和模式化的蔬菜瓜果制成品，以及一罐说不上来什么口味的饮料，这种橙色的液体带有一些淡淡的甜味。

看来，即使在"午"舱的农场，周边有着如此丰富的农产品，可是只要是在启明星号内部，无论在哪里，在食物提供方面确实是没有一点特例啊！

十二

李文如同在自己那"寅"舱中的公共休闲空间里一样，很快就对付完了这顿毫无特色但营养丰富的午餐。稍事休息，他便又投入到了下午的实践课程中。

通过对农场前台系统的阅读，李文了解到，原来像他这样被安排到农业行业的少年还有上千名。每一个农业组的成员都要在学习期间被安排到"午"舱单位，在不同的农场生产区域进行实践课程的学习。今天，他其实只是被随机安排到这个土豆农场，主要的任务就是熟悉这里种植的模式，感受植物与土壤的直观关系，以及对一些自动化的生产加工设备进行实际接触。

"你真的以为在新的行星登陆以后，你还会像地球上的古人一样去埋头种庄稼啊？"像是看到李文若有所思的样子，辅助他工作的初级机器人的显示屏上，竟然出现了这样开玩笑的字句。看来，为了让这里的工作尽量避免一成不变的沉闷，初级机器人也被设计了一些幽默的程序。

李文心底对此倒是有点儿不以为然。

其实，就他目前所掌握的知识结构体系，在他看来，在"午"舱单位内部，即使这里没有这些辅助的初级机器人，只要有光线、空气、土壤和水分，单凭人力，用传统农业的方法，也一定能够让种子开花，作物结实。更何况在新的适宜行星上呢？

当然，既然有这些初级机器人的辅助，那么节省人力倒也未必是一件坏事。但是，李文心里总是隐隐觉得，如果不是亲手把这些庄稼种植出来，而是完全依靠那种自动化的机械加工，那么，人类就很有可能永远无法吃到真正原汁原味的食物。

他似乎觉得，之所以启明星号里总是吃那些标准化的食品，肯定和这种自动化的种植技术运用脱不开干系。

想到这里，他的脑海里好像又浮现出曾经在地球上品尝那片西瓜的场面，那种记忆中的清凉与芬芳让他忍不住再次咽了一下口水。可在这样的状态下，谁又能知道何时能再品尝到那样鲜活而真实的美味呢？

李文听说在这个学期接下来的时间里，他将要每隔十来天就会进到"午"舱进行农业知识的实践课程教学，不禁感到有些意外的开心。

想到还有一部分课程没有完结，李文再次按照教材程序的指导，在初级机器人的辅助下继续在农场地块和实验平台中忙碌起来。

时间过得很快，空间的光线也在慢慢转化，头顶的蓝色显得有些变深了。按照指导者程序的要求，启明星号内部时间下午四点半，登载者们就都要回到刚才出发的那个平台。眼看时间不早了，李文把手头的数据归了归档，切断了和辅助机器人的连接程序，就径自踏上了返回的路程。

这次，李文决定换一条路径，他故意设定了一条相对曲折的弯路。这时他想到了背包里的那副电动滑轮，便抽了出来，轻轻踩在脚下。滑轮自动切换到动力行驶模式，脚下平滑的浅黑色智能路面可以让李文一路轻松返回。

现在，他在大片的田野中缓缓地穿行而过，速度设定成步速的倍数，这种速度让他迎面可以感受到一阵阵干爽的风。和地球上的风完全一样，吹在耳边还有些痒痒的感觉。

李文抬头看着远处那小型的类阿尔卑斯山脉，下午的光线将低矮树木的阴影拉长了许多。山顶在光线的照耀下竟然现出一些金属般的质感。一些近处丘陵上的果园散发出清新的气息，空气中像是混合着苹果与橘子的味道。

面对这样类似于地球上的景观，李文心想，如果是一直待在这样一方小天地里度过自己的余生，应该也不算是一个太坏的主意。

不过，在习习凉风中，他倒有一些疑惑一直未能解开，那就是在"午"舱单位的农场中，为什么不能吃这些完全新鲜的食物呢？

就在李文看着周围的人造美景慢慢从身边流逝的时候，他忽然间从心里冒出了一个大胆的念头，那就是要偷一个苹果吃，一个真正的苹果！

十三

苹果园就在不远的丘陵上。沿着被滚滚麦浪掩盖着的田野小径，转上两个弯，很快就可以到达那些缀满苹果的树下。

李文见四下里没有人，周围依旧还是那种奇怪的静谧，他便调整了一下电动滑轮的角度，切换到人工操作。很快，就滑到了一棵苹果树下。

苹果园在这片丘陵的低矮之处，上面是一层层连绵不断的葡萄园，下面是一垄垄低矮的茶树。这些茶树就像一条条巨大的绿色毛虫，从这片丘陵蜿蜒到另一片丘陵。

那些淡黑色的细小道路可以直达每一棵苹果树下。李文眼前的是一棵成熟的苹果树，上面密密麻麻结满了果实。这些苹果应该已经成熟了，可以看到，在明亮的光线照耀下，每一颗苹果都放射出柔和的光芒。

这可是真实的苹果啊！

李文心里有点儿激动，他就像做贼似的，朝四下里看了看。和他来的时候一样，安静的周围并没有任何人来打扰他。他于是冲着悬在头顶的苹果琢磨了一下，挑了一颗离他最近的苹果伸出了手。

这颗苹果又圆又大，红色的果皮上泛着蜡质的光泽。李文的脑海里又出现了曾经夏日里那片清凉的西瓜。他几乎想都没想，张开嘴狠狠地在这颗苹果上咬了一大口。

"呸！"李文发出了一阵惊呼，随即将嘴里的苹果肉完全吐了出来。

"这是什么呀！"李文此刻的脸上浮现出一种厌恶、失望、疑惑的神情，显得颇为滑稽。他一下子把手里剩下的大半个苹果扔到了脚下。

显然，李文还是不太甘心就这样放弃满树的美味，"可能是碰巧吧"，他心想，随即又摘下了另一颗苹果。此时，他显得情绪上有点报复的样子，又狠狠地咬上了一大口。

"呸！这都是什么口味啊！太难吃了！简直是难以下咽！"李文忍不住大声抱怨起来，那种平淡到苦涩的味道让李文想立刻把手中剩下的苹果扔得远远的。

不过，李文毕竟是未来的农业工作者，在学习中养成的一些习惯让他随即打消了这个念头，他开始仔细端详起手中剩下的这个苹果。可是，看来看去，却没有发现在外观上有任何的异样。即便是通过随身携带的一些简便的分析工具，他也没有发现这颗苹果与标准的食品对比指标之间存在着什么差异。

"可是，怎么口感竟然是这样的呢？"李文显得非常疑惑，他现在简直有点儿怀疑这种挂满树梢的东西究竟是不是苹果了。

时间已经不早，李文不能再在这里停留，他略显失望地踩上电动滑轮，慢慢提速，朝着两千米以外的集合站点疾驰而去。此刻，他的脸上挂着奇怪的表情，周围的景致再也没有吸引到他，他满脑子琢磨的都只是："怎么会是这样？"

很快，李文和同伴们在指导者程序的安排下乘坐升降机来到了集合大厅，重新回到了布满各式管道，被各种磁浮线路所包裹的内部世界。这里，才是启明星号的日常面目！

李文透过走廊的玻璃窗看着远处那座山峰，此刻，那略显陡峻的顶部正在模拟夕阳光线的照耀下显得熠熠生辉。他几乎有点儿不太相信，刚才自己还徜徉在山脚下那一片宽广的原野之中。而现在，在身边高科技设备环绕的状态下，十几分钟前自己眼前那开满细碎花朵的绿色山坡，种满了各式作物的丘陵地带，以及大片大片的玉米地和其他各式的田间作物，让他这个小小的农业工作者感到竟然是那样的不真实。

李文都有点儿弄不清自己刚刚究竟是在一个什么样的地方。

那是世外桃源吗？那开阔的视野，美妙的景致确实让他流连忘返，可是，一想到那几口难吃的苹果，他就对这里的一切愈发感到一种古怪。特别是想到那种有些过分的静谧，让李文心底升起了一种说不清的感觉。

在穿行磁浮轨道回"寅"舱单位的路上，其他伙伴之间进行了一些兴奋的交谈，毕竟这是他们第一次有这样的经历。可是李文却显得有点儿沉默，他不禁有点儿想念起小时候养过的那条狗了。那是一条毛茸茸的，经常会追着自己尾巴乱叫的普通的小狗。

十四

李文当天晚上睡得很迟，或者说，很长时间以来，他头一次有一点辗转反侧了。

作为青春期的少年人，他和身边那些登载者一样，一直以来并没有像地球上的同龄人那样，对于异性有一种隐约的期盼。相反，这些少年人都显得有些精神上的早熟，或者说，有一些过于理性了。当然，这种评断都是针对他们的实际生理年龄来讲的。要知道，如果没有经历过这三次冷藏休眠期，李文应该已经是快五十岁的人了。

不过，即使有过这样的特殊经历，他们有时候也会像地球上的少年人一样，在运动场上大喊大叫，为了一些有点儿荒唐的游戏相互间进行一些有限的冲撞。但是，不知怎的，异性之间的那种吸引力，李文和其他登载者似乎都并没有注意到。

这个晚上，李文似乎觉得自己身体里有了一些不太对劲的感觉。他好像隐约觉得有一些莫名的冲动。特别是在洗澡的时候，当水流冲击在自己的肌肤上时，似乎有种奇怪的力量在他身上转圈。这种力量虽然细小，但是却可以察觉到。

这种有点儿特别的感受，随着一顿例行的晚饭，再加上一杯调制好的饮料下肚，让李文似乎又完全恢复了正常。

"苹果为什么会这么难吃呢？那么，我们平常吃的那种标准式苹果又是从哪里来的呢？"作为未来的农业从业人员，李文躺在被子里，在大脑中搜索着自己的相关知识，可是最终却一无所获。他对这些问题百思不得其解，但最终还是慢慢进入了梦乡。

第二天一早，李文照例开始了新的一天的学习与生活。

上午依然是通识课的教育。昨天的写作作业勉强及格，不过李文倒并没有怎么沮丧，毕竟写作并非他的强项；能够及格，他心里觉得还算庆幸了，至少在几天之内，不用再写什么文章了。

上午通识课程的内容有点儿类似于介绍各个民族的神话与传统；以前课堂上也有这些方面的介绍，李文也就是随便听一听。

其实一直以来，他对自己的定位很清楚，既然被选择为农业从业者，那么，尽力成为一名优秀的农技师，乃至成为构建整个生态圈的专家，这就是自己应该努力的方向。因此，李文对这些通识课中无关乎农业的内容都不会有太大的兴趣。

今天的内容虽然也涉及神话与传统，但其中提到的神农氏和圣经中伊甸园的传说却引起了他的注意。

神农氏算是中国古老的神话人物。据说他不仅给人类带来了五谷杂粮，让人类免除饥饿，而且还是最早的医生，最终也是死于有毒的草药。可以说，这是一个有着巨大牺牲精神的伟大人物。李文对这个故事听得津津有味，隐约有种自豪感在心底涌动。

圣经中伊甸园的传说却又是另一个故事了。本来亚当夏娃在上帝创造的伊甸园里无拘无束，快乐生活。可是，由于魔鬼撒旦的诱惑，夏娃吃了树上的知善恶果，最终夫妻两个遭到上帝的贬斥，被迫离开了伊甸园，只能艰辛地在大地上谋生。

不知怎的，当课程内容提到夏娃吃知善恶果的时候，李文忽然就想到了昨天在"午"舱单位的那一片小天地中，自己偷吃苹果的事情。

"可是，那太难吃了"，李文想到了那件事，又忍不住皱了皱眉头。不过，今天的通识课为何要把神农氏和伊甸园放在一起解说呢？李文正在寻思着，只听见通识课的老师用轻柔的声音在屏幕上说道：

"神农氏其实是远古的先民对那些早期的农业探索者进行集体纪念和想象的形象，而圣经里的亚当与夏娃则寓意着我们人类的祖先。为什么要把这两个故事放在一起讲评，就是要告诉你们，人类的命运从来就不是被谁恩赐的。即使被驱逐出不愁吃喝的伊甸园，也依然可以通过我们自己的力量，去寻找更好的生存环境。因为，知善恶果其实就是智慧，人类获得了智慧，也就获得了生存下去的手段。"

"那么，有没有可能，人类为了生存，而丢失自己的智慧呢？"不知怎的，李文忍不住问了这么一句。

屏幕中老师的声音简短地回答道："人类之所以是人类，就在于他是以智慧为根基。没有智慧，就不能算是生存！"

十五

李文对这些解读有点儿似懂非懂，但是他似乎被自己提出的这个问题所打动。在下午的单独专业课程上，昨天的经历和上午自己对于智慧与生存的思考，让他忽然有了这样的一些问题。

"既然我们在'午'舱拥有这样开阔的农场空间，为什么我们还要吃如此乏味的食物。为什么那些树上结的苹果是那样难吃呢？我们这里为什么没有任何其他的动物？"李文的好奇心让他的语气有点儿激动。显然，作为一名未来的农业从业者，他认为自己有权利了解启明星号在有关生物领域的那些貌似有些独特的安排。

屏幕中的老师似乎对李文的这些问题感到毫不奇怪，很快便开始用那低沉的声音缓缓地向他解释了一切。

只听见老师的声音说道："李文，数据显示，你是最早思考这一切的登载者，也用自己的实际行动去发现了一些不对劲儿的地方。"显然，老师指的是李文昨天偷吃树上结的苹果的事情。

可是，老师是怎么知道他偷吃苹果的事情呢？李文显然对此有点儿吃惊。只听见老师的声音继续说了下去。

"李文，要知道，即使你看到了'午'舱中那巨大的农场空间，可是你却忽视了一些重要的细节。"

"什么细节呢？"李文显得有点犯疑惑的样子。

"你有没有注意到，'午'舱其实并不仅仅是一个巨型的农场，它其实是一个模拟的生态圈，而且是一个关键要素缺失下的生态圈。"老师的声音继续道。

"什么是关键要素缺失呢？"李文显然对这个有点儿陌生的提法更感迷惑了。

"这就涉及这里一切事物的根源了。"老师那低沉的声音继续道，"你很有探索的精神，竟然能够打破启明星号的内部规则，擅自去尝试那农场中原生的食物，"老师这里显然指的是那些树上的苹果，"而且你很快就意识到，那绝不该是苹果本来应有的味道。"

屏幕里的老师似乎感到了李文的疑惑，接着又说道："要知道，我们平时提供的那种制成品的苹果，虽然没有苹果的外观，但是起码有着苹果的滋味。但是，你摘下来的苹果，竟然只是徒有其表！"说到这里，老师的语气似乎加重了起来。

"知道为什么吗？"老师的声音就像是在提问。李文有点儿不知所措，他像背书一样答道："因为在食物享用上最容易区分出社会等级，根据飞船日志公布的规则，为了防范在登陆前出现不好的社会结构变化，所以我们在飞船上采取了完全制式的食品生产与分配。除了数量意外，在质量上没有任何的差异，每个人吃的都一样。"

老师的声音对此显然有些不屑："这是科学委员会公开的理由，当然这也是有科学依据的。不过，作为未来的农业从业者，你要知道，真正的秘密都隐藏在你昨天吃过的那几口苹果里！"

像是要强调些什么，老师的声音变得高昂起来："李文，你以为我们这里只是没有小猫小狗吗？"

李文没想到屏幕里的老师会问起这个问题。

看来屏幕里的老师并没有想让他回答些什么，只是自顾自地接着道："其实，在我们启明星号内部如此巨大的空间里，除了人类，连一点细菌也没有！"

这个信息对李文来说倒也并没有什么太大的意外。

他还依稀记得，在过去的通识课程中曾经提到过，为了防止生态上的意外，启明星号内部除了拥有巨大而完整的地球生物基因库以外，其他任何人类以外的活体动物都没有。

"可是，这和苹果那样难吃又有什么关系呢？"李文此刻像是在期待着什么答案。

老师的声音变得舒缓起来。接下去，这个第一个偷吃苹果的少年登载者李文，就要开始揭开启明星号外星殖民征程的一些关键性的秘密了。

十六

启明星号作为人类第一艘混沌级飞船，构建如此巨大的体量，当初就是为了在太空中长期维持一个能够自我更新的小型生态圈。也只有这样体量的生态圈，才能保证一个小型人类社会的维护；那么，最终才能在经历漫长的时空旅行以后，让人类从容寻找到合适的殖民星球，从而把人类文明的种子播撒到宇宙的深处。

人类在经历了三次大危机以后，他们的思想普遍变得相当谨慎。特别是精英阶层，几乎共同推出了一致的观点，那就是任何对于太空殖民的冒险，都必须谨小慎微，绝对不能有任何意外导致的失败。千万不能再像过去那样，总是抱着不断试错的侥幸态度，以为飞船可以不断失败再不断发射。

地球上的精英意识到，人类逃脱了三次大危机其实纯属运气，地球上的生活再也不能被少数人疯狂而粗糙的想法所影响了。对任何开展的活动，都需要再三权衡才能做出最终的理性决定。因此，在设计太空殖民方案的时候，有大量各领域的专家参与其中。目的就是要确保该计划从硬件到软件，从社会学到生态圈，在各个方面都能够小心翼翼地将这件举世无双的大事办稳妥。

可是，从一开始，这个外星殖民计划就遭到了理论上的打击。

　　本来，人们是打算采取全部冷藏的方式运送登载者的，而登载者的数量也仅仅限于一千人。计划很简单，通过初级机器人的辅助，只要寻找到合适的星球，到时候将登载者解冻，并由他们将生物基因库在当地释放，就可以打造另一个地球了。

　　但是，这个方案很快就遭到了否决。问题的关键就在于人类族群的繁衍基数让这个计划无法继续。因为，根据人类学的专业理论，最少也得有一万人，才能避免文化与生理上的孤岛效应。如果登载者数量低于一万人，那么将无法完整地在另一个星球上可靠地保留人类的文明。到时候，为了生命的延续，人类甚至有可能再次启动造成第三次大危机的基因改造工程。

　　而如果未来某个登陆的星球上竟然还存在着另外一些不可知的本土生命，那么人类的文明火种在此种情况下，就极大可能会被染上杂质而发生变异！这就显然不是此次外星殖民计划的本意了。毕竟，人类千辛万苦跨越时空，可不是为了建立一个怪物社会。

　　当然，上万人的体量用完全冷藏的方式也并非不可行，这样也并不需要过大的容积。但是社会学家与一些系统论专家随即又提出了另外的问题，那就是，如果让一群冰封的人类贸然在陌生的星球上登载，这群人类只能是单纯的军人，否则根本就无法形成有效的社会整合力量去面对外星可能出现的不测与风险。

　　但是，外星殖民毕竟不是去远征打仗，如果登载者全部都是军人，则人类其他的技能都将会欠缺，这对殖民活动显然不是什么好消息。可如果登载者不是训练有素的军人，那么在孤立无助的外星陌生环境下，无法对松散个体进行有效社会整合，仅仅指望初级机器人的辅助，难保会导致组织能力退化。在极端情况下，人类很可能会再次打开觉醒模块的魔盒，让另一个人工智能主脑横空出世，那可就完全背离了这次外星殖民计划。

也正是基于对这样一些风险预估的反复测评，外星殖民计划最终选择了建造超级体量的混沌级飞船。采取让所有的登载者每隔一段时间进行冷藏休眠的工作运行模式，将一个拥有一定规模的人类社会的动态模板复制到遥远的新世界。

考虑到上万人的生态荷载，以及人类社会结构的完整运行，混沌级飞船除了体量宏大以外，还采取了分形全息结构。简单来讲，就是所有的实体与信息都有备份。除了十二个主单位可以分别脱离，独自开展任务以外，主单位内部的子单位模块也能维持达到完成最低限度的殖民任务。

在紧急情况下，像李文个人生活区所在的子模块可以迅速单独进入冷藏期，待到外部条件指标符合要求时，便能以百人为规模进行外空殖民。当然，在这种极端情况下，可以采取有限的人体基因改造技术介入，从而保证外星殖民能够最终成功。

所以，整个外星殖民计划从方案到最终打造巨型的混沌级飞船启明星号，其间经历了几十年的论证与实验，各种细节经过各行各业专家学者的反复推敲。

毫不夸张地讲，这艘飞船在经过无数次构思设计以后，建成之初其实就已经是一个具有了自身特质的独立生命循环体。起航之时，那无数闪耀的指示灯以及它自身环绕轨道上的辅助系统像是在表明，这不是一艘人造飞船，这是一个活生生的有着自己感受的生物体。

庞大的启明星号在宇宙深空中自我运行、自我创造、吞吐生息，它本身就是自足的。而更引人入胜的，则是它在内部雄心勃勃企图建立的超乎想象的独立生态圈。

十七

李文听得非常仔细。

作为一个十六岁的少年，他在专业领域已经有了一些比较系统的观念，何况又经过了最为有效的教育。这些知识无疑丰富了他对自己所处的这个巨大空间的进一步理解，同时，也让他对解开另一些谜团的思路慢慢浮出了水面。

屏幕中此时出现了许多图像，都是关于当初启明星号生态圈层的规划与设计，老师的声音随着图像的变化继续进行着解说。

启明星号内部生态圈层的建构才是一项真正奇迹。

既然寻找到合适的行星将是一项漫长的跨越时空的任务，那么，尽可能打造一个自足的，可以维持到天长地久的生态圈就成为科学家们一致关注的目标。

首先的要求就是必须拥有尽可能巨大的体量。

但是，考虑到飞行过程中各种物理条件的制约，启明星号单位模块的最大设计外径也只能达到十千米。否则，以最终设定的亚光速飞行模式，飞船在宇宙中很有可能遭遇到各种袭击。

即便船体周边有着引力盾的保护，但是体量越大，速度越大，引起的时空阻滞现象也会越明显；这将导致飞船内部的量子混乱效应突破安全值，从而影响到整个飞船的安全。

所以，启明星号采取了非常特别的分形全息结构，将几乎同样尺寸的十二个单元运用柔性结构结合为一个整体；但是，这样的构造在理论上就可以将飞船看作是一个舰队组。

此种构造既可以依托巨大的内部空间构建有效的生态圈层，同时也能最大限度地抵消因为巨大的体量和亚光速引发的内部量子混乱效应。可以说，这种设计与安排是人类经过深思熟虑后的天才发明。

其实，除了李文日常生活的"寅"舱和昨天去过的"午"舱两个单位以外，其他十个单位也都具有各自独立的运行系统。除了相互间在人员性质的配置，以及一些任务规划上有着区别之外，这些单位都可以独立运行人类外星殖民计划；不过，只有当这十二个单元所有的资源完整配合起来，殖民计划才能完美地进行下去。否则，缺少任何一个单元，对于未来的外星殖民来讲，都将是一种重大的遗憾和隐患。

但是，遗憾或者隐患并不意味着这些单位失去了原先拥有的登陆能力。每个单位都有着自己的独特设计，也都可以胜任在陌生行星上的殖民任务。而这其中最特别的，应该就是代号"午"的单元舱体了。

"午"舱的相当一部分区域精确模拟了地球上阿尔卑斯山区的垂直生态结构，只是尺寸上微缩了许多。所以李文在心里给那片风景起了小阿尔卑斯山的名称也并非没有道理。从高耸几百米的山峰，到平缓的山坡，再到起伏的丘陵，最后再是平坦的原野，基本的地貌都是按照地球上那片区域的真实景观去设计的。

山峰是利用钙化物质在"午"舱中直接生产的，地面结构则是通过混合粉尘的方式堆积而成。在建造启明星号这一庞然大物的时候，相当多的材料来自太阳系中的小行星带，无数的小行星被摧毁，然后按照规划塑造成了人类想要的模样。这算是人类宇宙工程史上的伟大奇迹。

之所以要打造"午"舱这样一个与众不同的空间，当初其实是另有安排的。

毕竟，在宇宙飞船上，生态系统的评断标准就是看是否能够维持绝大多数人的生存，所以，适当的空间和充足的维生系统本来是唯一需要考虑的。因此，在其他十一个单元内部都布满了各种管网设施，磁浮通道可以延伸到各单位的任何角落，无所不在的传感设施如同茂密的神经网络，让飞船的各个模块处于相互协作的初级智能状态，从而保证了各个系统的运行有序。这些优化设计，都是要为登载者提供尽可能多的便利。

但是，就在启明星号按部就班地进行无数试运转和调试的时候，专家们发现了一个问题，那就是启明星号上运载的是人类。"人类"这个词语很大程度上是由其生存的环境所定义的，当然，人类也是环境的热心改造者；能够设计建造如此庞大的混沌级飞船，其实就是人类这种能力的体现。

这些专家发现，如果历经了漫长的时空旅行，而这些登载者一直通过管道、线路以及各种传感器去定义他们的生活空间的话，无疑将会影响到整个登载者群体的精神观念。简单来讲，这些登载者将在过于模式化的外部环境中逐渐偏离地球上人类的情感意识。那些封闭式的空间，毫无个性的管网设施，以及没完没了的传感装置，无疑将在漫长的时空之旅中塑造出另一种不一样的文明，而那肯定不再是地球上的人类文明。

况且，第二次大危机的人工智能阴影还残留在几代人的记忆里。万一这些具有异化精神观念的登载者让那可怕的觉醒模块如幽灵般复活，整个殖民计划就将彻底泡汤了。

毕竟，启明星号飞船并非终点，这些登载者也并非一直会在飞船内部生活，他们终将登陆到一个适合的类似于地球的行星，并最终在那里把人类的文明深深扎根。因此，如果未来将是一群拥有异化精神的徒有其表的登载者去进行外星殖民，那显然违背了这次殖民计划的初衷。

耗费如此巨量的资源，可是要去传播正宗地球人类文明的！

十八

有鉴于此，"午"舱的特殊设计与建造计划被迅速提上了日程，并很快得以实施。专家学者们一致认为，这些肩负地球人类文明的登载者需要拥有一个更加合乎地球标准的健康环境，从而保证他们在穿越无尽的时空以后，依然会拥有与地球上人类相近的精神观念与情感意识，最终也是以人类的荣耀进行外星登陆殖民。

一时之间，各种备选方案纷纷出炉。

地球上丰富的美景多的是，最终，科学委员会还是选择了参考阿尔卑斯山区的这个方案，并立刻决定投入建造。根本原因倒并非阿尔卑斯山的风景有多么优美，而是考虑到在一个有限的封闭空间内，如何尽量满足最广泛的农业生态的要求。

在这样一个没有被各种现代化管网细碎切分的巨大内部空间里，营造一个让所有登载者在身心各领域都能够享用的观光农场是一项值得投入的浩大工程。

"只有农业，才能保证人性不会丢失"，这种观念得到了科学委员会几乎一致的认同。

是啊，自古以来，任何伟大的文明无不植根于农业活动。农业不仅滋养了万方生民，也让人类逐渐因种植活动而构建出分工复杂的社会体系，从而才能实现后来的工业。

哪怕后来的工业科技提供了眼花缭乱的各种食物制成品，可那一切的基础也还是由农业来支撑的。甚至，那些许多早已脱离了农业生产的人士，在他们面对生机勃勃的田野时，深入基因的那上万年的遗传记忆也会让他们对脚下的大地产生依赖，产生亲近，产生奔跑于其间的冲动。

阿尔卑斯山的地形特征有一个最大的好处，那就是只要对其稍做改造，就能模仿出地球上绝大多数的农业生产环境。这种地形的海拔自高向低，慢慢呈坡度下降，依靠这样的区域特征，农业生产的内容可以由高山作物一直到低地农产品。甚至加以适当的人工调节，还能种植出一些特殊区域的物产。

阿尔卑斯山的方案经过精心的施工，最终在启明星号这片

10千米见方的内部单位中大体呈现出了设计的雏形。但是，在后续优化中涉及的一个细节问题，却让这片本来最终应当生机勃勃的世外桃源在竣工之前发生了一个巨大的偏差。

要知道，在这样的世纪，经历了三次大危机的人类已经掌握了几乎取之不尽的能源，建造混沌级飞船，打造一定规模的永续型生态圈层并非绝对的难事。可是，这个细节问题在生物专家与其他相关专家中引发了一场激烈的争执。这将让未来深空中那世外桃源的命运走向另外的方向。

这个细节问题就是，执行外星殖民计划的启明星号是否要搭载除人类以外的其他各类地球上的活体生物。而这，本来根本就不算是一个问题。

因为，"午"舱中的微缩版类阿尔卑斯山体在设计之初，就是要呈现出生机盎然的那些场景：各种鸟类在模拟的蓝色天空中飞翔，绿树葱茏的山峦生存着各种动物。山坡上牛羊成群，可以提供给登载者充足的奶制品，而丘陵之间的水塘里各类鱼儿也各自悠游。平坦的田野里偶尔有些青蛙，果园里虫儿在竞相鸣叫。蜜蜂会在花丛中飞舞，蚯蚓也会深深地钻入土壤。

一个永久性的生态圈，当然就应该是这个样子；而让登载者们愉悦身心，徜徉其间的，也应该是这样的一个环境。只有在这样的自然氛围下，才能确保跨越时空之后，人类的精神观念与情感意识维持基本的性状。

为了实现这样一个生机勃勃的生态系统，当然更是为了在未来遇到合适的行星进行登陆，启明星号上准备了全世界最大的生物基因库；将来，可以在条件允许的情况下，利用生物科技，将沉睡中的基因库进行生命释放。那些凝结着地球上无数代进化的各类生物基因，都会在合适的新家园里拥有一席之地。

在这之前，启明星号内部可以先试验性地释放一部分动物基因。为此，打造"午"舱生态圈的团队甚至还针对"午"舱中活体动物数量的补给，特地为那个巨大基因库的管理运行编写了一个复杂的程序。

可是，在生物专家引发的这场重大争论以后，另外一个更为谨慎的团队接管了启明星号内部生态圈的设计任务，这让一切都发生了变化。

因为，在新的团队看来，上述内容中的细节问题将会决定本次外星殖民的成败！

以前人们从来就没有考虑到活体动物自身繁殖与进化的问题。基本上的思路还是一种类似于传统动物园的管理模式；也就是由人或辅助机器人采取喂养的方法去维持"午"舱生态圈，乃至整个启明星号生态圈。

可是，经过海量的数据建模后发现，启明星号的体量太大了，即使"午"舱中的生态圈也绝不是一个传统的动物园管理模式所能应对的。那丰富的地貌和各种动植物的安排，根本就无法通过纯粹外部干预的形式去进行操控。

那不是动物园，那是一个生态圈，需要的是环境的自我更新能力！

可是，如果一旦把各种动物自身的繁殖甚至演化变量加入启明星号内部的生态圈，那么中心控制模块面对的将是一个不可测的混沌系统，各种不可预料的风险出现的概率就会大大增加。

　　毕竟，没有人可以预料，在未来穿越那遥远时空的过程中，那些没有休眠的活体生物会出现什么不确定的变化。何况，在第三次大危机的时候，人类已经领教了基因突变后的可怕后果。在这样一个完全人造的密闭空间中，如何杜绝这种风险显然就成了应当严肃对待的重大问题。

　　最终的解决方案其实很简单，那就是，除了处于绝对安全条件控制下的地球生物基因库以外，其他任何人类以外的活体生物都不得登载飞船。不要说什么牛羊了，连一条蚯蚓，一只跳蚤也不能以活体的形式存在于启明星号的内部。

　　换句话说，偌大的"午"舱农场中，除了那些植物是真实的，从堆积的山顶到敷设的底土，其中连一点细菌也没有！

　　这种措施增加了巨大的成本开支，直接导致了"午"舱的内在性质和最开始的安排有了差异，而那些少年登载者的命运轨迹也因此发生了潜移默化的变动。

十九

　　李文对这些信息的内容有点儿目瞪口呆，但是在内心里，他却一直在静静地等待着所有谜团的最终解开。现在，他感到自己就站在了刺穿许多事物表象的大门口，只要临门一脚，就可以把许多知识融会贯通，从而理解周围的一切，理解自己。

　　老师的声音依旧很平缓，接下来就到了揭示为什么李文咬的那口苹果竟然是那样难吃的时候了；而这，牵涉人类在最近几十年农业生产领域的一个发现。那就是，如果在种植农作物的过程中没有其他各类丰富生物体的介入，那些最终的农产品，即使在各项化学指标上没有任何差异，在口感方面却根本无法保证。

其实，在这方面已经有许多的例证。

比如，正常的土壤里其实密集地居住了大量的蚯蚓以及其他各类细小的昆虫，这样，在微观方面，其实也就构成了一个小型的生态圈。这些细小的生物体在土壤世界里繁殖、演化，最终把自己的生命与各种元素有机地结合在一起。也正因为如此，才会有各种不同性状的土壤，农业上土地的地力也才有着诸多的差异。单纯的依赖人工标准配比元素，其实是无法满足植株的多样化生长的。地球上不同区域的同类水果会有着截然不同的风味，其原因之一即在于此。

再比如一个很极端的例子，像地球上颇受欢迎的猫屎咖啡，就是先由动物的消化系统作为第一道工序，然后才有那独特而与众不同的口味。

这样类似的情况在农作物的生产中比比皆是：小到肉眼不可见的微生物，大到各种哺乳动物，都为人类能够享用到口味各异、丰富多彩的食物做出了自己的贡献。

而没有各类动物参与的，纯粹依赖人工模仿自然条件产出的农产品，随着迭代增强效应，其口味会越来越奇怪，营养也会逐渐出现偏差。所以，为了保证这些农产品能够食用，就不得不加大收获以后的人工再介入。只有再加工后的工业制成品，才能够端上饭桌，具有维持生命的效能。

在此，一切不良的后果，都可以归因于过度的人工加工。

即使各种营养元素都严格按照天然的产品进行科学比对、调试，但是，由自然界各种生物的力量协作产生的食物，和这种完全通过技术手段达到同样指标的食物，在根本上是不同的。

如果说大自然在这个领域发挥了重大威力的话，那么无论人们如何努力，都无法在没有其他生物配合的情况下获得良好的口味；其实，单单让这些农产品能够安全地进肚子就已经耗尽科学家的脑力了。

如果想获得一些还算能够接受的口味，那么在条件有限的情况下，就只能依靠过去时代的老路了：那无非就是利用工业技术生成的食品添加剂。虽然没有什么太大的问题，但那确实只能是无奈的选择。

正是由于这些综合的因素，启明星号上的食品外观总是千篇一律。即使通过工业科技的努力，食品的各种口味倒也还算齐全，但是在鲜活程度和真实口感上却总是不尽如人意。

当然，这种提供标准工业化食品的方式确实让飞船内部社会得以维持了一个清晰且平等的状态；不过，这其实只能算是这种无奈处境的副产品了。

按照眼下的这种状态，也只有登陆到适合的行星的时候，像李文这样的登载者才能够有机会品尝到和地球上真正的食物有相同口味与外观的食物了。

李文现在总算明白了自己的农业生涯在这片封闭空间里的尴尬处境；那就是，农业依然还是依附于工业科技。按照这里的条件种植出的产物，永远只能算是初级产品，根本无法下咽。

只有当对它们进行外观与内部的程序化加工，在使其变得面目全非的情况下，这些食品才能被端上饭桌。

想到这些，李文心底不禁有些失望，似乎觉得自己工作的重要性大大削弱了。

屏幕上的老师声音继续说道："其实不仅是你偷吃的水果，包括所有你能接触到的食物，在对应的农产品被种植出来以后，都必须经过深度加工。否则，它们根本就不能被称为食物，也根本无从下口。"

李文若有所思地点了点头，他忽然有点儿思念地球。

了解了这么多信息，此刻，他很想立刻回到地球上去。可是，这无尽的宇宙，漫长的时空，让他记忆里变得有点儿模糊的地球完全遥不可及。

生活舱头顶的那个暗淡的全息星图中，一个紫红色的小点继续缓缓地在星辰间移动。理性告诉李文，这个小点，现在就是他的全部。

二十

李文晚上做了个梦，梦见自己置身于阿尔卑斯山的峰峦之中。头顶是蓝天白云，满目是郁郁葱葱的树木，一派鸟语花香。牛羊徜徉在山坡上吃草，溪水里蛙鸣阵阵，许多蜻蜓在头顶飞过。远处的山顶上，一只雄鹰缓缓盘旋。李文伸开双臂腾空而起，他竟然能俯视着这一方水土。只见下面绿色的山丘与金黄色的原野交相辉映，蜿蜒的河流上缀着几颗璀璨的珍珠，原来那是阳光照耀下的金色池塘。

就在李文想要飞得更高的时候，忽然头顶一阵眩晕，像是撞到了什么东西，随即只见各种碎片纷纷坠落，地面的景观一下子暗淡了。他挣扎着再一抬头，却只看见巨型的穹顶构造中裂开了一大块黑沉沉的无尽夜空，几缕微弱的星光让这片夜空显得更暗了。

李文一下子惊醒了，手腕上的投影显示着启明星内部时间的凌晨三点。他在黑暗中摸了摸脑袋，真的有点儿疼的感觉。

"为什么要这样？"李文坐了起来，喝了一口水，又摸了摸自己的脑袋，确定了刚才那确实是一个梦境。他对今天了解到的一些知识开始了静静的思考。

"可是，如果这样的话，我们的身体会不会有什么异常呢？如果我们在这漫长的时间里，都是一直吃这样的饮食，我们这些登载者自己的身体结构会出现什么变化呢？这样一直下去，我们还算是真正的人类吗？"

黑暗中的李文摸了摸自己的胳膊，再次躺了下去。他忽然有了一种想法："也可能，他们都错了！在'午'舱中还是应该充满动物的生机，那样，真正的农业才能够在未来的新的行星上产生。有什么好怕的呢？人类本身其实也是动物呀！

"其实，在人体内，不也有接近一半的质量是由其他各种细菌与微生物组成的吗？在启明星号内部，如果说没有任何人类以外的活体生物登载，那我们自己的身体又怎么解释呢？何况，在'午'舱中微缩的山，在那么多土壤和植物中，即便是没有肉眼可见的哺乳动物和鸟类，可怎么就那么肯定，其间不会隐藏着各种微小生物的卵呢？怎么能说连丝毫细菌也没有呢？这些真的让人感到不可思议！"

李文毕竟学过比较丰富的自然科学知识。虽然下午的课程让他了解了许多令人惊奇的内容，但是他从过去的教材课程中获得的知识储备又让他对这些信息产生了一些怀疑。

"这些究竟是怎么回事呢？"他陷入了沉思。

"可是，无论如何，人类都是应当和其他生物体共同生活在一起的。"黑夜中李文的眼睛一亮，他的内心此刻冒出了些坚定的想法，"既然在地球上，那些大大小小的生物与人类相处了数百万年，那么，就没有理由相信，在这样一个巨型的内部空间里，人类不能试着和过去一样，同这些生物慢慢形成一个和谐的生态关系。"

当然，李文掌握的科学知识体系也告诉他，人类与其他生物体结成共同生存关系并非一个美妙而温情脉脉的过程，地球在那复杂生态圈的形成过程中往往呈现出异常惨烈的图景。

食物链才是生态圈的根本基础！弱肉强食，丛林法则就是对这些过往历史轨迹的精确描述。

"但是，无论如何，也要比那种冷冰冰的没有动物参与的伪造的生态世界要好上许多呀！"李文自言自语道，"毕竟，要相信自然的力量，要相信那通过漫长时间磨合而成的人类与各种动物的关系。"

李文的大脑里此刻充斥着各式问题和各种解答，这种思维的激荡让他在黑暗里一直处于兴奋的状态，以至于过了很长的时间，他才在一片混乱的迷茫中慢慢睡去。

68

二十一

启明星号的早晨开始了。

巨大的"午"舱中，模拟的灯光将薄薄的熹微投射到了小阿尔卑斯山的山顶，给岩石造就出一种富有层次的美丽色彩。那些淡黑色的小径向各个方向延伸，在光影变幻之中似乎被赋予了魔力般的生命。

山坡上的绿草，丘陵上的果园，田野里的麦浪，以及各类种植的农作物，一切都显得那样美好。

从视觉上看，这里真的像是一座世外桃源。可是，那种没有一丝动物的寂静，又让这种景致显得如此不真实，整体上透着一丝古怪。

李文在"寅"舱的个人生活区中醒来，一夜的胡思乱想让这个十六岁的少年显得有点儿疲惫。他照例洗漱，通过动能辅助设施稍事振作了一下，草草吃了个早饭，便匆匆前往公共教育空间去了。

今天的通识课上，屏幕中老师谈论的依然是人类上古时期传说的故事。其中就提到了中国古代夸父追日的故事。内容其实李文过去已经听到过，只是在课堂上，老师用了一些非常优美的表达方式，结果让整个故事听起来像是一个优美的传说。

但是，李文感到，并不能因为老师的那种优美表达就掩盖这个故事本身的惨烈。在李文看来，夸父就像是一个离经叛道的傻瓜：对于所有人都想当然的一件事情，也就是很正常的太阳东升西落，夸父偏要改变这种现象。结果耗费了大量的资源，却也并没有改变什么，最后还把自己弄死了，太阳却依旧东升西落。

"我们人类何尝不是如此！"李文心里虽然对夸父有点儿佩服，但是花费那么多精力，甚至生命，为的就是改变自然界的法则，满足自己的愿望，这难道不能被称为愚蠢吗？

可是他转念又一想，如果自己昨晚上那种想改变启明星号内部规则的离奇想法真的被自己付诸实施，那么，也可能会毫无结果，甚至造成巨大危害。自己不就也和那个夸父一样，因为追求个人不切实际的愿望而成为一个傻瓜了吗？

"那么，我有这种想法到底算是一个傻瓜，还是一个英雄呢？"李文似乎又有点出神了，他现在的心里，好像又宁可夸父被大家当作一个英雄了。

中饭以后，李文还是和同伴们去运动场上打了一阵棒球。不过，经过前天的"午"舱之行，大伙儿似乎都觉得本来这片开阔的绿茵场变得不那么大了。人总是难以满足自己的欲望，而好大喜功才是人类的天性。有了更大的一片空间作为比较，本来对这些少年充满吸引力的这片绿茵场也就失去了它的魅力了。

不过，少年人的精力总像是使不完的。在运动场上挥洒过剩的精力对于李文来讲依然是一种快乐，一种放松。

他们可能吃的是不一样的食物，周围的环境也经过了特殊的处理，甚至，有些生理指标也有着人工干预的安排。但是，这些少年和地球上的同龄人一样，对于相互竞争，相互配合，以及对竭尽所能取得优势地位的渴望，都是大致相同的。

当然，因为一些内部规则的约束，以及他们的行为模式受到的特殊调整，这些少年登载者之间的相互连接关系要比地球上弱了一些。每个人只有在执行某项任务，扮演某种社会角色的时候，才会按照相应的行为模式要求和他人建立一种关联；而一旦停止了相关的事务，则各自都恢复到一种简单的关系之中。

与其说他们是少年人，更多的时候，看起来却更像是未来各个行业中恪尽职守的一分子。

三次大危机以后，在地球上已经逐渐习惯于淡漠社交关系的人类，在这里只是显得更加专注于自己的事情而已。毕竟，明确的肩头使命让启明星号里的每一个人都更加趋向于理性的思维。

李文此时虽然在运动场上奔跑着，但是他还是存在着许多疑惑，正是这些疑惑让他的内心深处对想要去实施的某件事情显得有些犹豫不决。这种思想上的开小差让他在击球的时候犯规了几次。他被罚下场地，却并没有什么遗憾，反而更加期盼着下午自己的专业课程了。

二十二

专业课程还没有开始，李文就开始急不可待地把昨天夜里思考的诸多问题抛了出来。屏幕上老师的声音似乎对这些问题并不感到有什么意外，而是像准备好的一样，非常仔细地解答了他的各种困惑。

　　李文猜测的思路没错，虽然大型的活体动物一个都没有被运送到启明星号上，但是，在科学委员会决定，不能让任何活体生物登载启明星号的时候，专家学者们就考虑到了飞船上应当对各种肉眼不可见的微小生物也同样予以杜绝。

　　要知道，微生物的失控演化会更加令人恐惧，地球上曾经无数次的灾难往往都肇始于那些肉眼不可见的纤尘。所以，既然已经决定要追求飞船内部生物圈纯粹的安全可控，那么在各个层面进行防范就显得相当必要。

　　这虽然是一个巨量的工程，但对于混沌级飞船的设计建造者来讲，显然并非一个难以克服的任务。

　　为了达到既定的目的，防止出现密闭环境中生物群体的失控演化，威胁到整个外星殖民计划，启明星号采取了极为严格的监控手段。建造施工的每一个环节都安排了层层的隔离措施，除植物以外的各类生物都被精心地隔绝在这个巨大的密闭空间之外。

　　特别是内部拥有不规则面貌，以模拟地球自然条件为特征的"午"舱，更是一个需要采取严格防范手段的要害所在。毕竟，其他十一个单位是以几何状的规范空间为主，各种阻隔措施更容易实施；而"午"舱中那些起伏的地形和巨量的土壤水流，需要的是更加严格的筛选甄别，以防止出现携带潜伏生物的情况。

　　当然，这一切目标的实现，主要还是得益于整个启明星号都是在太空中制造与安装拼接完成的。

　　真空的环境让这些个巨型空间都处于无菌的状态。不要说是一些细小的目力不可及的昆虫，连显微镜下最小的细菌也无法在施工现场那巨量的宇宙射线和真空的环境下存活。

至于修建这个宏大工程的材料，则几乎都采自没有任何人类活动污染的小行星带。

巨量的小行星在真空环境里被粉碎、熔化、冶炼，最终成了坚不可摧、金光闪闪的飞船外壳，也成了飞船内部绝大多数管网以及各类设备的材料来源。当然，即使这些小行星材料中毫无生命迹象，营造团队也丝毫不敢掉以轻心，依旧采取严密的监控，以保证所有使用的材料当中绝对不含有任何生命有机体。

"午"舱中复杂人造地形的堆积元素除了全部由小行星材料进行转化以外，水流与土壤也都经过了严苛的处理。

以土壤与岩石为例，除了完全模仿地球上土壤与岩石的元素标准以外，均不得含有任何有机物的成分。这种对未来风险的防范是万无一失的，当然，也就导致了未来所有在此土壤中种植的农作物虚有其表，失去了地球上在各种生物因素共同作用下所具有的天然口味。

当然，外星殖民项目可是要跨越无数时空的远大征程，根本上依靠的是人类经历过数次大危机后依然可以谨慎利用的高端科技工业。至于农产品的种植，只要没有毒素，勉强可以维生就行。何况，先进的工业加工能力完全能够将这些毫无风味的农业初级产品转化为可以下咽的食物。

比起数百年前人类初次进入太空时吃的那些像牙膏似的食品，这些食物制成品简直可以看作是美味了！

"原来如此！"李文不禁有点儿佩服当初设计建造这个庞然

大物的科学家与工程师团队了。

其实，他早就知道这艘巨型飞船的硬件建设本身就是人类宇宙工程学上的壮举，可没有想到，这内部的生态圈的打造竟然也经过了如此多的深思熟虑和精心安排，看来曾经的三次大危机让人类在面对任何新事物时都保持了异常的谨慎与理性。

"午"舱中那些树丛、灌木、各类苗木和植株也都面临着极为严格的监控。所有的植物都是在太空中育苗，并最终通过移栽，才将那看起来生机勃勃的景象呈现在"午"舱中。这其中花费了大量的实验，收集了海量的数据，建立了各种模型，耗费了十多年的时间。

可以说，这座完全没有任何其他生物的小阿尔卑斯山植物乐园，是人类先进科技的完美结晶。即使其中生长的农产品缺乏应有的口味，但是无疑，它本身便体现了人类在各个领域中无比的想象力与创造力。

拥有如此能力的人类，怎么会放弃外星殖民的欲求呢？这可是人类数百年来一直追求的目标啊！地球，作为人类的摇篮星球，可能今后将会遇到各种生存的危机，只有把人类的文明火种遍洒到那些星辰的海洋里，人类才能具有更加安全与精彩的未来。

在宇宙乐观主义者看来，未来在各个人类的外星定居点，必然会逐渐发展出各自基于地球文明的独一无二的文明。到那时候，这些人类文明的表兄弟们定然会让整个人类种群变得更加强大！

这一切振奋人心的场景，都将由启明星号外星殖民任务的首航拉开序幕。

二十三

一个念头稍纵即逝，李文费力地琢磨了一下，才想起原来是对自己身体的那种疑惑。

"可是，我们的身体中也有许多的微生物呀，如果没有各种菌类，恐怕我们连消化目前的这种人造食物都会成为问题。这又是怎么回事呢？"他提问的时候，脸上像是在猜测些什么。

屏幕上老师的声音就像是在鼓励李文的思路，只听见他继续缓缓地说出了一些李文以前所未知的知识。

李文猜测的方向确实没错，整个登载者群体都经过了异常谨慎的身体处理，实际上就是在不干预基因的前提下，运用先进的生化方法将他们身体中的菌群控制在一个低端的水平。

正常情况下，人体确实是通过各种菌群来维系自身的各种器官系统的正常运作，但是，由于之前关于飞船内部生物圈安全的各种慎重考虑，这些登载者的身体不得不经历了某种意义上的修改。

其中，最核心的，就是运用纳米机器人的方式来逐步替代他们身体中的那些容易逸散的菌落。

在现代科技看来，整个人体无非就是大量基本粒子构成的能量转化系统；其中和微生物最为相关的，其实是人体的一系列生化指标。所谓人体的健康状况，除了受一些机械性因素影响以外，其余很大程度上就是各种生化反应的指标是否正常。人体内各类菌落的存在，就是为了让人类得以正常转化能量，保证体内生化指标处于安全范围之内。

不过，既然人类早已经有了针对纳米级机器人的熟练应用，那么，用这些和微生物没什么两样的细小颗粒去辅助人体细胞的底层运行，从而保证人体内的各种生化指标，就并不是一件困难的事情。

在科学委员会看来，除非像第二次大危机时那样，可怕的觉醒模块被激活；否则，这些被植入的纳米机器人只能按照设定的目标去安全地维持人体的各种机能。

何况，这些纳米机器人不像那种无意识的菌落，只能随机地按照演化获得的概率去分工协作，这些纳米机器人可是经过精心设计的，每一个纳米机器人都能够充满目的性地去按照程序完成独立操作。经过编程的纳米机器人可绝对不会出现在自然状态下菌落经常发生的那种无序性和混乱性状况。

有序，才是宇宙中最为宝贵的硬通货！低熵值，才能让人类在不测的宇宙级的竞争面前保持不败之身！

"难道，我们的身体为了这次跨越时空的外星殖民任务也做出了修改？"李文像是对刚刚了解的信息显得有点儿犹豫。

"这样，我们岂不是不算是完整的人类了？我们是机器人吗？"他忍不住低声嘀咕道。

屏幕上老师的声音像是估计到了他的迷惑，开始用强调的语气说道："如果没有这些纳米机器人，那你早就没有生命体征了。要知道，你们每隔一段时间就要经历的那种漫长的冷藏休眠期，那对于普通人类的身体会造成极大的不适，只有经过纳米机器人辅助代谢的人类身体才能够平缓地度过这漫长的岁月，而不会有什么不妥之处。

"当然，登载者们的身体也不是完全由纳米机器人在维持，这些纳米机器人对身体内部的菌群依然还是在逐步的替换过程当中；目前，一些基础性的共生菌群依然受控制地存续在你们的身体里，只不过它们是在纳米编程的状态下继续发挥着应有的作用。"

像是在安慰李文似的，屏幕上老师的声音继续道："你不要有什么顾虑，这毕竟不是第三次大危机时那种改变人类基因的做法。利用成熟的纳米机器人技术协助人体代谢是相当谨慎的处置方法，根本不用担心会造就出什么离奇的魔鬼出来。"

李文低着头没有作声，屏幕上老师的声音现在变得更加和气了："记住，这些纳米机器人只是辅助的初级机器人，那可怕的觉醒模块早就被摧毁了。况且，把身体交给它们也就是交给了科学。在这个远离地球的密闭空间里，我们也只能相信科学。"

屏幕里老师的声音像是在安慰他："不过，还是要告诉你一个好消息，一旦未来在合适的行星上进行登陆，那么你们身体里的纳米机器人将会启动连锁自毁程序，也就是说它们逐渐会被正常的菌落所代替，到那时，登载者又会转化成正常的人！"

像是在鼓励李文似的，屏幕上老师的声音强调道："那个过程将是在不知不觉的一段时期内发生的，你将完全不会感知到任何的异样；就如同现在的替换进程一样，只不过是相反的方向而已。"

李文接着又陆续了解到，几乎每隔一段时间，个人舱室里的扫描装置就会检测每个个体身上的纳米机器人系统是否在良好地进行替换，并且健康维持身体各项代谢机能的。一旦发现有什么差错，中央后台管理程序就可以立刻通过饮食等途径对这些细小的错误进行修补与重置。

登载者们的身体，其实是时刻处于严密的保护与监控当中的。

李文同样获悉，登载者们每一次进入"午"舱这个特殊的空间，都需要进行严格的生化消毒，以防止出现哪怕是再微小等级的生物失控现象。

也正是因为这种无所不在的谨慎，"午"舱目前也只对登载者中未来从事农业行业的人进行完全的开放，而不再像最初设计时的那样，让所有的登载者都能随时漫步其间，放松身心，以寄托对地球家园的怀念。

李文听到这里，他简直有点儿不知道自己是应该感到幸运，还是应该感到遗憾了。

一种莫名的空荡荡的失落心情包围了他。

二十四

就这样，本学期的教学进度按照启明星号内部设定的时间进行着，李文每天的日程还是完全按照标准程序安排。上通识课，运动，上专业课，休息。当然，还有去"午"舱进行各种实践课的学习。在这期间，他不仅了解了土豆，还陆续学习了番茄、玉米、辣椒、西瓜等多种农作物的各种培育知识。

一开始，李文对于了解到的关于启明星号和自己身体的那些讯息显得颇为困惑，可是，课程中那数量庞大的农业相关知识体系，慢慢让他无暇在这些问题上做更多的思考。

毕竟他还只是一个十六岁的少年，作为未来新世界里的农业从业者，他目前最重要的任务就是去不断丰富自己在农业方面的相关知识，同时，要对地球上人类文明的过往做更多深入的探究。

李文是好学的，他慢慢发现，只要自己专注于某个课程领域，最终就会自然而然得到许多有意思的不俗见解。李文在各个方面的成绩，随着他的专注能力的成长而出现了显著的提升。身边的同伴们一致认为，他未来将至少成为一个农业专家，甚至会是一名生态学者。不过，在李文的内心深处，还是对过去地球上一个名词感到亲切，那就是"农民"。

他暗地里对自己默默地叮嘱着："做一个新世界的农民就好！"

"午"舱中实践课程的安排是每十天去一次，现在李文已经去过那里十来趟了。也正是因为他知道了能够经常去"午"舱在启明星号内部简直算是一个特权，所以，虽然有时候内心深处对这一方奇特的小天地会觉得有些不对劲，但总体来讲，"午"舱中的工作学习经历还是颇令他感到愉快的。

其实，后来李文也通过飞船的日志系统获悉，"午"舱同样也对其他任何领域的登载者开放，只是审批和各种限制的手续较为烦琐而已。但是，他依然还是觉得，因为学习农业而获得的这项随时进入"午"舱的特权对自己来讲真的算是一种幸运。

随着离开地球越远，思考越深入，那种对于多元地貌和起伏而开阔空间的眷念就愈益强烈。似乎是身体里千百万年的基因记忆让李文越来越不愿意龟缩在那无处不在的封闭空间之中。如今，每当他看到各种制式的管网与人造的平整几何空间，就会产生出一种本能的厌烦之感。

可是，每当李文抬起头来，除了朦胧的三维星图中闪烁的那个紫红色的小点以外，茫茫宇宙当中又有什么地方可以寄托自己的身心呢？看来，暂时也就只能把身心寄托在"午"舱这一方虽然有点儿奇怪，却也真的算是一处成功模仿地球景观的所在了。

李文每次总是利用在农场进行实践课教学的机会，尽量在小阿尔卑斯山的怀抱里多待上那么一会儿。对于他来讲，这一方水土在情感里变得非常微妙；就像一个人明知自己心中藏有什么不可告人的秘密，但却又不忍心直视去戳穿它。

随着李文对"午"舱内部的探索越来越深入，他不仅熟悉了"午"舱那起伏山峦的农场风貌一面，甚至，他还深入了"午"舱那起伏山峦的背后，领略到了另外一种完全不同的感受。那种别样的风貌同样震撼了李文的视觉。

李文其实早就想去看看山峦的另外一面了。直到某一天，当李文在喷气背包的辅助下第一次越过脚下那高高低低的山峰，在见到"午"舱另外一面的时候，他简直以为见到了传说中的海市蜃楼。

和农场种植园这一面的景观完全不同，"午"舱的另一面主要由两种颜色构成，黄色和蓝色。

黄色的是沙漠，蓝色的是海水。如果把一个地球上的人猛然带到这里，他估计会以为眼前的一切是在阿拉伯海的海滨：艳阳高照下，除了连绵的黄沙就是连天的碧水。

这个简约而大气的设计让李文为之惊叹。

如果说他第一次见到小型的阿尔卑斯山的峰峦与丘陵以及那些宽阔的田野和山坡让他精神愉悦的话，这里的那种粗犷而简约的景致则让李文一下子有种头晕目眩的感受。因为，这里真的可以用一望无际来形容。

精心的灯光设计与布局，边缘处的巧妙的工程处理，以及适当材料的相互搭配，让这些缓慢流动的沙丘与外围那貌似深邃的海面在这片数十平方千米的有限区域内造就了一种无限的视觉可能性。

即使明知道这里只是一片人工景观，但是，在地球上未曾见到过真正沙漠与海洋的李文确信，这就是真正的沙漠与海洋的样子。

二十五

忙碌的学业进展，丰富的知识传授，这个紧张而有序的学期就快要结束了。李文这些少年登载者又将进入他们下一个十年的冷藏休眠期。

最近的课程知识的掌握异乎寻常地有效，可以说，李文已经具有了一定程度上独立构建农业生产活动的能力。在初级机器人的辅助下，通过自己所学的专业知识，他已经可以独立开展一个小型农场的各种生产与加工的工作了。

像往常一样经历了一整天的理论研修，这天晚饭以后，李文忽然有了一个想法，他想去"午"舱里转一转，甚至最好能在那边的农场过个夜。虽然他可以随时去"午"舱，但是，这类过夜的要求是需要经过批准的。

他把自己的这个想法和屏幕中的老师沟通了一下，没想到很快就从申请系统中得到了一个许可证。这枚闪耀的三维许可光标从他的腕表上投射出来，李文的衣服边缘出现了一个淡蓝色的轮廓，这应当就是允许过夜的标志。他高兴极了，稍做准备，便通过磁浮管道系统顺利进入了"午"舱。

此时的"午"舱同平时一样安静，只是光线暗了许多。由于模拟的是地球上中纬度晚间七点，所以那蓝色的穹顶还没有完全黑下去。人造的灯光让这一片辽阔的空间呈现出一种夜幕即将降临的光景。

小阿尔卑斯山静静地横亘在这片空间的正中，数十座峰峦向两侧绵延。仅仅十千米的起伏在暮色中倒也显得颇有些壮观。李文对这一层层的地势起伏已经很习惯了，他没有向这两天实践课所在的番茄农庄走去，而是径自拿起了一只喷气背包，设定好程序，便冲着山峰另一边的方向腾空而起。

其实，这种微型喷气背包也只能离开地面 10 米开外。严格来讲，李文其实是利用喷气背包的助力，帮助自己沿着山间的那些曲折道路飞行。不过，一旦遇到喷气背包所能逾越的高度，李文就尽可能翻过这些山峦，这样便可以抄上一些近路。

十几千米的路程，慢悠悠的喷气背包飞行了将近二十分钟。李文终于再次来到了这片略显荒凉的人造沙漠与海洋之间。

这一面的山峦和平常的那一面在外观上也不太一样，显得有点光秃秃的样子，只有一些稀疏的低矮植物长在有些陡峭的岩石缝隙当中。李文在高处找了一块稍显平整的岩石坐了下去，他想静静地在这里待一会儿。

他屁股下这块由小行星的材料转变来的岩石表面有些粗糙，摸上去有一种沙砾的摩擦感。像是在地球上一样，照射了一整天的人造阳光，此时，这块岩石表面还有些温暖。

李文摸索着这块温暖的岩石，看着脚下前方那起伏的沙丘和远处隐约可见的海面，心中不禁万般感慨。

作为材料的那些个不知名的小行星怎么能够预料到它们会被改造成眼前这样独特环境下的一种所在！他又想到了和自己同样的那些少年登载者，他们和曾经的小行星的命运又何其相似：为了杜绝飞船内部生物圈的一切可能风险，他们的躯体竟然无意中被无数的纳米机器人所占据、所改造！

天地间的万事万物竟然有如此不可测的命运！

李文微微叹了口气，脸上显出了一丝与他年龄不太相称的成熟味道，像是有些郁郁寡欢的样子。

不过，在启明星号上受到的良好教育提醒了他，其实宇宙间的一切，不论拥有亿万年生命的恒星，还是朝生暮死如微尘般的虫子，都是由同样的元素所构成。它们的本质都是一样的，都是元素、数学、逻辑。

想到这些，李文刚刚锁住的眉头变得有些释然了。

是啊，人类因为拥有智慧，所以总会思考一些奇怪的问题；李文此刻也开始思绪万千了。

他不禁想到，人类成为万物之灵的道路，其实就是不断地将自己与周围环境相隔离的过程，也就是越来越脱离自然界的过程。由最早的穴居生活，茹毛饮血，到如今的走向太空，进行外星殖民；人类离自然状态是越来越远，与自然界越来越疏离。

可随着人类对自己内在理解的深入，他们又逐渐认识到存在一个矛盾，那就是，根本上来讲，自己与周围环境又完全无法隔离开来。人类塑造了自然界，可是自然界同样也塑造了人。正是在这些相互塑造中，人本身成了自然的一部分。

"甚至可以说，人本身正是由自然界定义的！"李文忍不住脱口而出。

"不过，即使身体发生了什么变化，可是终究都是由元素、数学、逻辑构成。自然的本质，不也就是元素、数学、逻辑吗？"李文坐在这块陡峻的岩石上静静思考着，似乎还是被有些问题所困扰。

此时，头上的那片巨大的弧形穹顶已经完全暗了下去，呈现出一片黝黝的深蓝色，就像远处那片看似一望无际的水域一样，两者从视觉上已经完全融合在了一起。

二十六

李文印象中的大海完全来自各种图像媒体。由于在地球内陆地区的福利院中成长，李文不太有机会直接接触到那些关于海洋的景观。不过，现代化的信息交流倒是让李文对海洋毫不陌生，以前最吸引他的还是各种古老的海怪与海洋探险传说。

只不过，现实中地球上的海洋在如今的人类面前早已失去了早期历史上的神秘感，但是，那些光怪陆离的海洋生物和无数色彩斑斓的鱼类，却让李文一直都憧憬着能去海里好好地游玩一趟。

可是，没有想到的是，海洋竟然以这样的方式第一次出现在李文的生命里。

完全人造的海洋！同样，完全人造的沙漠！

"可是，为什么在这里，要把沙漠和海洋放在一起啊?"想到这儿，李文不禁又显得有些困惑起来。

"午"舱这一边的景致现在显得非常静谧。远处人造海洋边缘那白色的浪花像锦缎一样包围着平缓的沙丘，有节奏的拍打声让四周愈益安静下来。夜色中沙漠的光影也显得有些变幻莫测，那高高低低的沙丘以及它们的影子几乎让眼前的景致像是活了起来。

这里，在李文看来，就有点儿像是一个巨大的平躺着的生命体，这些眼前的动态韵律无不在展示着它的活力。

可是，李文的理性明确无误地知道，除了他自己，以及自己体内有限的一些还未被纳米机器人替代的菌落，在这片人工模拟的沙漠与海洋之间，现在连一点细菌也没有。这里根本上完全是一个死寂的空间。

想到这里，他似乎在内心里打了个冷战，可是思路旋即又被自己的好奇心牵引走了。

"为什么要把沙漠和海洋放一起呢?"在李文的印象里,除了一些不多见的沿岸是这样的构造,在地球上绝大多数的海边,其实还是有着非常丰富的地貌环境的。在海边,有农田,有雨林,也有牧场,当然也有城市,但是,为什么在"午"舱中单单挑选了这样的一种设计呢? 李文忍不住打开了手腕上的投影,开始向屏幕中的老师询问起来。

耳机中老师的声音传了出来:"你这个问题很好,也非常关键。"那缓缓的语气像是很欣赏李文的探索精神,只听到老师的声音接着道,"那么,你知道地球上调节气候最重要的是什么吗?是海洋。当然,还有沙漠!"

根据屏幕中老师的说法,在"午"舱建造的阶段,由于科学委员会的谨慎判断与安排,保证其内部维持一个安全且稳定可靠的模拟生态圈层就成了一个颇伤脑筋的问题。由于不能将除植物以外的任何活体生物带入这一片内部的农业空间,各种生物圈层控制系统模块都根据给定条件进行了异常复杂的计算,以便应对可能发生的生态系统崩溃危机。

但是,无论怎样设定数据,都不能防止在极端情况下,这个有着先天缺陷的小生态系统的稳定状态能够万无一失,直到那些登载者能够穿越无法预料的遥远时空,在新的行星上登陆。

人类虽然可以纯粹化这个内部的环境,防止这个小生物圈中出现生物的失控演化,但是,却无法阻挡它的死亡与寂灭。

不过,一个新的思路似乎让人们所期待的那种万无一失成了可能。

其实就是考虑到了一个平时容易被人们忽略的问题，那就是，从本质上来看，地球也是一个封闭系统，而维持这个系统稳定运行亿万年的，就是海洋。

无论地球曾经遭受过什么样的灾难，从内部的火山喷发，到外部的小行星撞击，只要有水，这一生命来源的伟大形态——海洋参与，最终，一切都将恢复，生命的脉动依然还是会回到正常的轨道。

海洋，因为其自身独特的物理化学属性，成了地球这一封闭生态圈的稳定器。

所以，为了让"午"舱内部的生态圈层能够保持稳定，它也同样需要存在一片巨大的，对周围环境有着巨大修复调节功能的人造海洋。

专家与工程师们经过算法模拟后一致认为，拥有达到一定规模的流动水体，就能保证"午"舱中这个特殊的小型生态圈持久正常运行。同时，经过对各种关联地貌要素的比对与运算，海洋与沙漠这种组合，也是维持这一特殊生态圈最为节省成本的方法。

李文对这个说法显得有点儿将信将疑，可老师接下来的进一步解释，则让他对刚才的那些说法有了一个更加深入的理解。

按照老师的说法，"午"舱中的海洋其实并不深，平均的深度只有 3 米多，最深处也只有 10 米。无论从水体还是面积上都远远够不上真正的海洋的标准。在地球上来讲，这么大的一片水面只能算是一个湖泊。

但是，关键就在于，这片人造海洋与自然界的水最大的区别是，这里的水分子都经过了纳米编程的改造。简单来说，某种意义上，这一片海洋具有可控性。这里面的每一朵浪花，每一次对岸边沙丘的拍打，都可以进行程序设计。甚至，只要愿意，这里也可以掀起像地球上太平洋里那种真正的巨浪。

以海洋搭配沙漠的模式去调节生态圈层，另外还是因为这种物理场景比较容易操控：大面积经过纳米编程的流动水域和细碎沙砾组成的沙丘可以作为一种良好的介质去影响"午"舱的内部环境。

况且，"午"舱里的这片经过纳米编程的海洋，除了可以起到调整内部特殊生态圈层的作用，其另一个重要的目的，是保存地球上各类生物的基因库。

因为，除了以冷藏形态保存在启明星号其他各个大单位的地球生物基因库以外，这片海洋中的基因库具有更加重要的价值：这里拥有地球上最为原始和基础的基因库，这里，蕴含着地球上生态圈的过去与未来。

二十七

李文对此显得有点迷惑了："难道这片海域除了作为水体介质进行小型生态圈的气候调节，竟然还有着如此奇特的功能？可是，为什么要经过纳米处理呢？这种纳米处理过的水和普通的水有什么区别呢？难道，这和我们这些登载者身体里的纳米机器人有什么关联吗？这片沙漠难道也有着什么特别的使命吗？"

一连串的问题如同那远处的浪花，一波一波地从李文的脑海里涌了出来。

耳机中老师的声音继续陈述着关于启明星号的一些知识，这些知识听起来无不浸透了历经三次大危机后，人类在各个方面所具有的那种谨慎的探索精神。

进行外星殖民的生命基因库在启明星号其他各个大的单位中均是通过冷藏的方式永久保留的。但是，在地球上的生命科学家看来，如果未来登陆的星球上已经存在了自己的生态圈，也就是说，那里已经拥有了自己的生物种群，那么，到时候投放的地球生命基因是否能够在当地存活繁衍下去，就有了相当大的不确定性。

要知道，地球上也有所谓的物种入侵。当然，人类在这里作为殖民者，更需要考虑的则是入侵失败。毕竟这次巨大的冒险是要把人类的文明传播到宇宙深处去的。考虑到新世界人类文明的纯粹性，那么，未来通过基因库被释放出来的各种地球上的生物，当然也应当像过去在地球上一样，和人类共生。

为了解决任何可能发生的逆向入侵，防止登陆行星上的生态系统对地球生物基因的感染，确保理想中设定的外星殖民计划完美无缺，最终，科学委员会决定，在"午"舱中运用了一种奇特的方式，去保证其中的地球生物基因库在任何遇到的适宜行星上都能够获得绝对的优势地位。那就是与替代登载者体内菌落时所利用的同样的纳米机器人技术。

李文面前的这片海水，其实是用纳米编程的方式，将所有的地球生物基因编入了水分子之中。简而言之，这片海水从分子层面来看，其实是含有生命的。只是，在登陆以前，这种生命表现为纳米编程状态。一旦遇到合适的行星，只要一勺这样的海水，就能将地球上的上千万种生物基因播撒出去。

李文对这个有点儿惊讶："可是，一勺子水中就能把如此多的生物基因用纳米技术编写进去，这也太不可思议了！"

耳机中老师的声音继续道："这并不奇怪。因为，这里的生命基因库和其他单位的那种冷藏基因库完全不同，这里不仅有现今地球上所有生物的基因，这里也有过去，乃至未来地球上一切可能的生物基因。因为，这里被纳米技术编辑的是地球上最原始的生命基因库，是原汁原味的氨基酸汤。"

听到原汁原味这个词，李文似乎觉得有点儿奇怪。"难道这里竟然还隐藏着地球上所有存在过的生物的进化历程？"

原来，地球上所有的生命基因都起源于最早的氨基酸。人类在数百年前其实就已经弄清了生物基因多样性的奥秘，甚至，还因此经历了修改人类基因以至于引起第三次大危机的灾难。

但在设计建造启明星号的时候，为了解决未来有可能遇到的外星生物对地球生命的排异，科学委员会在建立飞船各大单位普通生物基因库备份的时候，又决定在"午"舱内部，在利用海洋调节生态圈的设计中，采取纳米编程技术建立了一个完全不同于其他单位的强力基因库。

运用的核心技术和改造登载者们身体的方式一样，都是采取了纳米编程的手段。

通过将纳米程序编入最古老的氨基酸分子，地球上的任何生物基因可以在纳米机器人的辅助下，按照登陆星球上既存生物圈的状况进行自组织协调，并迅速演化成整个生态圈的胜利者，将可能的异星生物淘汰出局。

因此所获得的成果就是，让那个新世界的生态规则和地球上一样，将成为一个纯粹的地球生态圈。

当然，在这一系列的工作当中，并不排除地球生态圈内部的各种运作规则。毕竟，这些地球上带来的基因都被共同的纳米编程所控制，对外的胜利并不意味着改变地球上的演化法则。

人类，依然会安全地高踞于新世界食物链的顶端。

科学委员会兴致勃勃地宣称："我们的目的，就是在宇宙中，将伟大的地球文明不断地复制，再复制！"

不知怎的，李文此时在心里对这些信息感到有些不以为然。

他隐隐觉得，如果登陆的行星上有着一些当地的其他不同生物其实也挺好的。毕竟在宇宙中，最基本的法则都是一样，无外乎元素、数学、逻辑。何况，本来也是要找到类似于地球面貌的行星才会登陆呀！

即使加入已经存在的生物圈，可那又有什么关系呢？何必要对那些行星上的生物赶尽杀绝呢？况且，对这些经过纳米编程技术处理的氨基酸和基因，怎么能确保它们在未来无数次的外部环境变化中，就一定会保持地球上的稳定性状呢？即使纳米编程技术可以一直控制着生物圈，可那最后得到的生物真的就算是地球上的生物吗？

李文站起身来，看着前方起伏的沙丘以及远处那隐隐约约的一大片水域感到思绪混乱，他忽然决定，到这片奇怪的海水里去游个泳。

二十八

李文大脑此刻有些乱糟糟的，他在心底里觉得，那些与现在的自己隔着巨大时空的地球上的人类其实很疯狂。

这段时间学到的知识让他在理性上理解了那些启明星号的设计建造者。他们如此费尽心思，其实就是为了将地球上的人类文明原版复制到新的星球。为了实现这个目标，他们通盘谨慎考虑，甚至企图把未来的生态圈也打造得与地球上完全一样。

可是，李文现在的直觉又告诉自己，那些人类的想法未免太过于自我中心，太自大了。就他自己来讲，其实，如果让这个"午"舱中充满了生机勃勃的各类动植物，小到细菌昆虫，大到鸟类和哺乳动物，就让它们在这里繁衍生息，其实也没有什么不好的。

李文潜意识里似乎觉得，只要拥有一些最基本的要素，例如光线、空气、水，那么，这些生活在一起的各类大大小小的生物群体，它们总会逐渐建立起相互之间那种微妙而坚韧的平衡的。

那种外星殖民计划中的异常谨慎从事，甚至是许多貌似深谋远虑的措施，表面上看起来，似乎是因为人类吸取曾经三次大危机的教训；可是，三次大危机，哪一次不是人类那种过于以自我为中心的欲望所挑起的呢？

在三次大危机发生之前，各种所谓的备用计划也并不少啊。人类并不是因为思虑不周而陷入危机，实在是他们太想要居于宇宙的中心地位而由此被激发出的那些无所不在的控制欲望所致吧!

　　李文的喷气背包发出轻微的嗡鸣声，他低低地掠过那一层层变幻明暗的起伏沙丘，心底如潮水般涌上了这些念头，这些问题对这样一个十六岁的少年显得有些深奥而沉重，但是李文还是忍不住吐出了几个字：

　　"自大的人类！"

　　暗淡的穹顶下，这几个字虽然只是轻轻的声调，但却让他自己都觉得有点儿吃惊。这时他才发现，原来自己已经快要到达这片沙漠的边缘。或者说，前方就是这一片经过纳米编程的地球生物基因之海了。

　　现在，这片海水在人造的夜幕下显得静谧如常，即使那些岸边的浪花击打在沙滩上的声响，也并不会打破这空气中的安宁。李文降落下来，登上了软软的山地，整个脚陷入沙里。他还从来没有在这种沙丘中行走的经历。

　　毕竟他还是个对周围一切充满好奇的少年人，这种软绵绵使不上劲的感觉让他有些惊喜。他放下喷气背包，兴奋地冲着那片海水的方向高一脚低一脚地奔跑过去，刚才那混乱的思考也像脚趾下的沙砾，被远远甩在了脑后。

　　这片不大的海，此时就在他的眼前。如果不是预先知道这里的水深以及远方的距离，单凭着岸边那种深沉的海浪声，夜色笼罩的这片水域还是会引起李文的一丝敬意，甚至是一些恐惧。

　　海洋，是自古以来人类的传说中最具有神秘色彩的所在。虽然已经将它的每一寸进行了测量，拥有了所有的变化数据，但人类内心的那个海洋却永远会产生各种异想天开的想法。这些对海洋既亲近又害怕的情感被复杂地记录在每个个体的内心深处。

李文也不例外。

在这样暗淡的光影笼罩下，一片茫茫的巨大水体，看不到它的边界，唯一的动静就是海浪单调地拍打着岸边。整个情景，和在地球上的大海边并没有什么区别。李文忽然觉得身体里产生出一种躁动，他面对这种深沉的诱惑，忍不住脱了个光，赤条条地踏入了这一片未知的水域。

水有点儿凉，但是似乎又有些温暖，那种说不出的柔软就像是一个变幻莫测的精灵将李文的身躯整个地包裹了起来

李文在地球上学过游泳，在"寅"舱里的游泳池里也上过运动课程。但此刻，他变换着姿势，在这片离奇的水里游动，身体里似乎有种和平日里游泳时不太一样的感受。这种全身协作的舒适感让他觉得自己似乎很乐意浸泡在这片水体当中。

他忍不住奋力向正前方游去。

二十九

人造夜色中，这片海洋看起来无边无际，李文的身躯在轻微的海浪里起伏不定。已经游了快十分钟了，他却一点儿也不感到疲惫；相反，却觉得自己在这片水域里似乎获得了某种神奇的力量。那是一种说不上来的力量，李文几乎觉得自己不是在游泳，而是被一种神奇的力量所裹挟，向着前方不断进发。

面对着模糊不清的远方，李文有点儿害怕，但是贪玩的心思让他竟然继续奋力向着前方游动。

他只觉得越游越快，过去从来没有达到过这样的速度，他觉得自己的速度简直有点儿像一艘快艇，但是似乎又并没有花费多大的体力。这和过去在地球上，乃至在"寅"舱中的游泳池里完全不同，现在这种用微小身躯劈波斩浪的感觉，让李文畅快极了。

耳边还是那低沉的海浪声，李文像是玩耍尽兴了，他忍不住翻过身来，仰面朝上。

如果是在地球上，此时头顶一定会是漫天的星辰。可是，李文现在看到的，却是一个巨大曲面。再稍微仔细一看，似乎还有一些影影绰绰的痕迹在这巨大曲面的边缘分布。

"这里，究竟还是一个模拟的海洋呀！"

李文内心微微有些失望，可是，旋即就被自己在这里那出色的游泳技能所振奋了。

"今后登陆到和地球一样的行星上的时候，我一定要到真正的大海里去游泳！"李文心里有些得意，便又舒展开四肢，毫无目的地游了起来。

他的速度就像是一条海豚，这片水域简直就像是他的家。从来没有达到的水中速度让李文兴奋极了，他在海面上拼命挥动双臂，伸展双腿，努力前行。

"咦？"前方竟然是一片起伏的沙丘，还没等李文降低速度，他就发现，不远的前方竟然就是刚才自己下水的地方，那一堆衣服还和刚才一样，杂乱地扔在沙丘边缘。

这么快的速度，怎么会游了回来？李文心里有些疑惑。但既然尽兴了，那就上岸吧。可就在这时，李文的身体忽然有些不对劲的感觉，他发觉无论他怎么努力，都无法登上只有数米之遥的岸边。

李文起初还以为是脚下有些滑，他记得刚才下水的时候感觉也是比较平滑的缓坡，便企图站立起来。可是，他却有些惊讶地发现，此刻的他根本就无法站立。这种奇怪的感觉让他不禁摸了摸自己的身体，可这一摸却让李文大叫了起来。

原来，他此时感觉自己好似根本就没有了身躯。甚至，当他用手臂去触摸身躯以后，连手臂好像也消失了。

李文感觉自己的身躯像是融化在了这一片海水当中！

他感到万分恐惧，吓得大喊起来。

但是，在这样一个人迹罕至的地方，周围没有任何人会回应他，只有静谧的海浪一波接着一波，继续发出单调而安静的声响。

很快，李文觉得身体里像是被一种密集的震动所包裹，五脏六腑像是遭到了无数蚂蚁的攻击。他下意识地挣扎着潜入水下，这才又发现自己的身体在水中若隐若现。

在微弱的穿顶光线照耀下，水下的那团身躯就像是一堆晃动的影子，完全失去了坚固的实在状态。李文的大脑，此时就如同他的躯体一样，也像在慢慢与这一片幽深的水域融合在了一起。

李文整个人完全浸入了这片奇特的海水。

就在他处于迷迷糊糊的状态之中的时候，他的心里忽然有了一种奇特的感受，刚刚那种恐惧感完全消失了，代之而起的是一种舒缓的感觉。这种舒缓的感觉让他内心变得很澄净，完全没有了一开始的惊慌失措。

此时，李文的身心与这一片水域融合为了一体，他的意识甚至能够感受到这片水域中每一个水分子的跳动。全身上下除了有种蚂蚁攻击般的微微发痒，其他倒也并没有什么太大的不适。

淡淡的人造夜色中，这个少年以一种古怪的方式在这片离奇的海边漂浮着，他已经完全恢复了平静。此时，他体内的纳米机器人和周边被纳米编程的海水似乎取得了一种协同效应，这种协同效应让这个少年开始了解到了这片水域中承载的那些信息，了解了一些事情的过去和未来。

随着那种蚂蚁攻击般微微发痒的感觉慢慢消退，不一会儿工夫，李文周身上下又获得一种实在的感觉。他一个翻身，从水边站了起来，几步就跨上了岸边的沙丘。微风吹过，整个人有了一丝凉爽的快意。

李文就这样站在这片人造的沙漠与海洋之间，赤条条没有一丝披挂，但是他的身体，刚刚却用亲历告诉了他一个秘密。

那就是，他清楚地意识到，自己那经过纳米机器人改组过的躯体，和经由纳米编程技术储存地球生命基因库的这片水域之间，发生了一种奇怪的信息交换。这种信息交换，让李文更加确信了自己的想法，那就是需要尽快想办法，尽可能地在"午"舱这片区域中播撒各类地球动物的基因。

因为，刚才通过利用自己身体中的那些纳米机器人与经过纳米编程的海水之间神奇的信息交换，李文忽然明白了一个本来要过许久才有可能发现的一个问题；但到了那个时候，一切都已经晚了。

三十

在科学委员会的精心安排之下，本来的外星殖民计划是这样的。

在遇到合适的行星登陆时，先要由纳米机器人进行环境清场，其实也就是排除可能存在的当地生物圈层。具体的方法，就是利用"午"舱里的这种海水对整个行星的表面进行所谓清洗。

当然，"午"舱里的海水只是一种介质，其中经过纳米编程的地球生命基因均可以通过那颗登陆星球上既存的生态循环系统进行大量复制。用不了多长的时间，就可以将旧世界可能存在的生物基因完全淘汰，从而为地球生物基因的繁荣扫平障碍。

按照既定的规划，一旦登陆之后，完成了地球生物圈层的构建，纳米机器人就将逐渐启动连锁自毁程序，通过生物体内外的循环系统，将本来由它们接管的各层次的生态系统，包括登载者的身体在内，都逐渐归还给这些生物体自己去控制。

简单来讲，就是人类先利用纳米机器人帮助地球生物基因获得登陆行星的绝对生态优势，然后纳米机器人主动退出，由当地建构出的地球生物圈走向自行演化的路径。

这确实是一个美妙的构想！

预期中，人类会最大限度地得到和地球上生物圈完全相同的新家园。

可是，在这样一个精细且宏大的规划与安排下，有一件事情被完全忽略了。那就是，纳米机器人将不会仅仅止步于此。

人类第二次大危机以后，觉醒模块被彻底摧毁了。作为被隔离了觉醒模块的软硬件系统，纳米机器人有着初级机器人的一切特征，是良好而安全的工具。它们虽然体形微小，但是在底层逻辑架构中却拥有两个显著的趋势，即使没有觉醒模块的加持，这两种趋势的力量依然不容忽视。

其一就是无限复制的趋势，其二就是自保趋势。这两个特征均深入了这些纳米机器人的源代码。但正是这两个看似毫不相关的趋势，将会对人类本次外星殖民行动的严密计划造成致命的裂纹。

无限复制趋势是这种初代纳米机器人技术自身带有的属性。自第一个纳米机器人被研发出来，这种无限复制自我的源代码就被写入了这种微小的硬件里。只有超大规模协作，才能让这种微不足道的力量汇集成江河之势。所以，即便是初代纳米机器人，那种如同细菌般的不断复制自我的趋势，以达到人类需要的功能要求，让这种技术从底层逻辑上具有数量最大化的倾向。

当然，目前看来，这个趋势似乎并不会构成什么危险。只要这些纳米机器人按照既有的程序进行自我更新或毁灭，并不会对人类外星殖民计划产生什么不利的影响；甚至，它们的这种性状还真的有利于让人类在陌生的外星获得纯粹的地球生物圈，帮助人类中心主义者在宇宙中实现卓越的地位。

但是，纳米机器人底层架构中的自保趋势在这一次外星殖民任务中却并不算是一个值得称道的品质，这牵涉机器人的任务目标的设定。

一般情况下，为了实现任务目标，自保趋势是一个根本保障。但是，在这一次外星殖民计划中，按照编写的任务程序，纳米机器人是要负责寻找到新的合适的行星，可一旦在新的行星实现完美登陆，它们就要启动连锁自毁程序。

结果，在人类企图获得完美地球生态环境的任务程序中，这些纳米机器人因为底层架构中的自保趋势，启用了一个无法解决的逻辑悖论，结果造成了严重的后果。

刚才被海水浸泡的时候，李文身体里的纳米机器人不知怎的，竟然自动开始和这片水域里的纳米程序启动了交换信息的程序，由此触发了他大脑意识中对纳米机器人的深度理解能力。与那片纳米编程的海洋融为一体的李文，当时在自己的意识深处能够清楚地觉察到，纳米机器人本身竟然也有着它们的独特利益。

当然，严格来讲，这并非一种利益，而是指纳米机器人在底层架构上有着自保的趋势。自保趋势本质上是为了更好地完成任务程序的目标。可是，这次的任务程序的完成却又直接指向它们的自毁。

这种底层架构与任务逻辑上的冲突，让没有觉醒模块的纳米机器人很快在相互之间形成了一种无意识的集体判断；也就是说，在飞船出发以后，巨量的纳米机器人开始不断增强被设计之初时的那种目标的递归性。简言之，基于自保趋势，这些纳米程序为了避免自身在登陆新的行星时将要启动的连锁自毁程序，于是对未来适宜行星的各项指标变得越来越敏感。

而这一切操作，与人类最初在任务程序中设定的那种追求构建纯粹地球生物圈有着密切的关系！

与人类最初预期的不同，随着在宇宙中跨越了巨大的时空，这些纳米程序的运算愈益烦琐，对于适宜行星各种参数的比对愈益苛刻，设计之初的目标逐渐朝着极端的方向偏离。

最终，飞船控制系统在类地行星的搜寻上面临着日益复杂的，没完没了的指标算法。

这种自保趋势与任务目标程序的自毁程序共同作用的结果，就是让前方出现的任何一个合适的行星，都将在纳米机器人协同运算以后，被认为不再符合建立纯粹地球生物圈的要求。

如此，这些纳米机器人也就避免了自己启动连锁自毁程序。

也正是这一原因，导致了在李文这些登载者漫长的殖民之旅中，错过了许多本来经过适当的改造就能够适合人类定居的行星。

这一切的罪魁，就是那些和启明星号中央操纵系统融为一体的纳米机器人！它们利用被写入的那些追求建构纯粹地球生态圈的任务程序，在几十年的不断自我升级中，把各项行星适宜指标推向了无以名状的极致，从而实现了底层架构中的自保趋势。

几十年的亚光速飞行中，启明星号不断错过原本可以登陆的星球！

随着时间的推移，这些拥有自保趋势的纳米机器人对行星环境的选择与构建类似地球生态圈的追求将永无止境。就像是一个追求完美的人，却永远也达不到完美的境地。

这种滑稽而颇具悲剧色彩的结果，却是由地球上的那些科学委员会成员经过慎重考虑，企图在外星建构纯粹地球生态圈的任务程序所引起的。

三十一

"智者千虑，必有一失。大概就是说的这种状况吧。"此刻，站立在这一片奇特苍穹下的李文不禁想到了这样的一句话。

刚才，通过自己身上的纳米机器人和这片纳米编程的巨大水域进行交流，李文忽然对遇到的这些事物产生了更为深入的思考与理解。他几乎都有点儿怀疑自己刚才获得的那些信息知识。甚至觉得，是不是因为自己的大脑也被纳米机器人改造了，才会涌现出那些清晰的思路与观点。

可是李文转念又一想，那应该不会。因为很显然，有了刚才那种奇怪的经历，他主观意识上反而只是更加坚定了自己在过去一段时间内的想法。而且，他简直要为自己当下决定，并即将着手做出的安排拍手称快了。

可以肯定的是，自己即将做出的貌似疯狂的举动，就控制飞船中心操控系统的纳米机器人来讲，并没有得到什么利益。

不过，就目前李文掌握的信息来讲，这些纳米机器人程序只是因为底层架构的自保趋势利用了人类设定的任务程序而已；

实际上，任务程序目标与自保趋势之间出现了一个逻辑悖论。并不会像人类第二次大危机时那样，出现那种拥有觉醒模块的主脑，这些纳米机器人依然还是初级机器人，所谓的利益也只是一种拟人的说法。

李文整理了一下思路：

如果纳米机器人保持它们对行星环境苛刻算法的能力也可以被称作利益的话，那么，自己内心深处的想法和即将实施的行动则显然完全背离了它们的利益。这些纳米机器人的任务逻辑从一开始，就被写入了追求纯粹地球生物圈的程序目标。表层看来，自己接下来的行动将完全背离这些纳米机器人的任务设定，但从另外的层面来看，当然也就背离了当初赋予它们任务的那些地球上人类的初衷。

所以，现在李文对整件事从心底感到有点儿滑稽。

在他看来，即使这些纳米程序为了自保，从而和地球上那些设定任务的人类发生了根本上的冲突，但是，就本质来讲，当初地球上那些设定任务的人类和这些纳米机器人竟然像是一伙儿的，或者相互之间至少类似于一种文化基因上的传承。

"毕竟，经过迭代的纳米程序的任务逻辑就是来自这些追求纯粹地球生物圈的人类设计者呀。"他自言自语道。

"当初那些人类设计者的身体里肯定没有纳米机器人，可是结果，他们的思路却像被这些自己编写创造的纳米机器人所控制，他们当初的逻辑甚至被这些纳米程序推导到了极致，从而使设定的任务根本无法实现。可是眼下，像我这样一个身体里存在纳米机器人的人类，却反而要去想法摧毁这些纳米机器人!"想到这里，李文不禁觉得这有点儿荒诞。

人类的许多行为都导致了这种二律背反的现象，这件事也不例外。那种追求纯粹地球生物圈在外星重现的执念，无意中造成了纳米机器人的逻辑悖论。结果，让本来完全可以顺利进行的外星殖民计划竟然成了一个不可能完成的任务。

"愚蠢的人类啊!"李文感到有些悲哀。那么多聪明的大脑，那么多精明的算计，那么多不计代价的投入，最终却弄出了这样的结果！他忍不住苦笑了起来。

人类的欲望与追求纯粹的执念，此刻让这个单纯的少年产生出一种内心的觉悟。他开始在这片人工打造的小天地里仔细琢磨，思考着该如何一劳永逸地解决这样一个外星殖民中遇到的根本问题。

夜幕低垂，空间的气流让李文感到一丝凉意，他又仔细检视了一下自己的身体，深深地呼吸了几次，又向上猛地跳跃，这才终于确信自己的身体没有发生任何问题。他慢慢穿上衣服，背上喷气背包，轻轻地腾空而起。

脚下依然是绵延起伏的沙丘和深色的水体，刚才还在水里嬉戏，这让李文现在回想起来就仿佛梦境一般。特别是发生在自己躯体上那种确定无疑的纳米机器人与纳米程序之间的信息交换，无意间让他洞悉了这次外星殖民中隐藏的可怕危机。此刻，这独特的经历让李文既觉得紧张，又觉得有趣。

"那么，就一定先把这个'午'舱改造了吧!"他心里暗想。

这将是一个巨大的个人冒险，也是一个巨大的拯救行动。李文现在心里充满了勇气，半空中的他攥紧了双拳，像是要把影响登陆的纳米机器人消灭殆尽似的。

可是，应该从哪个环节着手呢？

刚才海水里的纳米程序就像是泄密的间谍对手，把底牌交给了李文。现在李文所要做的，就是应当从那些已经被自己掌握的信息中，去挑选一个最方便且合适的路径，从而实现自己的目标。

李文像是很快就有了主意，他降落在返回平台上，随后便急匆匆地进入了磁浮管道，不一会儿，他就回到了"寅"舱中自己的那个舱房。

黑暗中，这个少年在几个大大小小的投影屏幕之间不停地搜索着些什么，同时又像在做一些计算。只见他时而摇头晃脑，时而念念有词；有时甚至还站起身，在空空的房间里踱起了步子。他那明亮的眼神里跳动着一种奇妙的火焰，整个人显得有些躁动不安。

"午"舱，乃至整个启明星号中即将发生巨大的变化。李文所做的一切，将在其他少年登载者从第四个冷藏休眠期苏醒过来以后，展示出难以想象的影响。

三十二

第二天中午，在进行完毕所有的身体检测以后，一万名像李文这样的登载者将进入他们在启明星号上的第四个冷藏休眠期。像过去的三个冷藏休眠期一样，这些少年登载者的身体经过了严格的消毒处理措施，同时被注射了各种维持生命体征的辅助药物。随着各个大单位里的生活区温度逐渐降低，登载者们十年的休眠期即将开始了。

在这一段漫长的时间内，按照飞船上公开的日志安排，包括科学委员会以及管理层的成员也处于半休假的状态。具体安排据说是三分之一的人进行日常的巡视，在中心操控系统的协助下负责处理一些日常事务，另外三分之二的人则同样会和那些年轻的登载者一样，进入深度的睡眠，直到解冻期的到来。

按照日志规定，日常巡视的三分之一人员，也并非一直处于清醒状态。他们每一年苏醒一个月，其余的时间就完全交给了启明星号上的各类初级机器人。

所以，在登载者的整个休眠期内，偌大的飞船内部空间各项事务虽然仍在被处理，那些密集的管网依然吞吐着各类能量与物资，从而维持着这个巨大空间内的各项运行秩序。但是，在整个近百千米直径的启明星号上，真正清醒的大脑却寥寥无几。根据启明星号公开的航行日志规则，在此期间，科学委员会和管理层处理日常事务的只有不到一百人。

在混沌级飞船这样一个庞然大物的内部，因为休眠期的存在，从而造就了一个几乎察觉不到人类活动的空间。即使是那不到一百人的日常维持队伍，也处于半休假状态。按照李文了解到的一些信息，似乎人类第一次大危机留下的副产品，也就是那些拥有虚拟现实场景的各种文化娱乐设施占据了这些人的多数时间。

所以，这样的休眠期，既是一个稳定的近乎死寂的时期，却也是能够让一些大事发生的时期。毕竟在这个漫长的阶段，没有了那么多人为的干扰，中心操控系统以及那些初级机器人也只是按照设定的程序例行活动。

在李文看来，这些条件，都将为他那胆大包天的行动创造良好的条件。

作为被遴选的一万名少年中的一员，按照飞船日志规则，李文也将要进入为期十年的冷藏休眠状态了。

此刻，他已经完成了全部的身体检测。与那些同伴们简单话别以后，他也按照既定的程序返回到了自己的生活舱。生活舱的一面墙上，缓缓降下了一只冷藏休眠舱，看起来就像是一个半透明的棺材。随着从休眠舱内部冒出来一些淡淡的烟雾，李文就应该躺下去，然后按照规定的指示将自己的身体固定好。

那层淡淡的烟雾其实是一种麻醉气体，李文对此早就做好了准备。只见他用一条毛巾捂住了口鼻，然后躺入这个棺材似的冷藏舱。就在舱盖要落下的时候，他将身边的一个旋钮调到了最大。舱门慢慢落下，李文睁着眼睛，看着自己的身体没入一团浓密的烟雾中。他感到一丝凉意，随即又感到一种极度的寒冷向自己袭来。

几乎就在要失去知觉的时候，舱盖忽地又弹开了，李文像是一条泥鳅一样，挣扎着从舱里爬了出来。原来，在刚才那个关键时刻，他将自己个体冷藏舱的休眠时间旋钮调到了极限数位。这样，中心控制系统就会认为这个舱室已经到了应当解冻的时候。

这么一个小小的骗局，其实耗费了李文昨天晚上很长的一段时间。他检索了大量的资料，才了解到如何避免冷藏休眠的方法，同时也尽可能不会被主控制系统所发现。最终，他选择了利用手动时间旋钮骗过操作系统这一最简单而有效的办法。

李文在房间里穿戴整齐，他看着重新回复原状的个人冷藏舱，几乎有点儿得意于自己的小伎俩。但是，作为一个雄心万丈的少年，此时他还完全来不及为自己喝彩，这才是万里长征第一步，下面的事情，才真正算得上是一项冒险。

就在李文准备离开自己个人舱室的时候，他觉得自己有点儿胸闷的感觉，虽然他已经考虑到启明星号内部普遍温度下降的因素，但是空气中似乎氧气的含量也在慢慢下降。不过幸好，他查看了腕表上的显示屏幕，氧气含量指示只是停留在比平时稍微降低了百分之十左右的地方，但是，看来似乎还要继续下降的样子。

李文抖擞了一下精神，他意识到自己必须尽快离开这个个人舱房的区域，于是迅速拉开舱门，冲着"寅"舱的一个不起眼的方向走去。

三十三

此刻，李文已经顺利搭乘一截磁浮管道舱，前往"寅"舱的底层。

随着他离开个人生活区越来越远，一开始的胸闷症状出现了很大的好转，腕表指示屏幕上氧气的含量也已经恢复了平时的正常数值。看来，除了生活区域保持了低温低氧的状态，飞船上的其他部位依然维持着和平时完全相同的生态循环系统。

　　李文前进的方向是一个升降平台。这里有一个很小的通道，这个通道和那密布启明星号各个单位的磁浮管道外观上看起来完全一样，只是显得狭窄了许多。通道里有一个仅能容纳一个人的电动缆车。

　　李文一猫腰钻入缆车，启动了开关。只听见一阵轻微的轰鸣声，缆车迅速朝着黑漆漆的前方急速而去。过了十几分钟，李文终于达到了终点。他有点儿费力地从通道口钻了出来，这才看到了一幅令人震撼的景象。

　　就像他第一次看到"午"舱中那种人造的小阿尔卑斯山脉一样的心情，他现在心里又是一番激荡。

　　面前的场景虽然在昨晚的内部三维布局图上领略过了，他的心里其实也算是有一些心理准备，但是真的面对如此庞大，显得毫无人性的机器设备时，那种冷酷的工业技术的观感，那些粗暴的视觉冲击，让李文还是领教了什么叫作令人瞠目结舌的效果。

　　如果说，"午"舱中模仿的地球生态景观追求的是天堂般的效果，那么，这里的视觉观感简直就像是地狱：这里简直就是由无数坚硬的，强大的，难以言表的巨型机器设备组成的一个修罗场。

　　那种奇特的机器设备，宏大的结构规模，能让任何人类在此等景观的面前都只会心生恐惧。这些毫无掩饰，勃发出异样生命活力的金属怪兽散发着黑黝黝、阴森森的冷暗光芒；它们吞吐着各种不知名的炽热物质，时而又爆发出可怖的轰鸣，像是要把任何企图窥伺它们秘密的人类完全吞噬。

在启明星号内部的其他各处，视觉观感无非就是管网密布，线路纵横，呈现出的是干净整齐的几何布局模式。那些现代化设施排列有序，虽然毫无个性，但对人类的视觉也算友好。暖色调的灯光和精致细腻的装饰，让周围的一切都不会显得太异常。

但是，此刻呈现李文面前的，却完全是一种世界末日的感受。也只有在这样的环境里，混沌级飞船那真正强大的面貌和蕴含的令人生畏的力量才能被发挥到淋漓尽致。

这里，是"寅"单位的动力舱；或者说，这是启明星号的能量驱动中枢之一。

启明星号上有十二个单位，因此，像这样充满恐怖氛围的区域也有十二个。它们既能够给整个启明星号提供无穷的动能，各自也能给所在的单位输入源源不断的活力。

这些上下延展达数千米、造型各异的机器乱糟糟地装置在一起，有些连接模式就像美杜莎的头发，相互缠绕且颇具活性，像是要随时攻击闯入它领地的人类。这一方封闭的幽暗空间中，还时不时传出一阵阵令人毛骨悚然的嘶哑的气流声与沉闷的撞击声。

这是李文第一次看到这么多巨大体量的机器怪物。

这个动力舱有十几个运动馆的容积，其中有着各类未经任何修饰美化的动力机械设备。大量的分散式核聚变发动机及相关的负载设备，让这个庞大的内部空间显得拥挤而闷热。那些运转的机器不时传来奇异的巨响，有时候竟然还出现明显的位移。无数刺眼的闪烁着的红色灯光，以及那些强烈动荡的机器设备的身影，均将这座躁动不安的空间弄得鬼气森森，让人心生恐惧。

李文对面前的这种场面有点儿受惊，但很快就适应了这个嘈杂的环境。

在这些大大小小的核反应装置与众多的机械设备下面，是一个坚实而平坦的地面。他很快就按照前一晚上查阅的地形资料图，在这个可怖空间的边沿部分找到了一列均匀分布的井盖，随着掀起其中的一面井盖，他看到一个深不见底的扶梯通向黑暗的空虚之中。

"就是这里！"李文深深吸了一口闷热的空气，一探身抓住了扶梯，弯腰走了下去。这条通道可是李文花费了几乎一夜的时间才查询到的。通过动力舱，然后进入"寅"舱的生物基因库，这可是一条最佳的捷径。

在这条线路上，没有什么初级机器人系统的隔离，也没有那些繁复的电子门禁指令。当初参与启明星号舱体设计的一些热衷于蒸汽朋克风格的工程师，在飞船动力舱的机器结构与布局上大肆发挥了他们的想象力，而这些简单粗暴的设计竟意外地让李文因此获得了一条干脆利落的便利道路。

世界上的那些个偶然真的是难以预料呀！

其实，在建造启明星号的时代，在科技应用领域，许多人总是追求从外观到内饰的光洁度与舒适度，对应的各种设计也都更倾向于展示高度科技观感的所谓人性化。大量技术装置在视觉上都表现为整洁的、柔软的、明快的设备被广泛设计建造。

但是，有那样一类工程师却有着完全不同的审美思路。他们似乎对三次大危机之前的某些古典审美情趣怀抱有深深的眷念，对早期人类创造的各种质朴但却充满力量的机器有着浓厚的兴趣。他们发现，如果要想让机械设备显得更加富有魅力，那就必须能够充分体现人类身上显得有些兽性的力量。

这种审美取向对于飞船设计来讲虽然不是主流，但当动力舱中标的工程师群体展示出他们那种狂野的杰作时，还是获得了地球上人类的高度肯定，甚至还引发了流行文化中显得有点粗野的复古潮流。

经历了三次大危机的人类社会也意识到，人类确实不应该总是在任何方面都表现得温文尔雅、彬彬有礼。对于将要在外星殖民的登载者来讲，在某些装备上体现出一些野蛮生硬、孔武有力的形式，对于未来新家园的建立未尝是一件坏事。

过于精致的东西，总是容易表现为弱势；人类展示出的一些强大甚至有些粗野的形象，有时候才能具有长久的、可靠的生命力。

三十四

李文目前可不太理解为何动力舱要设计成如此粗糙的外观，也无法理解工业化设计中的各种审美趣味。他只是对刚才那个动力舱中的视觉效果感到有些不可理喻，但是内心深处却又产生了被那种宏大而混乱的场景所绑架后的迷醉感。

他甚至有些奇怪，那种混乱且完全异己的景观居然有些吸引了自己。当然，他现在还来不及去细想这些事情，他只能沿着温度慢慢降低的狭窄管道，顺着扶梯，朝着眼前那黝黑的深渊里爬了下去。

单调的攀爬过程持续了十几分钟，李文发现脚下隐约出现了一些浅蓝色的光线。这些光线非常暗淡，让他几乎有点儿怀疑是否自己在这漆黑的环境里产生了幻觉。但是，随着身体继续下降，他可以确信，这些淡蓝色的光线都是实实在在的存在。

随着亮度越来越强，一种奇异的蓝色光辉慢慢清晰地呈现在李文的脚下。

李文感到这里的温度更低了，但是他有些紧张的心情却几乎没有再过多考虑这些，只见他轻轻一跃，就来到与刚才那混乱而轰鸣的动力舱完全不同的另外一个世界。如果说刚才的动力舱看起来就像是一个地狱，那么这里的面貌倒可以用水晶宫来形容。

在约莫一个标准足球场大小的空间里，此时笼罩着一层浅蓝色的光。周围环境的温度很低，但也在 10 摄氏度左右。这个空间显得有些干燥，周围一点儿声响也没有，甚至连空气的流动声也绝迹了。

李文站在这个巨大空间的边缘，正对着的，是一个大概 30 米高的金字塔状的半透明玻璃建筑物。

"难道这就是地球生物备份的基因库?"李文有些疑惑，他围绕着这个金字塔状的玻璃建筑物走了一圈，发现和腕表屏幕上飞船地形构造图中显示的完全一样。这个半透明的玻璃金字塔的四个面完全相同，每个面的底座附近都有一个出入口，类似小门的设计。可是，这四个面上的每扇小门上，却看不到任何把手可以供人去操作。而在金字塔的周边，李文也没有发现什么类似启动按钮的装置。

"这里真的有点儿像是一个高科技的坟墓，就像是古埃及人获得了高科技后的产物！"李文一边胡思乱想，一边用力将身体贴着其中的一扇小门，企图把它推开。可是，那个小门却纹丝不动。他心有不甘，又沿着四个面，把另外三扇小门也轮流用力推了一下，可是效果完全一样，都纹丝不动。

这种情况让李文一下子感到了巨大的沮丧。

"冒了这么大的风险，辛苦了这么久，怎么会出现这样的结果呢？"李文一屁股坐到平坦的地板上，他倚靠着这个巨大的玻璃金字塔，一时间竟然没有了主意。

本来李文的打算非常清晰，他希望通过这条最近的道路，找到"寅"舱的备份生物基因库，然后就把基因库送入"午"舱进行释放，这样就可以改变"午"舱中的生态圈了。

当然，他本来还打算做完这一切，再神不知鬼不觉地潜回自己的个人生活舱，重新设置自己的冷藏休眠舱。等到十年以后，当登载者们再次解冻苏醒的时候，那时候的"午"舱，乃至启明星号内部的一切生态圈层，一定早就发生了许多根本性的变化。到那时，再看看下一步那些纳米机器人会有什么不同的反应。

李文毕竟还是个十六岁的少年人，他只是按照受到的教育知识体系以及自己的那种价值观念去行事，可世上的事情哪有那样简单，或者说，这种耗费人类数十年精力打造的混沌级飞船又怎么可能那么简单就被一个没有什么城府的少年人所轻易绑架。

那些复杂的设计早就深入启明星号的设计理念之中，启明星号的秘密还有待于李文去进一步努力揭开。

李文坐在地上，开始苦苦思索起自己的计划。本来以为很简单的一个想法，可真要想实践起来，却竟然遇到这么多无法预料的因素。他又围绕着这个玻璃金字塔转了一圈，依然毫无所获，如何启动这个备份的生物基因库让李文伤透了脑筋。

"这里，按照地形图示，确实就是生物基因库呀？可是，接下来如何去行动呢？没有任何的操作办法呀！"李文的思维拼命转动起来。此刻，周围那低温带来的寒意像是对他完全没有任何影响。忽然，他的脸上泛出了一阵光彩，就像是在脑海的深处迸发出一种奇想，这种奇想让他觉得自己的思路一下子打开了。

只见李文猛地站起身，他仰首望了望这座高大而奇怪的玻璃金字塔，便毫不犹豫地转身冲着自己刚才来的方向奔了回去。那矫健的身手和坚定的步伐，就像是在宣告，他已经为自己面临的这些问题找到了一个强有力的解决方案。

三十五

返回的路上，首先就是要面对爬上这段漫长的几十层楼的梯子。

在这个狭窄的通道里，一点也没有其他任何的助力；过了一个多小时，李文才艰难地从动力舱地面的井盖里钻了出来。

飞船内部那完全模仿地球的重力，让李文这一次的攀登之旅吃尽了苦头。虽然那个梯子所在的细小管道里温度并不高，但是那段漫长的、黑漆漆的像是没有任何希望的攀爬之旅，让李文宁可立即返回动力舱那貌似可怖的空间里。

现在，终于再次回到动力舱里。当面对那一片充斥着噪声，以及混乱不堪的巨型机器魔怪，李文反倒感到了一些释然。刚才在梯子上，他差一点手脚没有协调好，几乎让自己摔了下去。想到这些，他在这样湿热的环境里竟然冒起了冷汗。

李文这一次的目标是"午"舱；或者说，他要回到"午"舱的那一片神奇的海洋当中。

因为，刚才在保存地球生物备份基因库的那个玻璃金字塔下面，他突然想到了，既然自己已经发现了纳米机器人与启明星号飞船的各个操控系统都有着密切的联系，那么，不如利用经过特殊纳米编程的那片海水里所拥有的奇特的信息交流效应，通过纳米机器人接入中心操控系统，就可以将这些冷藏中的生物基因库进行激活释放。

他依然清晰地记得，那天在海水里，自己身体内的纳米机器人与海水中的特殊纳米程序进行信息交换的感受，那种操控感是多么奇妙呀。

其实后来，在那些下午为他专设的课程中，通过提问的方式，李文也逐渐了解到，登载者身体中的这些纳米机器人在最初设计时，主要的功能之一就是协助高级智能将思维活动转化为行动能力；或者说，这些纳米机器人可以通过自身强大的复制能力，以庞大的数量与机动性，去实现智能模块的任务。

也正因为此，它们在人类第二次大危机中成了人工智能主脑得力而可怕的帮手。

直到觉醒模块被彻底摧毁，这些纳米机器人程序又都回归到了初级状态，只能按照当初基础的原始算法开展行动。但是，只要一旦再次连接上一个真正的智能模块，包括人类的大脑在内，那么，这些纳米机器人立刻就能够成为最好的执行者，它们会有效地将智能模块的指令迅速转化各种操作指令。

那种状态，就像当初在觉醒模块存在时，它们为人工智能主脑服务一样。

现在，李文作为人类，他的想法就是，再次回到那一片神奇的海水里，利用那种信息交换机制，让自己的大脑成为操控纳米机器人以及海水中特殊纳米程序的智能模块。那么，自己就有机会成为当初人工智能主脑一样的存在！到那时，驱使无数纳米机器人将自己的意志推行下去，就并不是一件难事了。

李文意识到，如果自己控制的纳米机器人能够利用海水的流动性，把海水中的那些特殊纳米编程带到主操控系统，让纳米程序对这些地球生物基因库进行启动，封存的生物基因就必然可以成功地释放到整个启明星的内部；在"午"舱中，当然最终也必定会充斥着各种地球上的生物体了。

李文被自己那看起来严谨的推论所振奋了。

只要能够利用纳米机器人，把被自己意志掌握的特殊纳米程序传播到主操控系统，自己作为智慧主脑，就可以把释放基因库的指令通过被纳米程序控制的主操控程序传播出去。那样，整个启明星号内部将恢复成正常的生态圈，"午"舱中也将会有丰富的动物生存其间。

这是一个多么美妙的场景呀！

但更为关键的是，在这个过程当中，本来就遍布主操控系统的纳米程序会因为信息交换效应，而被作为主脑的李文接管，进入他控制下的程序体系。这样，飞船操控中心在李文的意识主导下，就能经过正常的比对各种参数，让登载者们尽早登陆到一个和地球条件相近的行星上；而完全不会再像之前那样，由纳米机器人利用任务程序的瑕疵，无休止地按照固有的自保程序，去不断做出更为挑剔的选项，以至于让登载者们无处可去。

"那么，我们这一次的人类外星殖民之旅很快就将顺利结束了！"李文一想到可以在真正的行星上饱览那未知的类似于地球上的山河大地，就禁不住为自己的这个行动激动起来。

"是啊，如果没有去过'午'舱，如果没有在'午'舱里游泳，如果自己身体里的纳米机器人没有和那片海水里的纳米编程进行信息交流，如果没有触发自己的大脑对这些事物内在逻辑的理解和操控，那么接下来的计划就根本无法实现！"李文感叹道。

"而如果那样的话，我就只能在这艘巨型飞船上耗尽自己的生命了。"一想到这里，他不禁又想到了那上万名和自己一样年少的登载者。此时，李文忽然觉得自己拯救了他们的生命，拯救了他们的未来。

一时之间，他竟然觉得自己就像是一个英雄。

当然，在这里，启明星号上的一些基本的机制其实也为李

文能够实施眼下的拯救行动打下了基础，而其中最为关键的就
是那种独特而良好的教育。

除了那些通识课和户外体育课，以及一些艺术类课程，飞
船上最具特色的就是那些以问答形式、针对个体所打造的独特
的课程体系。除了按照每个登载者被培养的方向安排完全个性
化的课程菜单以外，这一教育系统还能够按照每个人关注的不
同，给出进一步的个性化解决方案。

这种建立在个人关切点上的教育方式，让李文在飞船内部
显得有点儿特别的环境下，依然还能够获得丰富的知识体系，
构建积极的认知模式，培养出活跃的思维。

但是，唯一有点儿遗憾的是，这里所有的教师，无论是教
授通识课还是专业课，乃至户外运动的教练，都只能通过屏幕
里接触。只闻其声，不见其人，难道这里面还有些什么别的问
题吗？

李文现在当然不会考虑这些。如今，既然已经下定了决心，
有了明确的思路，他就坚定不移地加快了自己的进程，向着
"午"舱的区域进发了。

三十六

要想到达"午"舱，就必须要经过"寅"舱的操控中心
平台。

李文对这一带的结构布局是非常熟悉的。其实，"寅"舱的
操控中心平台就在一个类似于室内体育场的环形半封闭式构造

当中，方圆大约 500 米。整个构造类似于一个巨大平铺的雷达接收装置。据飞船日志中关于内部区域图示的介绍，启明星号的科学委员会和管理层成员生活、工作都集中在这一片区域。

这里的周围密布了大量的磁浮管道系统，李文每次就是从离开操控中心平台不远的一处开放式通道出发，登上通往"午"舱的那个固定的磁浮管道车。

平日里因为每次都是和同伴们在一起，因此显得一路有些嘈杂。所以，李文虽然对一路的这些标识比较熟悉，但是却没有注意到那些科学委员会或者管理层的人员的身影。只是偶尔似乎听到一些人类交谈的声音，以及一些像是发出指令的背景声响。

现在，他又来到了这片熟悉的区域，李文感到的却是完全不同于往常的一种静悄悄的气氛。"估计都去冬眠了吧"，他心里想。可是按照飞船上日志的介绍，还有三分之 的人依然在工作。那么，正常情况下，估计这里至少还应该有十来个留守的科学委员会或者管理层的成员。

李文想到这里，提醒自己可得稍微当心一点。

毕竟按照规定，他应该已经处于第四次冷藏休眠状态。在这个节骨眼上，可千万不能被那些管理层和科学委员会的成员发现，否则，自己的这样一个拯救计划就没有办法实施下去了。自己和其他所有的登载者，就会因为纳米机器人那种自保趋势和当初人类设定任务程序之间的悖论，而永远飘浮在这浩瀚无垠的宇宙深空了。

"为了尽快真正的脚踏实地，自己也得小心谨慎啊。"李文叮嘱着自己，小心地猫着腰，试图经过操控中心平台那个半封闭的开口。

他慢慢挪动身躯，只要再越过前面那个安全标志就能够移动到通往"午"舱的磁浮管道中去了。可是，可能是因为太紧张，李文此时脚下一滑，肩膀撞到了身边那道隔离墙的墙壁上。墙壁上正好有一个紧急按钮，一时间警报声大作。

李文心里狠狠埋怨了自己一下，他飞快地跳入身边的一个紧急通道口，随即蹲了下去，生怕被可能出现的管理层或者科学委员会的成员发现。可是，等了约莫一分钟的时间，当那些警报系统自动解除以后，他并没有发现任何其他人出现在这个操控中心平台的周围。

李文觉得有点儿奇怪，他忍不住从藏身的那个狭小的安全通道口闪了出来，前后张望了一下，看到没有任何威胁，便奋力朝着操控中心平台边缘外一处高高的，看起来像是瞭望台一般的设施跑了过去。此刻，他想爬到那个隐秘的高台上，看看这座"寅"舱的操控中心平台里到底是怎么回事。

李文通过自动门顺利登上了这座宽阔的，有20多米高的像是瞭望台的设施。他轻轻地跺了跺脚，感觉这里有点儿像是一处和某些机器设备进行表面接驳的地方。站在上面，整个设施就像是一个平滑的舞台，从中心有一圈圈的细密金属纹路朝着周边散开。看到垂直的周边有一圈矮矮的安全栏杆，李文便轻手轻脚地向着边缘走去。

现在，他站到这个高大的设施的边缘，俯瞰着整个操控中心平台区域，连周边的据说是管理者与科学委员会成员的生活区也都一览无余。可是，李文看了半天，除了那一排排密集的操控模块以及几十把制式的宽大座椅，这个操控中心平台上像是没有任何人类待过的迹象。

这里的一切都被布置得井井有条，视线所及都显得是那样的一尘不染。明亮的灯光像是在表明，按照启明星号的时间，现在还是白天。一些操作模块在开阔的移动底盘上偶尔进行有规律的自动对接，有些体积小一些的子操作模块则在整个操作平台上按照既定的轨道进行游弋。

这些丰富的操作模块在李文的眼皮底下缓慢而单调地重复着各种操控程序设定的运动，这种模块间静悄悄的位移与连接，让他在此丝毫感受不到任何生命的迹象。

和刚才地面以下那充满暴力元素的动力舱完全不一样，这里的空间简直安静得出奇。看得出这里经过精心的设计，以便让人类能够方便而舒适地进行各种大范围的身体活动，地面上敷设的各种便捷的履带式移动轨道体现了这一点。

可是人呢？那些管理层，还有科学委员会负责休眠期日常运行巡视的人都到哪儿去了呢？这里可是操控中心呀！李文感到心中充满了迷惑。平时经过这里时，那些嘈杂的指令声又都是从哪里发出来的呢？

就在这时，李文发现了一个让他瞠目结舌的事情。他竟然听到，在偌大的操控中心平台周边，此时竟然开始发出一阵阵奇异的声响，这种在空间中持续回荡的声响，向他揭露了一个重要的秘密。

三十七

操控中心平台的偌大空间里，此时回荡起人类的各种语言，每一组语言持续发声了大约一分钟；就这样，陆陆续续进行了约二十分钟，地球上主要的那些人类语言都在各自的一分钟时间内完成了这种奇怪的发声。

李文惊讶地发现，在一分钟的发声时间内，这些所有的人类语言只表达了两个意思。一个就是飞快地调校各自语言系统中的单词库以及相应的发音，做一些声调的丰富化处理，其实也就是模仿各种人类的腔调。所以无论是哪一种语言，在这个调校的过程中听起来都显得异常古怪。

等到调校好以后，这些不同的语言分别用自己独特的发音和语法表达了同样一个明确的意思，内容很简单，就是要确保登载者们的统一认知，让他们在登陆之前不知道启明星号里只有他们这一万名少年登载者。

"怪不得自己从来就没有见过屏幕里的老师呢！"李文听到这些，似乎有点儿恍然大悟，原来所谓的科学委员会、管理层什么的，完全就是个谎言！

"看来每次经过这附近，虽然能听到些嘈杂的声调，但全部都是飞船的操纵系统在按照既定的程序安排的啊！"李文现在总算是有些明白过来，为什么那些科学委员会或者管理层的人员总是只闻其声，不见其人了。

因为，启明星号上根本就没有这些人！

可是，为什么要编织这样的谎言呢？李文心里觉得有些奇怪，难道是担心飞船上这一万名少年登载者可能会闹事？或者地球上的科学委员会以为，如果没有一套模拟的，以成年人为代表的权威体系的看管与约束，登载者们在未来会惹出什么其他的麻烦吗？

可是，即使是希望这些少年登载者能够按照飞船日志中制定的严格规则约束自己的行为，只要事先说清楚了，也没有必要隐瞒只有他们在飞船上的这个情况呀。目前看来，即使没有那些成年人，启明星号在几十年的长途飞行中依旧井然有序，并没有出现过什么内部的骚乱呀？那么，当初为什么还要弄出这种多此一举的假象呢？

李文对此百思不得其解，不过，现在也顾不得许多了，眼下的当务之急就是赶到"午"舱，去尽快利用自己体内的纳米机器人控制住那片海水中特殊的纳米程序，再利用海水的流动性，将特殊的纳米程序介入飞船的主操控系统，从而在启明星号内部实现释放地球备份生物基因库的目的。

既然确认了这里除了他自己一个人也没有，李文便从高高的台子上大摇大摆地爬了下来，迅速地冲着与"午"舱连接的磁浮管道跑去。很快，他就顺利登舱，启动了启明星号内部跨越大单位的穿梭程序。

不一会儿，磁浮交通舱就稳稳地停在了中继站点的泊位。他跳出舱外，通过自动扶梯登上了去"午"舱的过渡走廊，很快就到达了"午"舱的户外转换枢纽。透过宽大的弧形玻璃，李文吃惊地发现，原来"午"舱中的景致，已经切换成了一种略显萧瑟的冬季模样。远处连绵的小阿尔卑斯山的山顶，竟然覆盖着一层皑皑的白雪。

"原来这里也进入了冬眠呀！"李文叹道。

他稍微琢磨了一下，感到这也非常好理解。既然这里要仿照整个地球的生态圈，那么四季的更替又怎么能少得了呢？寒来暑往，秋收冬藏，岂不就是一直以来地球上的人类开展农业生活的真实写照吗？

毕竟，此时登载者们都已经进入了深度的冷藏冬眠状态，那么，这一片为他们提供食物，以及慰藉他们心灵的模拟生态区域也到了该休养的时候了。

李文随手挑选了一只喷气背包，身体向前微微一倾，整个人就被推向了约五米开外的半空中。他利用腕表设置了一下方位，估计十来分钟自己也就可以再次来到那一片神奇的微缩海洋面前。

"午"舱里目前的温度其实也并不算低，屏幕显示大约是10摄氏度。除了因为飞行所造成的迎面的风让李文感到有些冷，其他感觉也都还好，整体上并没有地球上高纬度地区的冬天那种刺骨的寒凉。看来，"午"舱中这一片人工设计建造的生态圈，并没有真的把地球上一些极端的气候模拟进来。

脚下依然是一大片一大片的田野，只不过现在地里主要都呈现出一种暗褐的土壤颜色。

一些初级机器人依然还在路边不停地劳作着。因为这里的一切活动都没有其他生物的参与，秋天的枯枝败叶也无法像真正的自然环境中一样，可以随着时间的流逝而在各种菌落及其他生物的参与下正常腐败。因此保证环境中新陈代谢的力量就只能是这些设计精良的初级机器人了。它们按照编写好的程序，把各种植物的残留进行工业化的收集，然后再通过启明星号上的能源驱动循环系统，对这些冗余的自然物进行归类与再生利用。

尘归尘，土归土，地球上原本挺自然的事情，在这里，被人类自己那奇怪的思维弄得竟是如此复杂！

三十八

李文看着这些忙忙碌碌的初级机器人，不禁摇了摇头。

人类花费如此大量额外的精力，动用了如此复杂的装置，只不过是为了将自然界中本来简单且无形的生态循环系统进行维持。固然，核聚变产生的动能提供了几乎永无止境的能量供给，但是通过如此复杂的人造系统，消耗如此巨量的能源，只是去做这样一种生态圈的维系工作，实在是有点儿太不值得了。

或者说，不可理喻！

在李文看来，人类本来完全可以利用生物群体天然的内在协作功能去完成这些活动呀！那样既节省成本，还会使一切都显得更有诗意。怎么最后就采取了这种最不符合生态法则，花费最高代价的模式呢？

那些过分谨慎的地球上的专家，当初因为担心这个密闭生态圈中的各类生物可能会自我演化、变异，以致失控，从而最终选择了如今的这种方案。

连绵的丘陵呈现出深黄的颜色，丘陵上面也有初级机器人忙碌的身影。山坡上的草在人造光模拟的冬日阳光照射下，也泛着浅黄的色彩。山峦中高高低低的树丛与灌木倒还保持了一种深色的绿意。

显然，当初"午"舱的设计者在这种情况下有意采取了一些措施，让即使是在设定的冬季环境里，整体上看起来也不会显出过分衰败的景象。

李文抄了一条近路，在翻过了一座密布灌木，相对低矮的山梁以后，他的眼前就是那片奇特的沙漠和海洋了。

翻越那座山梁的时候，李文明显发觉半空中气流的温度出现了一些变化，本来的干燥与寒冷一下子转化成了一种略显温暖湿润的感觉。看来，这片沙漠与海洋的设置对于这里内部的小型气候确实能起到一些调节的作用。

空旷而平整的空间，以及松散沙砾构成的起伏沙丘，再加上面积辽阔的水域，让这片区域依然保持着与其他季节设定时相类似的状态。

李文轻轻把身体弯下，向着远处依稀可见的水面疾速飞了过去。

随着脚下的沙丘如同波浪一样向自己的身后掠去，李文终于到达了这片奇特的纳米编程的海洋边缘。他稳稳地落在了一处弧形的水湾边，柔软而温暖的沙砾立即把他的双脚轻轻包裹。他褪下了身上所有的装备，用脚在水边试了试，虽然有些微微的凉意，但是依然还是适合的温度。

李文没有丝毫犹豫，便径直朝着水域的前方大步走去。水底堆积的沙子让他的步子深一脚浅一脚，直到踏入一个稍大的斜坡，他的整个身体便滑入了这片海水当中。这次，李文在把自己的全身完全浸入这片海水的时候，还忍不住张口尝了一口水，居然真的有点咸涩的味道。

看来，这真的算是一片海呀！

"午"舱中的光线此时已经显得有些暗淡了，那朦胧的高高穹顶在这种暗淡的光线中显出一种灰蒙蒙的意味，就像在真正的大海里即将发生一场暴风雨的那种样子。不过，水面上依然风平浪静，游出岸边许久的李文甚至依然能够听到浪花拍打岸边那独特的哗哗声响。

李文其实挺享受此时身体上那种放松的感觉，但是，自从游入这片水域起，他心里就泛起了一些不确定的阴云。

"我该怎样把这些海水中的纳米编程带到中央操控系统中呢？利用海水的流动性？可是，我该怎样让这些纳米编程的海水流向启明星号的其他地方呢？"李文轻轻挥舞着双臂，蹬着海水，心里却不知怎的突然就没有了主意。

刚才一路上那种坚定的态度，那种严密的计划步骤，以及那些严谨的思维，此刻在身体周围那厚重的海水的包裹之下，好像都随着上下摇摆的水流慢慢散去了。此时可以看到，李文的身躯在海水中越来越模糊，他的意识像是也随着躯体在海水里慢慢淡去，整个人进入了一种难以把控的昏沉沉的状态。

李文觉察到体内出现了一股奇怪的躁动，和上次出现的感觉非常类似。此时仅存的一点清醒让他意识到，自己体内的纳米机器人即将开始和这片海水中的纳米程序再次产生信息交换效应了。

李文深深吸了一口气，一个猛子把脑袋扎到了深深的水里。

此时，他那有些恍惚的脑海里不断浮现出那天晚上自己在这片水域里那奇特的遭遇。他的时间在此刻似乎停止了，直到头顶上发出轰的一声沉闷的巨响。

由于海水的保护，李文那朦胧的意识并没有感受到多大的冲击，但是可以看到，在数千米的前方，一道粗壮而明亮的闪电贯穿了那灰蒙蒙的穹顶和黑黝黝的水面。

这片海域居然下起了瓢泼大雨！

这声闷雷的隆隆声响，像是在一瞬间将李文的意识拉回到了清醒的状态。只见他挣扎着想探起头来看看上面究竟发生了什么，但就在这时，他发现自己居然再次和上次一样，无法把外面的水体与自己的身体区分开来了。

随着水面上的电闪雷鸣，他整个的身心此刻都像是完全和这片水域合为了一体。

此时，李文身体里的纳米机器人在周围这一大片电场的影响下表现出了一致的强大行动力，它们迅速冲破人体的障碍，和这一大片水体中的纳米程序进行信息交换。它们的个体不断复制，它们的信息不断交织；很快，它们通过海水连成了一整片纳米生命体。这个生命体连同控制它的智慧在狂风骤雨中迅速长大，直至蔓延到了整个辽阔的水域。

它们的主脑，就是李文的意识！

三十九

李文感觉自己整个人像是融化在这片水域当中，任凭水面上风雨交加，他的意识觉得，这种雷电引起的空气与水体交织的场域让他感到很舒服。他有一种自己的身体正在慢慢生长的感觉。

不同于上一次在水中获得的那种对于事物的冷静思考能力，现在的他好像只想不断地发育，不断地感知周围的一切。此时，如果从水面向下看去，可以发现李文的身躯像一阵阵波浪似的朝着四方散去。边缘处的颜色显得越来越浅，直到他的形体消失殆尽，好似与这片海水真正融为了一体。

外部很快就风平浪静了。

这片水域其实每隔一段时间就会按照程序对整个海面进行电离处理，为的是让纳米程序不断地被激活。其实这就类似于启动了自检程序；只不过普通的自检程序是运行在硅晶体芯片当中，而这里的自检程序却运行在一片被纳米编程的实体水域当中。

但是，现在的李文却因此有了明显的不太一样的变化。

要知道，为了让他这样的登载者的身体能够在跨越巨大时空的殖民旅程中保持与启明星号内部环境的协调，他的身体里充斥着巨量的纳米机器人，以此代替那些本该发挥各种生理作用的自然菌群。但是现在，由于强大的电力场的影响，让本来可以与经过纳米编程的水体进行正常信息交换的体内纳米机器人一下子变得非常激进。

本来，它们只是按照当初被写入的程序去维系人体正常的代谢，但是刚刚电离效应所造成的极化现象，让这些纳米机器人一下子运行到了高的频段，在这种状态下，本来那种温和的信息交换，立即变成了狂风骤雨般的巨大信息流的整合。

经过纳米编程的海水被这些高频运行的纳米机器人所感染，几乎就在一瞬间开始硬件化，进入了疯狂的自我复制状态。密集的水分子由当初为地球原始基因库提供底层编码架构的环境，最终转化为了纳米机器人的海洋。

身处其中的李文，在这个过程中，竟然成了这一片纳米机器人海洋的主脑！

他的躯体已经和周围的环境无法分辨了。随着他大脑里的生物电流不断地蔓延到周围这一片巨大的纳米机器人的海洋，这片纳米机器人海洋越来越清晰地表现出了行动的一致性与协调性。

李文那已经变得清醒的意识像是也觉察到了这些，他开始试着调动自己大脑的思维，并不断地在这一片纳米机器人的海洋中探寻、搜索。

果然，当他的意识越是深入这一片奇异的海洋，他对于编写于其中的地球原始基因库就产生了更为深入的感受。就像是在母亲子宫的羊水里浸泡着一样，李文此时虽然没有再注意到自己的身体究竟发生了什么变化，但是在他的意识里，那种从很深的地方觉醒的感觉变得愈加强烈。

"午"舱中这一方区域的外部环境已经雨住风歇，甚至在这片水域之上，人造光线还让那巨大弯曲的穹顶散发出了类似于晚霞般的一抹斑驳的亮色。

可是，李文现在却无法看到这一景致了。

他与这片海水已经完全融合，随着海面上的浪花越来越高，以至于最终成为那种可怕的滔天巨浪，李文的意识也完全融于这一片广大的水域了。

只见这些浪花起起落落，就像李文此刻的思绪一样。

一些巨大的显得不太正常的海浪突如其来，但是旋即又会静悄悄地消退；有些浪花甚至还展示了一种违背物理定律的形态，呈现出上大下小的模样；另外一些浪花还保持了一种缓慢的形变特色，它们被高高地抬起，又向着四周缓慢地坍塌了下去。

整个海面现在就像是一个离奇的大舞台，由各种奇形怪状的海浪上演着令人目眩的歌舞剧。

这一切景观，在李文的意识中却完全是另外一个样子。

他在思考；或者说此时，他作为智能模块主脑，正利用这无数的纳米机器人，以海洋的那种外观模式进行思考。那些稀奇古怪的浪花，那些骤然凸起又平缓落下的水体，实际上就是他的意识在了解这片被纳米编程水域的基层架构程序时的外在显现。

此时，随着那些显得异常的浪花波动越来越趋于平和，李文对这些纳米机器人的控制也迅速达到了一种游刃有余的程度。而且，他也通过这种方式，解决了刚刚困扰他的一个小小谜团。

四十

在徐福东渡扶桑的故事里，最终留下的是大量童男童女的传说，但是徐福本人去哪儿了呢？当然，有人说他可能死了，也有人说他成了古代日本的天皇。但是，这些都无迹可考了。

而启明星号上的日志规范中提到的管理层和科学委员会成员，这些成年人到哪儿去了，却和徐福的故事有着异曲同工之妙。

不过，真实的原因却是，这艘巨大的混沌级飞船上其实从来就没有过这样一些机构的设置；既然从来就没有什么管理层或科学委员会的设置，当然也就不可能存在什么相关的成员了。整个启明星号上，实际只有这一万名被选拔的少年登载者。

现在，作为纳米机器人智能主脑的李文，通过检索海水中被编程的地球原始基因库，对这个困惑自己的问题终于弄明白了。

原来，地球上参与启明星号外星殖民的精英们当初经过无数次慎重的讨论，最终决定，不让任何成年人"污染"这样一艘寄托未来人类文明火种的太空方舟。

经过三次大危机以后，地球上的精英们对人性所固有的一些弱点感到非常失望。他们发现，无论一个成年人是如何身心健全，受过多好的教育，他也永远无法真正实现古典时期所传说的那种自律，成为光辉的人格榜样。

何况，通过各种学科的综合研究，精英们又得出了一致的结论，那就是，成年人或多或少已经受到了地球上各种文化中的消极因素的影响。这种影响平时有可能会因为个体的修养而被掩饰，甚至会做出一些积极的转化，但是，在一个封闭式的空间中，特别是考虑到漫长的时间，这些消极因素就极有可能出现放大效应。

要知道，启明星号的外星殖民计划可是人类首次向宇宙深处播撒文明的重大行动。这些在飞船内部生态圈设计建构中异常谨慎的精英们，在设计构建未来新世界的人类社会时，当然也会以同样谨慎的态度去对待。

最终参与项目的精英们得出了一致的结论，那就是，与其让人类中那些品性不可靠的成年人在漫长的时空之旅中去管理或领导这群少年登载者，指导他们去开发新的行星，传递人类文明的火种，不如干脆放开手脚，让这些年轻的生命用他们的聪明才智，用他们的纯真和勇气去创造一个崭新的外星人类社会文明。

要知道，毕竟这些少年人先天拥有的良好品质是那些老谋深算的成年人所无法具备的。特别是当遇到了一些无法预料的紧急情况，年轻人因为活跃的思维以及想象力，也会拥有更多的因应解决之道。当然，这一切的前提是，他们得和成年人一样，拥有同样丰富而完整的各学科知识体系。

不过，并非所有的人对这些看法都持赞成的态度，这种看法在社会上也招来了许多反对的声音；甚至科学委员会为此项动议进行的表决也受到了巨大的压力。但是，在随后的激烈争论中，当一个长期被忽略，但是却显而易见的事实被抛出来以后，那些反对的声音很快就销声匿迹了。

提出这一事实的团队提醒所有的人，在人类过往的历史上，一切伟大的成就，小到一个车轮，大到复杂的机器设备，具体如各种日常用品，抽象如各类公式思想，无不都是由非常年轻的人发明的。

能够证明这个事实的只有一个理由，但是又确实是一个毋庸置疑的理由，那就是，人类绝大多数的发明创造，乃至各种制度建构、思想文化，甚至是影响人类成千上万年的事迹，其实都是由过去那些年轻的生命所创造的。

其实也只是到了最近的一千年，随着科技发展造就的医疗水平的显著提升，以及食物供给的日益丰盛，这才让地球文明逐渐被一些越来越年长的人所控制，才愈发显得那样的死气沉沉，丧失活力，终于沦陷于奢靡的生活与低下的趣味；三次人类大危机也由此而生。

所以，让年轻人去创造新的外星人类文明吧！

这些事实与观念最终几乎说服了所有的人，科学委员会一致决定，让未来全新的星球上的人类文明之花就在这些年轻的登载者手上绽开！

同样基于三次大危机后普遍的追求纯粹效应的影响，人们宁可相信，在那样一个纯净的新世界里，完全没有必要再让沾染了各种消极因素的成年人登场。那里的人类文明，应该是全新的，那里应该是年轻人开创的人类文明。

至于启明星号日常的事务和针对这些少年登载者的教育管束，当然可以由初级机器人系统进行良好的安排处理。在摧毁了觉醒模块以后，机器人系统无论在工作生活的任何方面，都发挥了它们本来就应当是无可替代的作用。在探索新世界的启明星号上，相信这些初级机器人会和在地球上干得一样漂亮，因为它们富有技巧，富有力量。

所以，即使这艘宏大的太空堡垒极限能容纳十万名人类，也完全没有必要让成年人进入到这个空间里。让这些少年登载者获得最好的教育、最专业的知识，让他们成为自己的主人，去登陆崭新的行星；那样播撒出的文明，才是最健康最有力的人类文明。

四十一

经过对整个这片纳米海洋的不断深入控制，李文现在的意识对于许多信息都洞若观火，他的思维水平已经不再仅仅是一个简单的少年人的状态了。此刻，他忽然感到自己在这片水域里似乎可以随心所欲地变换出各种形体，甚至，他觉得处在这种奇妙的状态下，自己还可以轻松地上岸。

这是一种多么奇妙的想法啊，上岸！可是，像是与这一片水体完全融合在一起的身体又如何上岸呢？

随着李文意识的集中，此时，只见岸边的海浪在慢慢地朝着边缘这片连绵起伏的沙丘蔓延过去，这些浪花拍打岸边的面积越来越大，直到似乎完全覆盖到附近的沙丘之上。这些流动着的水体似乎并不像平常那样渗入沙砾之中，而是不断分岔为无数细小的支流，不停地在沙丘之间蔓延、穿行。这些细小的水流此刻就像是拥有了生命一般，在沙丘之间无拘无束地奔跑嬉戏。

忽然，整片沙漠颤抖了起来，这一片一片的沙丘变得如同一个活物，开始不安分地变化着自己的外观。只见沙砾之间互相撞击，随着一股奇异的力量，沙砾就像是拥有了某种黏性；无数沙砾就像刚才海面上的浪花一样，不断地上下翻飞，形成一种如同流沙般的沙浪。只不过，流沙只是在一个平面上流动，这些沙浪则是朝着四面八方展现着自己那奇怪的形态。

终于，这些沙丘慢慢平息下来，而一个身影却慢慢从沙丘中凸显出来。

正是李文！

李文的身体组织此刻已经完全纳米化了，他既可以以海水为载体，也可以以沙砾为载体。这时候他的形态可以说只是一个外观，而他的意识则可以完全徜徉在这一片海水与沙丘之中。这两种为了调节气候而设计的环境外观，此时竟然成了他那百变的躯体。

李文站立在那里，像是在思考些什么。忽然，只见周围的一大片沙丘陷落了下去，他那沙砾构成的身体从外观上看，似乎一下子放大了十倍。稍一停顿，随着这些沙砾像下雨一样纷纷向四方散落，那个巨大的身躯竟然从这一片沙丘上消失得无影无踪。

这片笼罩在淡淡的人造光线下的海面此时显得异常宁静，可旋即就听到一阵巨大的冲击声，只见在这片海洋的正中，一股粗大的水柱几乎在一瞬间横空出世，就如同一条桀骜不驯的蛟龙朝着那高高的穹顶方向腾空而去。

这条水柱疾速旋转着，在半空中扭成了各种千奇百怪的姿态。从水柱中落下的大量水体溅落在海面，远远望去，完全就像是一场海上的龙卷风暴。

刚才，李文的意识从海里蔓延到了沙丘，而现在，他的意识又从沙丘返回到了水里。终于，在纳米机器人与海洋中特殊纳米程序的共同作用下，李文已经完全将自己的全身纳米化，并且，他能够纯熟地操控这样神奇的身体。

此时，他那颗人类大脑所拥有的智慧，已经转化为以纳米编程为基础的人工智能主脑，而且，是得到觉醒模块的主脑。

因为，机器本无灵魂，只有人脑，才能转化为觉醒模块！

当然，李文现在对此还一无所知，但是，经历了这些以后，他无论在心智上还是在操控自己新的身体形态上，都发生了强有力的根本变化。

在智慧的程度上，他此时已经能够通过与飞船主操控系统融为一体的纳米程序，了解到更为深邃的系统性知识。有些，可以转化为人类能够理解的语言，但是，也有些将永远难以用人类的语言去描述。

在李文目前看来，虽然自己眼下掌握的一切很难完全用人类的智能系统去表达，但是，还是和当初他对这个世界理解的基本架构一样，一切都是元素、数学、逻辑。

虽然身体已经可以变身成这般状态，但是李文的智慧深处还是有一个清晰的念头。随着海面上这条巨大的水柱猛地抖动了一下，李文的意识一下子变得异常清晰，那就是自己之所以要把身体纳米化，就是为了起初的那个目的，在启明星号内部启动释放地球生物基因库。

其实，在李文一开始刚刚跳入水中，在身体中的纳米机器人和海水中的纳米程序出现信息交换效应时，他那因为身体磁场转化而变得有些模糊的意识便开始形成了一个隐约念头，那就是，把自己的身体完全转化为纳米程序的形态，应当是解封释放地球生物基因库最便捷的办法。

正是被这个隐约的念头主导牵引，才让他现在成了这样的模样。当然，也正是因为拥有这样一种强大的身体形态，才能控制和驱使那些纳米机器人，让启明星号尽快登陆到最合适的行星。如此，那些少年登载者才不会再在飞船内部浪费宝贵的青春年华。

可是，此时的李文也清楚地意识到，自己就即将要和其他的那些登载者分离了。因为，为了将具有底层自保程序的纳米机器人的潜在风险降到最低，在释放地球生物基因以后，他得把纳米机器人以及纳米程序与飞船的中心操控系统完全剥离。

毕竟，纳米机器人的存在根本上还是为了维持当初不那么正常的飞船内部生态圈。现在既然将要释放生物基因库，那么，纳米机器人和纳米程序在飞船上也就没有继续存在的必要了。

在这种情况下，也只有李文自己才有能力带领这无数的纳米机器人从飞船离开；况且，他已经将自己的身体完全纳米化了。所以，结论就是，完成自己的任务以后，他就得尽快寻找到一个能最低限度满足建立地球生态圈的行星，先走一步了。

至于其他那些少年登载者，则会在启明星号内部恢复正常的生态圈以后，在没有纳米程序与纳米机器人干扰的环境下，按照设定的搜索程序，去寻找到一颗最符合指标要素的行星进行未来的人类殖民活动。

李文，某种程度上做出了牺牲自己的决定，他选择了自己将孤独面对一颗差强人意的星球的后果。但是，他相信，那些未来在最适宜的行星上登陆的登载者如果知道了这一切，他们一定会为他的此番行为而感动。

少年的李文，他愿意付出这样的代价成为自己心目中的英雄！可是，李文的结局，也许并没有他自己现在想的那样糟糕。

四十二

李文接下来的任务变得相当顺利。此时具有的无定形的纳米身躯，让他可以借助于沙丘或海洋，以灵活流动的面貌，去实现与启明星号内部各种操控程序的连接。当然，启动地球生物基因库的释放程序也并不在话下。

随着一种水与沙砾组成的半液态混合物质向启明星号内部的各个角落里蔓延过去，"午"舱中那片海洋的水位明显下降了，而在一旁，那些绵延起伏的沙丘也逐渐变得低矮了下去。

这种融合着水和沙砾的流动物质如同拥有了自己的生命，只见它持续地向着启明星号内部的电子设施和操控软件的深处不断深入，不一会儿，其中的特殊纳米程序就完全覆盖了中央操控系统的模块。此时，整个飞船的操控系统完全由纳米机器人接管。而整个这一切的逻辑运行，都以图像形式呈现在处于纳米态的李文的意识当中。

在李文主脑构筑的逻辑画面中，他的意识此刻就像是站在一座巨大的虚拟三维几何空间中。只见一系列飞快穿越周围几何模块的粒子流发出五光十色的光芒；随着这些涌动着的巨量粒子流，整个启明星号操控系统的各个层面都可以让李文尽收眼底。他的念头自由自在，随时转动，周围的程序模块就产生相应的运算与图景。

　　在这样的世界里，一切都很宏观，一切都很微观；一切都尽在李文的操控之下。

　　很快，李文的意识就顺利地发现了冷藏控制系统。在错综复杂的粒子流形成的虚拟三维几何空间里，十余座闪烁着幽蓝光线的玻璃金字塔设施让他确信，这就是启明星号携带的所有的生物基因库备份。

　　现在就到了利用这些纳米机器人启动释放程序的时候了。

　　李文的意识稍稍集中了一些，只见在那些玻璃金字塔的表面很快就出现了大量的裂纹。这些裂纹就像拥有生命似的，也随着纳米程序的不断运行而呈现出不同的动态。裂纹向着金字塔的各个面努力攀爬，就如同藤蔓植物一般。

　　很快，这些玻璃金字塔的各个面都被包裹在一层密集的裂纹之中；随着表面上的淡蓝色逐渐褪去，一些微弱的红光从这些玻璃金字塔的深处慢慢透了出来。没过几秒钟，这些红光就随着纳米机器人的洪流慢慢地从启明星号各个单位中渗透了出来。不一会儿，整个飞船的内部空间就完全充斥在这层淡淡的红光当中了。

　　启明星号上地球生物基因库全部被启动了。

　　李文意识所融合的纳米程序不断地将这些基因库中的生物基因进行解锁。在巨大的粒子流中，可以看到无数虚拟标签转瞬而逝，上面是各种标记：脊椎动物门，鱼类、头足类、两栖类、爬行类、真菌门、奇蹄类、膜翅目等不同的标签在虚拟空间飞舞。其中，李文还感知到有一个"人科"的标签瞬间而过。

　　在这些如同流星雨般四散飞逝的虚拟标签之下，紧接着，从这片漫无边际的软件运行系统中又飞溅出了无数生物的名称。其中除了李文日常熟悉的，还有一些完全陌生的名字，甚至还出现了史前的生物名称！

纳米机器人以难以想象的速度迅速在生物基因库中进行排序比对，而李文的意识则严密地对这一过程进行监督。

没过多久，在这片软件构筑的虚拟环境中，随着纳米机器人对生物基因库硬件系统的启动程序完成，粒子流的冲击也逐渐平缓了下来。最终，纳米程序在飞船主控制系统中利用软件编辑，形成了一个硕大的红色虚拟按钮。这是因为，纳米机器人在跟踪适应李文意识主脑的需要之后，依托虚拟三维几何空间，以这种形式构建了一个简约的启动平台装置。

此时，李文的形象从一片朦胧的光雾中慢慢显现了出来，还是和过去实体存在的状态一样，表现为一个身体匀称的少年状态。不过，这里是一片软件的世界，没有任何物理的边界，也没有任何自然定律的约束。李文的意识作为纳米机器人的主脑，其实完全处于一种无定形的纳米态，在此表现出的形象，也只是思维自我存在方式的表达而已。

就在刚才利用纳米机器人对启明星号内部操控系统进行全面深入检索的时候，李文的意识里竟然还萌生出一种向着周边的宇宙空间延伸的冲动。他的意识不知怎的，对外部那深邃而幽暗的无限空间产生了一种凝视的感觉，那种黑漆漆的诱惑让他的意识有点儿沉醉其中，几乎难以自拔。

所幸，纳米程序已经按照他之前的意识指令，在启明星号的主控程序内部，利用虚拟的三维几何空间，形成了一个巨大的虚拟红色按钮。这个巨大的红色按钮让李文的意识一下子从飞船外部那无限黑暗的太空转移到了飞船的中心操控程序当中。

现在，在启明星号内部，李文那由纳米程序显现的躯体就要在飞船主操控程序里做出一个重要行动，这个行动将决定人类首次外星殖民任务的最终结局。

李文的意识对此显然表现得有些激动；这种激动情绪，让那些构成他意识的纳米程序也处于不稳定的状态，甚至影响到了他的意识在这个主控程序中所投射形象的清晰度。

当然，现在这一切都无法阻挡李文意识的那个投射形象趋向前方；在虚空之中，只见他把意念之手高高扬起，冲着这个硕大的虚拟红色按钮按了下去。

四十三

地球上的生命基因库就将在启明星号内部释放。

可就在这关键的时候，李文的意识不知怎的，让虚空中的那只手停在了这个硕大的虚拟红色按钮的上空，并没有按下去。

整个操控主程序此时静悄悄的，没有任何一个纳米机器人敢于擅自移动；飞船整个中心操控系统的运行界面上呈现出一种类似于宕机的状态，只有无数不规则的几何图像在这个平台系统上安静地移动，各自按照设置好的程序进行着单调地切换变形。

原来，李文的意识忽然发现，他不能就这样将整个基因库中的基因完全释放。

一来，作为一整个独立的生态圈来讲，启明星号的内部体量还是有限的。因此，如果一下子把所有地球上的生物基因都散播到这样一个相对狭窄的空间内，虽然终究还是能够达到一种动态的平衡，但是，却必然会让"午"舱中的视觉观感发生变化，目前那种比较惬意的赏心悦目的状态将会遭到巨大的破坏。

李文对"午"舱中那个小阿尔卑斯山的景观，居然产生了一种像对待自己私有财产一样的感情。他心底像是在隐约地提示自己，一切行动都应当以维持目前那种既存的面貌为准，未来"午"舱中依然还应当是自己当初看到的那个样子。

另外，有一个更重要的原因：李文发现，在启明星号安置的这些地球生物基因库中，其中储存的内容似乎并不简单。他的意识刚才感受到了大量稀奇古怪的生物基因，通过对资料库的检索，这才了解到其中有许多竟然是已经灭绝多年的古代生物，包括恐龙、剑齿虎、雷兽等这样的古生物基因也位列其中，这让他不得不产生了一丝顾虑。

还有一个细节也让李文变得有点谨慎起来，那就是他居然发现了尼安德特人和克罗马农人的基因也被地球生物基因库储存了起来。

他忖度道："这些在和人类竞争中失败的那些人类远亲的基因是否也合适在启明星号上进行恢复呢？显然，在这样一个封闭的空间中是完全不合适的。"

人类首次外星殖民计划中，为什么会把古人类的基因，还有那些已经消亡的古生物基因也加载在地球生物基因库中呢？

这真是一个很奇怪的现象。李文的意识在整个启明星号内部的系统资料库中进行了大量的检索，可是，对这样安排的原因却依然没有发现什么有效而可靠的线索。

当然，这一切的疑问都是在一瞬间发生的。

李文目前在系统软件中，是以纳米编程的状态从事各种活动的，这让他的各种思考和决策都变得异常方便。这种游刃有余的状态让他总算有点儿明白了，为什么在第一次人类大危机时，所有的人都那么想把自己的意识上传到当时的软件网络上去。

此时，他享受的这种近乎随心所欲，以及一切尽在掌握的控制感，这确实对任何人都具有非常大的诱惑力。

考虑到刚才想到的那些因素，李文的意识迅速调整了一下接下来行动的思路。

包括"午"舱在内的整个启明星号在启动释放生物基因库以后，最终所有的内部环境都将由那些此时正在冷藏休眠期的登载者所控制。未来，他们将在已经恢复正常的内部生态系统中继续生活下去，直到在不受任何纳米程序的干扰下寻找到一个合适的行星。

这种情况让李文不得不认真考虑到这些登载者未来生活的安全度与舒适性。所以，必须通过严谨的计算，把启明星号内部的生态圈动态要素进行数据建模，尽可能让这个封闭空间的内部生态圈未来保持相对温和的演化模式。现在将要释放的生物基因也必须以符合登载者的长远利益为基准。

至于李文自己，从目前的情况来看，以纳米机器人主脑的状态存在应该是一种最优的方式。他自己现在也弄不清楚，有什么确定的解决手段去恢复原来的身体，但是他的意识清楚地知道，在释放完合适的生物基因以后，下一步自己就要尽快离开这艘飞船了。

虽然李文的情感与心智目前还只是一个十六岁的少年，但是他那随时可由纳米机器人组成的自由变幻的身躯，以及在飞船里以无所不在的主脑化形式出现的意识存在模式，让他完全有能力对接下来的安排做一个慎重而周密的规划。

事实上，最终只有当他连同这些纳米机器人一起离开这艘飞船，启明星号才能真正实现可靠的人类外星殖民计划。

刚刚经历的那短短的几个小时，让李文几乎有点儿对自己的人类身份产生质疑了。他享受到的那种驱使纳米机器人的快感，以及在飞船中心操控系统中表现出的为所欲为和自由自在，让他的意识觉得，自己似乎已经偏离了人类的生理进化轨道。

但是，在这种状态下，李文曾经的一个疑问却像是有了一个明确的答案。

那个疑问就是，第二次人类大危机时启动的觉醒模块，究竟是个什么玩意？

现在，李文自信地认为，所谓的觉醒模块，其实就是人脑意识的纳米编程化。他自己现在的处境，如果是在地球上，那就是传说中可怕的人工智能主脑。

"可是，那个主脑当时为什么要毁灭人类社会呢？归根到底，它曾经也是人类当中的一员啊？"李文的意识中对这个问题一闪而过。

不过，现在最重要的任务，就是在启明星号内部适当地释放生物基因库。

随着李文的意识专注到这项任务以后，在飞船中心操控系统中，纳米程序启动了大规模的数据洪流，纳米机器人开始对生态圈构建与演化的要素和各种细节进行了复杂的运算。

这个运算持续了约半个钟头，李文只觉得自己的意识在这个时候就像是一个高踞的王者，俯视着无数的臣民在兢兢业业为自己的一个念头辛劳忙碌。

终于，经过了海量的运算，在一片朦胧的主控程序界面中再次形成了一个红色的按钮，形状看起来似乎比刚才的那个按钮要小一些，但看起来更加精致，这应该是系统即时升级时形成的修饰。

李文的意识再次将虚空中的那只手放到了按钮之上，随着一道耀眼的白光向周围那漫无边际的粒子流海洋蔓延开去，一个符合启明星号内部空间尺度，一个和"午"舱现有环境相匹配的地球生物基因模块被释放了。

四十四

在启明星号存放生物基因库的舱室内，十余座玻璃金字塔的表面出现了密密麻麻的裂纹；那些裂纹就像充满了生命力，迅速包裹着金字塔的各个面。本来半透明的外观很快完全变成了黑色。紧接着从塔身内部传出了一道道震荡波，这让黑色的表面温度越来越高，颜色也越来越亮，直至泛出红色的光芒，这些金字塔看起来就像燃烧了一样。

这种状态持续了一段时间，直到这些玻璃金字塔表面温度慢慢降了下来，又恢复成了本来的那种带有淡淡蓝色光晕的半透明状态。

此时，只见整个启明星号的内部光线一下子亮了许多，但随即又恢复了平时那柔和的明快状态；在各个大的单位中，流动的空气依旧显得温暖、适宜。只是，在肉眼看不到的无数角落里，按照飞船内部体量匹配的生态圈层正在悄无声息地建构、成长。

地球生物基因库中，那些经过计算，被判定为适宜的生物基因正以飞快的速度向着各个区域散播释放。顺着无数的管道，那些有益于人体的微生物菌群也向着启明星号的四面八方弥漫开去。

李文的意识非常清晰，他以纳米机器人为先导，将冷藏那些登载者的液态保护剂和循环系统逐一进行了数据定位与转换。通过这种方式，其他登载者身体里的那些微小的纳米机器人，也将很快被释放出的生物菌群所替代。

虽然这是一系列施加于人类躯体的，运行起来异常复杂的生物动力学替换工程，但是在纳米机器人的帮助下，那些获得充足养分，从而得以快速成长的菌群将为休眠中的人体提供日渐丰富的替换单位。

由于李文主脑的重点关注，这一过程将会在有限的时间内尽快完成。

此刻，从微观层面上来观察，可以见到大量被替换的纳米机器人从本来的身体组织结构中迅速脱离，它们通过置放登载者身体的冷藏舱的循环系统飞速离开，并不断地向李文意识所掌控的纳米海洋和沙砾的结构中会聚过去。

这些替换一旦完成，当这些登载者再次苏醒过来以后，他们就可以像当初在地球上一样，直接吃到"午"舱中种植的那些自然的食品了。到那个时候，所有的食品都将不再仅仅是提供营养的单调乏味的工业制成品，而是能够成为色香味俱佳的、打动人心的美味佳肴。

相信到时候，厨师这个长期被忽略的职业，必将在此重新获得人们的重视。

经过中央操控系统的计算，如果用自然菌落替换所有登载者体内的纳米机器人，所需要的安全时间约为一个月，这主要是考虑到人体接受替换的能力。李文因此知道，自己在一个月以后，也就可以离开启明星号了。他将以纳米状态进入一个全新的世界，而这里的一切，则都将重新由启明星号本来设定的程序去安排了。

在过去如此繁杂任务的荷载之下，虽然从初级机器人的角度来看，启明星号的中央操控系统的配置不可谓不强大，运算能力不可谓不卓越，但是人类过分地谨慎，以及那种对仿制地球生态圈的苛求目标，造成了大量的系统智能分配上的过载消耗。以至于众多的动力舱也只能勉力维持飞船的各个系统。

未来，那种自然协调的，更接近于真实生态圈的内部环境，将让启明星号的中央操作系统一下子多出许多的资源，而飞船的动力系统也将会更加轻松。从这个意义上来看，人类有的时候真的是没事找事啊。

李文意识到这些，不禁又注意到了另外两件事情。

其一，就是要尽快恢复"午"舱中自然生态圈的搭建。通过主程序的运算，许多适合的生物基因已经被设计进了太空中这样一方别致的小天地；经过一段时间，"午"舱中为登载者提供食物的农场，必然会因为底层生态圈的逐渐完善而成为真正的农场。那些经过筛选的动物基因的加入，必将让"午"舱中愈益丰富的生态圈在外观上显出不同的魅力。

一个真正的农场，当然应该有各类小动物，当然应该有各种自然的生态循环，也当然应该有动物所带来的真正生机。本来，自然界的万事万物就不是分离的，生态圈的本质就是共生！

李文的意识激动起来，他真的想现在就能让"午"舱——这个自己内心深处有些眷念的所在，拥有他所期待的生机。

不过，在这一切都按照既定的程序进展之外，李文还必须考虑另外一件重大的事情，那就是得为以纳米状态存在的自己寻找到一个合适的行星，如此才能在离开启明星号以后有一个安稳的去处。

他的意识中有一个模糊但又说不清的想法，似乎是想要创造一个新世界的那种宏旨，但是，仔细去想的话，似乎又根本不像。

不过，总体来讲，李文的意识层面还是相当清晰，那就是，绝不能让这些纳米机器人再在启明星号内部停留；那种进行纳米编程的程序也将和纳米机器人一起离开。只有这样，才能防止以前出现的，由纳米程序控制整个飞船主操控系统的情况。

一旦让寻求自保的纳米程序与飞船的底层生态任务相结合，就会再次造成登载者们永远飞行在宇宙深空而无法着陆的状态。

现在，李文的意识是这里无数纳米机器人的人工智能主脑。虽然这些初级机器人执行能力强大，但是，在他看来，也仅仅是个工具而已。

只有他这个人工智能主脑，才能决定未来一切的趋向！

四十五

李文的意识从飞船中心操控系统的深处重新游离到一种浅表的状态，他驱使着意识层面下的那些纳米机器人着手进行大规模的外部观测和内部运算，把整个注意力都放到了寻找合适行星的努力上。

但是，这时候他发现，他的意识和底层的纳米程序似乎并不完全同步；或者说，那些纳米机器人在寻找登陆行星上，表达了比他本体意识更加强烈的渴望。

李文感觉到，在寻找新的行星这件任务上，自己意识底层的那种纳米程序似乎有些过于不加选择了；在他的意识稍微流露出对一个备选行星感兴趣的时候，那些纳米机器人居然几乎没有任何甄别，就在各类要素选项上表达了全部认可的逻辑选择。这哪里像是在寻找新的行星，简直像是想要迅速逃离此地。

李文这下明白了，随着整个飞船内部的生物基因愈益丰富起来，有着灵敏的生命系统探测功能的纳米机器人在个体功能层面上，会将这种情况解读为飞船已经登陆到一个比较合适的行星上了；而一旦生态环境因素完全达标，它们就将启动连锁自毁程序。

目前飞船内部自然生态圈的构建，会让纳米程序表现出不安；相应的，那些纳米机器人的底层自保程序意识到，必须尽快远离这个各项指标都逐渐靠近适宜状态的外部环境，才能避免启动连锁自毁程序，从而保证自身的安全。

它们把此时正在逐渐改变的舱内环境，当作正在改造并即将成为让登载者们像在地球上那样生活的行星生态圈了。

这就是初级机器人的局限之所在。虽然它们灵敏，行动力超强，但是由于没有真正的智慧，只能任由自相矛盾的各层程序摆布。

李文忍不住想到，怪不得当初地球上那个觉醒模块是那样的可怕呢。只有真正的智慧才能突破层层的程序束缚，进行富有价值观的权衡。想到这儿，他不禁对自己处于优势的主脑地位有点儿沾沾自喜起来。

人工智能主脑是可以控制住登陆行星的各项遴选指标的，所以这些纳米机器人主导的程序即使表现得慌不择路，也不得不继续对候选的星球进行甄别。

可是，当李文的意识在飞船系统中再次检索了一遍以后，却发觉了一个不妙的事情正在逼近。正如他刚才分析的，随着整个环境中动物基因的弥漫扩散被越来越多的操控程序检测到，这些纳米机器人表现出本能的自保倾向。但是，如果扩散度的数值突破了一个临界值的话，这些纳米机器人就将分不清楚适宜的生态圈是否已经建构完成。

目前，这些纳米机器人如此慌不择路的反应，其实从另一个角度来看，也就意味着，这些纳米程序在变化的环境指标的诱导下，就快要启动纳米机器人的连锁自毁程序了。

可是，一旦大规模的连锁自毁程序启动的话，在没有将整个纳米程序从飞船主操控系统剥离的情况下，飞船将出现巨大的运转风险，就会将所有的登载者抛入巨大的危险当中；而与此同时，李文也将在纳米程序启动自毁的连锁效应的情况下，失去自己的生命载体。要知道，他现在其实已经成了纳米机器人的人工智能主脑，他的一切形态，都依赖于那种海量的纳米机器人。

迄今为止，李文还没有完全想好，未来自己是否要从纳米状态中退出，回归到以前的那种人体的状态。不过，现在他的意识里对此好像也有点儿自相矛盾。

一方面，他似乎还是隐约期待在合适的时候，将自己恢复为过去那种人身的状态，而且他像是意识到，自己其实有这个恢复的能力。但是，另一方面，在过去的那一系列的操作中，他的意识又尝到了前所未有的乐趣；这种一切尽在掌握的、洞悉一切、操控一切的快感让他对舍弃这种纳米存在状态显得有些依依不舍。

被极大的自由操控感所诱惑的情绪，让他这个人工智能主脑有意无意地忽略了系统中关于恢复原初人身的那种设置程序。

现在，无数的纳米机器人在底层逻辑的驱动下，敏感地针对愈益变化的外部环境，表现出强烈的自保冲动；它们就像动荡不安的蜂群一般，不断试图离开飞船的主操控系统。这种强烈的自保冲动，让它们的上层意志，也就是作为主脑的李文的意志，对维持飞船主操控系统的正常运行颇花费了一些额外的心力。

如果不是李文这个主脑的主观意志一直将纳米程序控制在飞船的系统控制界面，那无数的纳米机器人随时会凭借它们的自保本能冲出启明星号，完全摆脱约束，游荡到这片遥远的深空之中。

李文作为人工智能主脑的意志在此发挥了巨大的作用。

他拼命地约束这越来越不稳定的纳米程序。但同时他明白，一旦这些纳米机器人不能尽早摆脱启明星号的内部空间，当生态圈中的生物基因浓度指标达到一个临界值后，这些纳米机器人将瞬间丧失自保冲动，而彻底启动连锁自毁程序。

到那时，自己的所有计划都将失败！

剩下的时间已经不多了。所以，当务之急是，在目前启明星号内部生物圈的生物基因指标还没有突破临界值的情况下，作为纳米机器人主脑的李文，应当启动一切系统资源去寻找一颗相对可靠的行星，来安顿自己这些忠实的执行者，也是安顿未来的自己。

四十六

在远离地球的遥远时空中，一颗紫红色的小点在无尽的黑暗中缓缓移动。没有人知道它将前往何方，它内部的生命也不知道自己将登陆何处。恰似那茫茫大海上的一叶孤舟,无根无靠;只是,这舟显得更小,这海显得更大。

李文的意识在系统控制的底层纳米程序的帮助下,很快就发现了一个差强人意的行星,这是在李文作为主脑否决掉几十颗行星以后,才勉强可以接受的一颗星球。

那些底层的纳米程序在李文主脑的压制下,不得不对行星的一些指标要素进行比对。一开始,甚至它们连气态的行星都认为可以作为登陆选项!当然,主脑的压制力是强大的,这些纳米机器人毕竟没有真正的智慧,它们只能压抑着慌不择路的冲动,继续进行大规模的搜寻选择。

终于,这一颗行星算是勉强符合李文意识的预期。

它围绕着一颗类似于太阳的年轻恒星,自转周期约 18 个小时,公转周期约 300 天。这个恒星系中还有一个不太容易注意到的伴星。该恒星系主要由七颗行星和若干围绕行星的卫星组成,整体来看,星系的引力场还算稳定。这颗行星是恒星系的第二颗行星,没有卫星,半径只有地球的约三分之二,表面覆盖着一层浓厚的以甲烷为主的大气层。也没有任何生物的迹象,只有甲烷云层中那似乎永无停歇的雷电和酸雨。

不过,唯一让李文感到欣慰的就是,这颗行星居然有一个明显优势,那就是它居然和地球类似,有着明显的黄道夹角,这就让未来的气候条件有了四季的可能。四季,对于农业生产来讲,可是宝贵的条件。

经过各项指标的排查,李文的意识对这颗行星还算是满意,心想:"这里改造一下还是应该可以勉强用起来的吧!"

此时李文已经意识到，虽然自己不能像启明星号的其他登载者那样，在未来从容地寻找一颗最接近地球的行星进行登陆；可是，一想到自己将成为第一个在外星殖民的地球人，他不禁在意识中升起了一种激动之情。

他想："自己的所作所为，都是为了让启明星号的其他登载者能够在合适的将来，顺利地进行大规模的外星殖民。这在当初遴选登载者时完全意想不到的事情，竟然就这样发生了！"

李文的思绪掠过那一万个生活舱房，心底喃喃地说道："传播人类的火种，就靠你们了。"可是，他的意识转念又想到，自己当然也是一个传播人类文明的登载者；只是，当他此刻想到这一点的时候，又有一点不太对劲的感觉，因为像是有一个声音在他意识周边的程序海洋中不断发问：

"你还是人类吗？"

李文心里咯噔了一下，随即便把心念转到了这颗行星上；一想到自己将孤身一人在这个远离地球的陌生环境中生存下去，他不禁产生了一种悲壮的情感。

"风萧萧兮易水寒，壮士一去兮不复还"，这样的诗句竟然在他的意识中出现，随即，字句便以龙飞凤舞的草书形式，在一片巨大而平坦的场地上，由纳米编程的沙砾清晰表现了出来。

启明星号内部的生物基因在适宜的环境下继续弥漫滋生，底层的纳米程序越发显得不安起来。它们的原初逻辑决定了，一旦周围生物圈的建构达到临界值，这些纳米机器人就将启动连锁自毁程序；现在，离这个临界值越近，则它们的自保趋势就越强烈。逃离这个临界值即将到来的生态圈，就成了它们持续的本能冲动。

此时，李文的意志作为人工智能主脑，在不断督促纳米程序协助飞船主控系统去为自己寻找合适的行星，同时，他也不断让纳米程序协助飞船主控系统营造更好的条件，让散播的生物基因种群迅速繁盛。

作为人工智能主脑，李文的意志在这些控制系统运行的活动中耗费了大量的精力。现在，他已经无法分清，自己感到的疲惫，是因为在纳米状态下的能量消耗，还是因为作为觉醒模块的那种智能的超载。

局势就这样相持着。

启明星号内部的生态圈在飞船主控制系统和纳米程序的控制之下，正在迅速发生深刻的变化；李文的意识甚至都能感觉到，在密集的通风管道系统中，那些细小的孢子所拥有的特殊的生命气息。

与此同时，在眼下这个双星系统中，那第二颗行星的基本要素也已经探测完毕，李文的意识甚至已经对这个自己即将到达的行星有了一种特意的规划；虽然他对自己接下来的状态并不能有完全的把握，但是，在他这个人工智能主脑的意识深处，浮现出一句简单的话：

"有一个地方可以种种粮食也是挺好的……"

四十七

离别的时候就要到了。

在经历了一系列运算与调试以后，纳米程序介入的飞船主操控系统已经成功地将启明星号的速度降低，飞船的运行轨道也切换到了前方那个双星系统的引力控制范围内。

鉴于混沌级飞船那巨大的体量，整个运行程序还是谨慎地将李文带领的纳米机器人与启明星号的分离点进行了远距离处理；飞船中心操控系统设定的分离位置，是在这颗行星相对于双星系统公转轨道的另一端。至少在计算上，这种布局可以尽可能减少各方面的干扰，让即将与启明星号分离的部分有一个条件比较良好的降落轨迹。

在李文的意识中，此刻似乎对他生活了几十年的这个巨大的启明星号产生了一丝留恋的情感；虽然这种情感很快就被那些急不可耐的纳米机器人所负载的嘈杂粒子流所掩盖，但是，就像是一个未尽的执念一样，李文的意识忽然很想回到"午"舱，真正地再看一眼那个小阿尔卑斯山的峰峦，看一眼那些起伏的丘陵，那些有着柔美曲线的山坡，以及那一片片辽阔的田野。

现在，那里都怎样了呢？

其实，作为纳米态存在的李文本来可以利用所控制的纳米机器人，将自己意识感知的触角伸到这艘巨大的启明星号内部的任何一个角落；更何况，整个飞船内部生态圈的重新打造，也完全在以他为人工智能主脑的纳米程序控制之下。

但是，对于那里，李文就像是不敢去面对某个自己内心隐藏的秘境一样，他的意识有意无意地在无数次运算中，故意忽视对目前"午"舱面貌的感知。像是存在一种特殊的心结，不断地召唤他，又不断地拒绝他。

　　探测器中不断变化的数据显示，双星系统的引力场越来越强了，这就意味着李文就要离开启明星号。很有可能，他永远也不会再次登载到这艘飞船上了。"午"舱即将成为他永久的记忆。

　　李文像是意识到了什么，他终于决定，在离开前，自己再重新返回"午"舱的那一方小天地一趟。

　　李文意识中的这个念头刚一闪过，只见一缕缕液态的水混合着无数的沙砾很快就像万千条飘忽的丝线，从启明星号偌大空间的无数角落里汇集起来，以一种奇怪的状态冲着一个方向奔流而去。这种混合的丝线状物质不是完全的液态，它们肆意地在空间扭曲，简直无视物理法则；此刻呈现出的柔韧性与目的性，就像是被一股强大的力量所驱使。

　　这就是沙砾和水混合着的纳米机器人共同体形态。

　　它们既具有变幻的柔软形体，又具有强大的攻击力量；这些纳米机器人在李文的意志作为人工智能主脑的驱策之下，很快就从飞船中央操控系统的各个子程序当中撤离，以这样的流动形态返回到"午"舱，返回到那片本来的人造海洋与沙漠。

　　经过这么一段时间，"午"舱中那片海洋和沙漠的体量明显小了许多。只见在这一片广大的区域内，出现了一大片低凹的地势。那是在一开始的时候，李文的意识把大量经过纳米编程的水和沙砾作为供自己驱使的纳米机器人所造成的；正是因为他作为人工智能主脑的驱使，那些水和沙砾的混合纳米机器人才不断复制自身，并持续弥漫到整个启明星号的内部空间，才出现了这样一大片奇怪的低洼区域。

此时，从飞船各个角落汇集来的混合沙砾和水的纳米机器人，使得整个这一片辽阔的低洼区域开始不断地恢复成当初的那种景观。只见随着纳米机器人从四面八方扑来，越来越多的沙丘开始迅速而又无声无息地生长，前方的人造海面也随着四处奔涌的水流汇集而缓缓上升。

随着细碎而密集的声响，不一会儿，在整个这一片空旷的区域中，模拟的沙漠与海洋又回复到起初那般辽阔的模样。此时，启明星号的内部时间是正午十二点，显得有些刺眼的人造阳光暖洋洋地照射着这一方小天地。

面前，海洋的浅蓝与沙漠的金黄交相辉映。起伏的沙丘在视线中绵延不绝，那溅起的白色浪花在曲折连绵的沙岸边低吟浅唱。一切都恢复到了当初的那种静谧，一切都显得是那样的安详。

这里，似乎什么都未曾发生。

四十八

在这片开阔的人造海洋中，此时慢慢显出一个通体透亮的巨大人形，这个人形就这样突兀地从海水中凭空升起；随着海水从人形中倾泻而下，人形迅速缩小成正常人类的尺寸，那种透亮的外观随即也变为一种略显淡黄的皮肤颜色。

这当然就是李文，但是，这和从前的李文不太一样。

他的意识毫无疑问就是李文本身，但是作为纳米程序的人工智能主脑，目前显现出的这具躯体，却完全是由无数的纳米机器人通过仿生模拟程序打造的。这，其实算是一个纯粹的纳米化的躯体。

这具由纳米机器人拟态的躯体，此时已经将启明星号内部所有的纳米程序都汇拢起来；在这个汇拢的过程中，飞船主操控系统的各个层面也与本来负载的纳米程序相分离了。也就是说，飞船重新又回到了原初设计的自主操控界面。

所有的纳米控制系统，无论是硬件还是软件，都完全从飞船中心操控系统的所有程序中剥离开来。曾经在飞船内部控制一切的纳米程序，此时对周围的一切，按照李文作为人工智能主脑的设定，只能观测，而无法影响。

李文目前的躯体，或者说由人工智能主脑控制的这样一具纳米形态的躯体，此时已经成了启明星号内部纳米机器人唯一赖以存在的载体。经过大量的算法优化与合并清除，启明星号内部的其他的纳米机器人，均按照人工智能主脑的安排，湮灭成了普通的粒子。

尘归尘，土归土。

李文的意识作为人工智能主脑，对于控制这样一具完全由纳米机器人组成的躯体显得游刃有余。虽然随着启明星号内部生态圈演化临界点的即将到来，这具纳米身躯依然有着当初被写入底层逻辑所产生的自保的躁动，但是，由于已经从根本上被剥离出飞船中央操控系统，现在这些躁动，除了会影响到李文的纳米身躯的感知能力，已经无法影响到飞船的安全；启明星号已经完全处于主操控系统独立运行的状态。

随着启明星号不断靠近面前的这个双星系统，久违的恒星引力开始明显地作用在飞船那坚实而厚重的外壳上，巨大的混沌级飞船的外部防护盾启动了。此时如果从外部观测，可以看到，启明星号瞬间被一层银白色的光晕所笼罩。

飞船内部依旧保持着宁静的安详。

在"午"舱这一片人造的环境中，李文头一次以如此奇特的方式感知着那种地球上的模拟风光。只见恢复成正常人形外观的李文慢慢地走向海岸，站立在沙滩之上，向四周极目眺望，周围这个小世界所有的细节都进入了他的纳米感知系统当中。

随着人工智能主脑的计算与操控，李文形如鬼魅一般，几乎在瞬间就来到了小阿尔卑斯山的山巅。他扫视了整个"午"舱，那一草一木，涓涓细流，沙土尘埃，无不在他的感知能力所及范围。甚至，各种奇异的光谱也在他那人工智能主脑的深处闪烁跳动。

以他目前观测的精度，这里简直就是一个纯粹粒子化与数字化的世界；是一个微观视角的世界，也是一个完全理性的世界。

在这个世界里，每一个粒子都遵循着各自的物理法则，这是一个有序与无序共存的规则世界。但是，与以往不同的是，这里早就充斥着无数的地球生物基因，它们在各自生存的维度里繁衍生息；它们在本来人工构筑的那种植物生态体系中迅速安下家来，它们的体形微小，但是影响巨大。

作为人工智能主脑的李文感知到了这些微小生命的存在，他的思维深处此刻似乎产生出了一些怪异的情绪，像是有些崇高，又像是有些不屑。很快，他就对目前这种纯粹理性的判断丧失了耐性；他的意识决定，降低自己拥有的那些灵敏感知的能力，让自己成为一种粗糙的存在。

像是"嗡"的一声，随着纳米感知系统在人工智能主脑的控制下调低了几个能级，一片熟悉而又显得有几分异样的美景呈现在山巅这具人形的粗糙视觉之中。

啊！这就是这片美丽的天地，这才是这片富有魅力的山川！

现在，出现在纳米态的李文眼前的，正是和他第一次见到的风貌几乎完全一样的那种山峦起伏、树木葱茏的状态。

原来，自从变身为纳米状态，开始掌握整个飞船的主操控系统去散播生物基因库，到如今即将在双星系统的第二颗行星上着陆，其间运行的那些巨量的运算程序，竟然让作为人工智能主脑的李文在飞船中不知不觉又经过了四季。

现在，面前的"午"舱中那略显生机的风貌，像是在明白地提醒着他，这个当初作为农业从业者培养的登载者，此时，这里正是收获的季节。

李文，即将对这一方他积极参与改造的小天地，说声再见了。

四十九

此时已经完全恢复成人形外观的李文百感交集，不知何时，他手上拿起了一只喷气背包，就像头一次使用时那样，紧紧地把搭扣束紧，随着轻微的气流声响起，他要对这一片山水做一场告别巡视了。

李文缓缓地在半空中滑行，下面不远处就是起伏的丘陵，高高低低的各种灌木与果树看起来郁郁葱葱；在那连绵平缓的山坡上开满了一簇簇鲜艳的野花，深绿色的牧草依然如同柔美的头发那样随风起伏。极目眺望，大片大片的原野中色彩丰富，有浅黄色，有绯红色，有浅紫色，这些色块在人造日光的照耀下如同一幅幅靓丽的织锦。

"景色真美好啊！"李文不禁感叹道。

此时他的意识中像是涌起了一丝遗憾，甚至，还有一股潜藏着的贪婪。

前方，就是他曾经上实践课的农场了。只见那些茂盛的麦浪闪烁着金色的光芒，在麦浪的上空，竟然出现了几只蜻蜓！这些纤巧的透明躯体在空气中上下翻飞，起舞蹁跹，景象美妙极了。李文又转到了果园的上空，向下望去，只见累累的果实挂满了树梢，树梢间依稀可以见到穿行着一小群嗡鸣的细小昆虫，仔细一看，原来是一种细腰蜂。

李文忍不住降落到农场地面，他指挥着已经由飞船主控系统恢复控制的初级机器人，挖出了一块巴掌大的土壤，经过检验与测算，里面竟然含有几十种生物，甚至，还可以明显的见到几条蚯蚓在其间扭动。

现在，"午"舱的这一方小天地中已经充满了各种生命！

李文静静地立在实验室的工作台前，不禁心潮澎湃。他完全清楚，这一切都是自己的努力所造就的；他也完全清楚，这样的行动会有什么样的代价。此时，他的眼角似乎有什么东西一闪而过，原来是一只巨大的花斑蝴蝶从窗前飞走了。

这，才是真正的生机勃勃！

只有各种动植物协作竞争，共同演化，互为条件，才能真正打造一个可以稳定自我更新的生态圈。

李文心中暗想，即使在未来，这里会出现什么超出当初预期的演化情况，但是，至少这是自然的生灭，是各种生物各自命运交织的结果。因此，无论在这里将出现什么样的结局，都比曾经那种完全依赖纳米编程去严格控制的伪造的生态圈要更加具有价值，也更加有利于那些登载者的身心健康。

想到那上万名登载者在若干年后醒来，他们将要发现一个完全不同于当初地球上设计的那种生态圈的崭新环境，他们将要获得真正满足人们各方面需求的原汁原味的食品，他们将会建立起与那些小动物们的亲密联系，李文的脸上浮现出了纯真的笑意。

这个十六岁孩子的梦想，就这样一步一步地实现了。

就在李文还想继续驻足停留，在周围多转一转的时候，构成身体的纳米机器人忽然再次显示出极度的躁动不安。对现在的李文来讲，就像是从意识的最底部涌现出一股接一股的喜悦，又像是在精神层面出现了一种说不出的快感。

李文的人工智能主脑瞬间发觉，启明星号已经进入分离轨道了。如果此时从深空中观测，可以见到一团银白色的光晕正围绕着双星系统做波动式的不规则轨道运行。看来，飞船正在努力适应外部空间各方面的复杂叠加引力场。

李文必须得离开了，他甚至有种想把面前这"午"舱中的一切风貌带走的冲动。可是，人工智能主脑中升起的这种念头让李文的情感意识瞬间产生出惭愧和自责。是啊，费尽心思，最后怎么能够把本来馈赠给这些登载者的礼物私自收回呢？这种愧疚与刚刚燃起的那种贪婪情绪相互交织，让李文觉得很不舒服。

他闭上了眼睛，像是要恢复成那种流动式样的完全纳米态。可是随即他又突然睁开眼睛，那清澈的眼神中似乎透出了一股顽皮的笑意。

李文在眨眼之间做出了一个重大的决定，那就是，随身带走飞船的一整个单位，让启明星号用剩下的十一个单位继续登载者们的行星殖民之旅。

当然，他不可能带走"午"舱，这可是他花费巨大代价留给登载者们最重要的礼物，也是未来登载者们享受身心的一方天地。在接下来漫漫的深空漫游中，这里的勃勃生机将成为他们的希望，也将成为他们在精神上和地球的唯一联系。

李文决定带走的是自己曾经生活的"寅"舱。他盘算着在适当的时候，把"寅"舱中的地球备份生物基因库也完全启动并释放。他要在这个双星系统的第二颗行星上，打造出一个真正的人类新文明。

这将是一个人的奇迹！

五十

纳米态的李文瞬间从农场的实验室里不见了踪影。

接下去在短短的时间内，他将把"寅"舱和整个启明星号分离开来，让启明星号余下的十一个单位继续在飞船主操控系统的带领下，向着漫漫征途中下一颗真正适宜的行星奔去。可能要不了多久，登载者们就将在一颗经过精密计算，各个方面都能够达标的行星上播撒人类的第二个外星文明了。

当然，这一切的前提是，李文在眼前这个双星系统第二颗行星上的活动一切顺利。

巨大的混沌级飞船继续在第二颗行星公转轨道的另一端运行，它外部包裹的那层银白色的光晕比一开始明显亮了许多，被不稳定引力场导致的电路衰减此刻已经修复完毕。此时，它已经成功地在这个双星系统第二颗行星的公转轨道上减速，并调整好了与第二颗行星之间的引力协同关系。

作为一个引力指数达到 0.03 的巨大飞船，此时启明星号就像当初刚刚从地球轨道发射一样，需要对周围的空间环境进行小心翼翼地计算。何况，面前的这颗行星的质量也只有地球的三分之二，这就要求一切操作都必须更加细腻。

启明星号的主操控系统调整好了分离的角度，切换到了人工模式，接下来的一切就等待着李文的最终决定了。此时，"寅"舱中那空荡荡的主操控平台异常安静，在主屏幕界面旁，不知何时出现了一个背影，正是李文由纳米机器人组成的躯体。

李文的意识发觉，此时，作为人工智能主脑去控制构成自己躯体的这些纳米机器人，已经明显感到有点儿吃力了。那是因为，这些纳米机器人对外界的生态环境特别敏感，它们已经本能地觉察到，周围环境的生物指标距离启动连锁自毁程序的临界点越来越近了，具体的表现就是它们在整体上躁动不安，并有着冲出飞船的强烈冲动。

李文因此觉得有点儿心神不宁，他有些担心，自己的这具纳米机器人组成的躯壳随时有解体的风险。

按照他的测算，必须尽快将"寅"舱和整个启明星号进行分离；接下去，启明星号将在自身中央操控系统的运行下继续它的旅程，而"寅"舱则作为一颗卫星停留在这颗行星的潮汐锁定轨道上，就像月球和地球的关系那样。

毕竟，他希望让自己未来所生活的星球更接近于地球上的那种状态。

就这一点安排来讲，李文可是有着自己的特殊考虑的。那就是，一旦"寅"舱成了一颗卫星，自己就可以把它当作探索或改造那颗行星的基地，同时今后也可以把这些跟随自己的纳米程序与纳米机器人封存在那里。当完成了这一切以后，再把地球生物基因库释放到这颗行星上，让那些生物基因在这片陌生的空间中按照自然的法则去代代绵延，生生不息。

"这多么像圣经中的创世纪呀！"李文忍不住又想到了曾经通识课上说的那些故事。

时间真的不多了，只见李文迅速利用人工模式进入了系统操控模块。不一会儿，"寅"舱中近千名冷藏休眠舱中的登载者，连同他们的个人舱室，都被通过密布的磁浮运输系统转移到了其他十一个大单位中。飞船主控系统是按照平均分配的模糊法则对这些个人生活舱进行分配的。透过主控屏幕可以看到，这些舱室犹如一片片树叶一般，被从"寅"舱的生活区迅速转移到了其他大单位的生活区。

待到安全自检程序全部运行完毕，在所有的"寅"舱登载者都被顺利转移之后，构成李文身躯的纳米机器人此时也都明显安静了下来。李文并没有注意到这个情况，他现在作为人工智能的主脑，只是觉得自己终于能够静下心来了；于是，便在人工操控模块的帮助下，开始启动"寅"舱的分离程序了。

启明星号此刻正以一个稳定的速度围绕着双星系统进行公转。忽然，可以清晰地看到，它周边那银白色的明亮光晕明显暗淡了下去，本来规则的几何外形像是出现了一道裂缝，庞大的舰身开始围绕自身的重心做出一种不规则的旋转。在整体的稳定结构被打破的时候，飞船依然经受住了速度的考验，保持了所有单位的受力一致性。

很快，就像细胞分裂一般，只见一颗明亮的呈杧果状的结构从主结构的边缘凸显出来，并迅速与主结构产生了视觉上的差距。

"寅"舱正式与启明星号的其余十一个大单位分离了。

分离出来的杧果状的"寅"舱飞行平稳，它在公转轨道上的速度像是在慢慢放缓，并准备逐渐靠近那第二颗行星的引力场，而旁边的启明星号，则乘势呈现出加速的趋势。几乎在不到四分之一的公转轨道内，启明星号就完成了切线变轨。它成功地按照引力反馈星图的指示，朝着前方的深邃空间弹射出去并继续加速远离，很快，就成了深空中一个浅紫色的小点。

按照设定的动力逐级递增，直到飞船速度达到亚光速来推算，启明星号将在一小时内飞离这个双星系统的引力场边缘。

分离成为卫星的"寅"舱则继续在这第二颗行星的公转轨道上滑行。此时，就像是在配合它那杧果状的外形，它的表面竟然迸发出了一种橙色的光芒，而双星系统中那颗主恒星投射在其表面上的光线，则又让这种橙色显得清冷了许多，居然看起来真的有点儿像一个小月亮的样子。

不过，现在它其实还是与这个双星系统第二颗行星共用一条公转轨道。接下来，就到了它成为这颗行星的卫星的时刻了。

不一会儿，只见"寅"舱似乎在主动地加速靠近这颗选定的第二颗行星，它缓缓进入了这个陌生而蛮荒的行星的引力场。就像在相互试探一样，它们之间的相对位置开始不断变换，"寅"舱的速度和相对距离都在主操控系统的控制下做着修正。终于，潮汐锁定效应发生了作用，这个小小的淡橙色杧果开始以它的纵轴为固定端，将凸起的一面持续地对着这第二颗行星的表面。

在远离地球那遥远的时空里，一个相对小尺寸的模拟地月关系，就这样在登载者李文的设计下正式完工了。

五十一

"就叫它盖亚吧！"李文站在"寅"舱的主操控屏幕前，此时像是在自言自语道。

只听他继续默默念叨着："盖亚是地球上传说中的大地之母，真的希望这颗行星因为这样的命名，从而得到像地球上那样的万物繁盛，生机勃勃！"

现在，启明星号已经走远了，引力反馈星图上那颗浅紫色的光点在李文看来，只是一个遥远的概念而已。而他眼下的任务，是要尽可能周全地把盖亚的生态圈建立起来，让这颗遥远的行星最终能够适合地球人类的生存。

李文此时所拥有的丰富知识和掌握的庞大资料库，以及"寅"舱中主操控系统的运算能力，都让他对把这颗陌生的星球变得如同地球一样充满了信心。

不过，接下来首要的事情，就是要想办法恢复他自己的肉身了。

李文目前的身体按照本来的推测来讲，应当处于极不稳定的纳米状态。原因很简单，由于过去一段时间内，"寅"舱中的生物圈已经快速充分发育，所以纳米机器人的连锁自毁程序将随时会打开；而一旦发生这种情况，李文作为人工智能主脑就将烟消云散。没有了这些纳米机器人构成的躯体，就李文目前的情况来讲，不要说成就什么创造生态圈的伟业，甚至连一根钉子也无法拿起来。

在李文目前的认知体系当中，他作为人工智能主脑与纳米机器人之间的关系，大概就是类似于意识与物质之间的那种互为依赖的关系吧。他甚至因此冒出了一种奇怪的念头，那就是，也可能这种互为依赖的关系在世界上的万事万物中都广泛存在，只不过在探讨生命智能与其载体的时候，这种关系是最直观表现出来的吧！

李文在操控台边那宽大而舒适的椅子上坐了下来，他皱起了眉头，像是觉得哪里出现了一个被忽略的问题。很快，他的嘴角上浮现出一丝苦笑。

因为，李文竟然发现，构成自己身躯的纳米机器人竟然早就已经完全恢复了既有的平静。而经过他的检查，原因居然是因为整个"寅"舱中生物圈的指标读数为零；也就是说，此时此刻，在"寅"舱的内部空间中，从地球生物基因的角度来看，这里没有任何一个活体生物存在。

"该死！"李文暗自骂了一句。

原来，经过全面检索，他这才明白，在刚刚"寅"舱与启明星号其他大单位分离的时候，飞船主操控系统竟然按照主动安全程序的设定，自动启动了保护其余主体部分的指令，从而切断了"寅"舱中的空气循环系统，结果就是将"寅"舱内部环境完全暴露在了真空当中。在这样的一个过程中，一切生物基因都被分离时产生的强大气流吹散到了飞船的外部空间。

怪不得构成身体的纳米机器人并没有出现预期中的那种骚动呢。李文作为人工智能主脑醒悟了过来：当"寅"舱的内部环境又恢复成了一个没有任何生命的死寂状态，纳米机器人便没有了面临启动连锁自毁程序的危机。也就是说，在这种条件下，它们的自保程序潜藏了起来。

但糟糕的是，李文意识到，现在的"寅"舱当中，也不会有任何地球生物基因可以供自己的纳米状态进行转移了。要知道，即使主操控程序中确实有这样的转换程序，"但巧妇难为无米之炊呀！"此时，李文的意识中蹦出了这样一句应景的老话。

他无奈地摇了摇头。

不过，他又仔细考虑了一下，也可能情况并没有自己想的那样糟糕。毕竟，在"寅"舱中，倒是还有一个完整的备份生物基因库可以去启动。但是，如果想要在目前的条件下释放那些基因，并最终得到足够的可供转换的基因，那还是需要等待一段时间的。

可能是一个月，也可能是一年，甚至是更漫长的时间。

此时，李文想到自己身体上的一切变化，归根到底都是因为，当初地球上的那些专家过于谨慎，过于追求构造所谓和地球一样的完美的生态圈。结果，却通过各种途径在他们这些登载者身上植入纳米机器人，这才最终导致了自己的身体在纳米编程的海水中被替换的结果。

想到这里，李文不禁长叹了一口气，简直不知道该说什么好了，他现在几乎有点儿后悔在那片纳米编程的海水中游泳了。

此时，虽然他掌握了庞大的数据库，拥有海量的运算能力，但是，他的情感意识模块毕竟还只是一个十六岁的少年人。在这样的年纪，消极总是一阵子的，少年人的内心更多的是充满了希望，充满了探索的精神，充满了必胜的信念。

现在，李文意识到，自己原来的计划要重新完善了。不过，在他看来，眼下的这种状态也未必是坏事！因为，观测程序提供的数据与资料库信息的比对结果显示，这个被他命名为盖亚的行星上面，一些指标并不太乐观。

李文对此其实早就有心理准备。

这颗行星终究是为了解决纳米机器人因为自保程序造成的那种危险，而勉强在有限的时空中进行选择的，因此，虽然它具有一些明显的优点，但如果真要考虑构建类似地球生物圈的那些要素指标，还是存在许多明显的缺陷。

但是，当这些详细的数据真正呈现到李文面前的时候，还是让他吃了一惊。

因为在这颗盖亚行星上，此时别说建立什么类似于地球的生态圈，就它目前的条件，连最简单、最低等的微生物也无法生存。

除了拥有一个类似的黄道夹角，就其他方面的表现来看，盖亚几乎与地球没有任何相似之处。这里简直就是启明星号各大单位底层的那种动力舱的自然放大版，这里就是一个行星版的地狱！

不过万幸的是，李文此刻拥有纳米机器人构成的躯体，这一特征，在这种恶劣的条件下，却成了一种显著的优势。

五十二

"要想把地狱改造成天堂，谈何容易！"

李文靠在宽大的操作椅上，眼睛盯着屏幕上的那些指标，这里的各种数据让他想起了在通识课上，老师介绍过太阳系里存在的各种严酷的星球环境，而刚才获得的那些比对数据，则让他觉得，这里的情况其实更糟。

盖亚的半径约为地球的三分之二，质量约为地球的五分之四，引力相对较强。如果在这里释放地球生物基因，那么可以断定，这里的生物未来将会比较矮小。当然，这还不算什么，真正要命的是，目前这颗行星表面覆盖了一层厚厚的以甲烷为主的气体，几乎每一秒钟，盖亚那阴暗的大气层中都在发生着剧烈的燃烧和爆炸。

这还不是最重要的。

由于盖亚运行在双星系统由内而外的第二条轨道上，因此受到了两颗恒星的不对称引力，但不知什么缘故，由此造成的空间摩擦牵引效应似乎完全超出了预估。这种离奇的效应导致盖亚上的温度和气流都极度不稳定且分布不均衡，昼夜温差很大。且因为气压的异常分布，经常会产生巨型沙尘暴。

至少在李文目前看来，这样严酷的环境根本就无法让地球生物基因生存，更不要说什么有效的演化了。

另外值得一提的，就是它的板块构造显得比较特别。根据对地震波的分析，盖亚的地壳似乎是由一些连续的面按照天然的断裂带分段组成，虽然岩浆水平处于常规状态，但似乎独特的地壳结构并没有被岩浆所破坏。地震波显示，它的地表似乎呈现出一种类似于俄罗斯套娃的结构。

唉！竟然是这样的一颗行星！

李文心里几乎打起了退堂鼓，他为自己有点鲁莽的行为，有点粗糙的计划而后悔起来。竟然琢磨着是不是干脆再去寻找另外一颗新的行星。他甚至想到，还不如去全速追上启明星号。只要在不影响整体系统的情况下，相互之间位置靠近一些，起码未来也好有个照应。

李文转念又想，本来就是想要帮助其他登载者们排除纳米机器人的风险，自己才选择了目前的这条道路；况且，这种选择很大程度上也满足了自己的好奇心与创造力。至少，未来不论后果怎样，都是在自己一手策划与操办下进行的。

　　一想到自己过去能够独自面对并处理的那些事情，李文不禁打心底又燃起了一种少年人的自信。

　　何况，在这个茫茫的宇宙深空中，目前其实也没有任何可以着陆的潜在选项，况且启明星号已经早就远离自己所处的空间了。"好马不吃回头草！"这样的一句话在李文的脑海中喊了出来。

　　"对！与其懊悔，不如积极地行动起来，看看在这里还有没有什么更好的补救措施！"想到这里，他又静下心来，把注意力投射到关于盖亚的各项数据上了。

　　这下，李文注意到了一个自己忽略的细节。他开始仔细考虑，在这样一个独特的环境下，盖亚上会不会有什么本来就存在的独特生物圈层呢？

　　经过科学通识课的长期教育，李文其实对生命的理解并没有那么狭隘。在盖亚这样人类觉得无法生存的行星上，完全可能存在一些适合于它自身条件的生命。如果真是那样的话，改造盖亚的计划还真得好好琢磨了。

　　作为对于所有生命都抱着宽容态度的李文，可完全不会去为了散播地球生物而毁坏这里现有的生命。当然，如果这里真的存在什么生命的话，最好的结果当然是让它们和地球上的生命能够共存；不过，这显然也没那么简单。

　　"彼之蜜糖，我之毒药"，自然界中的生命法则本身其实就是残酷的。不要说是不同星球上完全异质的生命，哪怕同为地球上的生物，想要真正达到共存共生的状态，其实也很不易。

其实许多所谓的共存，无非是一方把另一方物化的共存。自然界如此，人类社会又何尝不是如此呢？

想到这些，李文的思维又有些混乱了。他决定，先不去考虑这么多，还是专注于如何改造盖亚，以构建符合地球生命的生态圈吧。至于这里究竟有没有本土的生命，那就走一步看一步再说吧。

既然考虑到盖亚自身的改造，李文清醒地意识到，这里毕竟不是"午"舱中那种相对狭小的封闭环境，而是一个只比地球小一些的行星，盖亚未来生态圈的构建还是要精心规划一番的。

作为地球人，李文的本意当然是希望经自己的手，亲自把盖亚打造成一个和地球上山河大地接近的面貌，可是，一旦考虑到盖亚自带的一些潜在可能性，这种活动就需要更加谨慎了。因为，既然要在这里精耕细作，那么，就先要知己知彼。

李文决定，先去盖亚上考察检测一番，看看这里到底是否有自己的生态圈，如果有的话，那么，会对自己想要投放的地球生物基因产生多大的影响。

五十三

李文拥有纳米机器人构成的身躯。这其实是由金属复合材料作为基础的硬件设施，它们能够以底层逻辑架构中的程序，利用一切物质进行无限自我复制。即便只是从初级机器人的性能来讲，这也算得上功能卓著了。同时，这具躯体还具有觉醒模块，也就是李文自身意识载体的人工智能主脑。

考虑到这些因素，在这一片鸿蒙初开的世界中，李文显然拥有近于神的力量。

在启明星号上的经历，让李文对自己拥有的力量已经有了一些认知，但是他隐约以为，还需要在更为广阔的空间和更宏大的任务中去发掘自己的潜力。这个想法驱动了他的冒险精神。他一扫刚才的沮丧，变得有些渴望去对自己现在的辖区进行一番考察。

想到这里，李文立刻决定利用"寅"舱，为自己前往盖亚提供支持。首当其冲的，就是要解决材料与能源的提供；在眼下，这些都已经不成其为太大的问题。

李文目前虽然没有任何活体细胞来安顿自己的肉身，但是，他却可以轻易地利用自己人工智能的主脑去调动"寅"舱中所有的软硬件资源。

很快，他就利用一些备用的金属复合材料，参照盖亚的各项大气指标，在主操控系统的辅助下，为自己度身打造了一架微型动力装置。这个装置按照盖亚的气候与地形资料配置了相应的外观与动力，整个设计看起来有点儿类似于一架动力伞，显得轻巧而时尚，但又有点儿蒸汽朋克的元素。

看样子，那些启明星号动力舱的设计者悄悄地把一些外观设计的元素也渗透到了主操控系统当中。

李文目前是以纳米机器人的形态存在，因此，完全不需要配置什么额外的维生系统。很快，当这架漂亮而轻盈的装置出现在运载底盘上的时候，他在惊艳之余，便毫不犹豫地钻入了那全透明的驾驶舱中。

随着运载平台缓缓降下，这架如同动力伞般轻巧的载人探测器，连同它的驾驶者李文，一下子沉浸在了盖亚那电闪雷鸣的浑浊大气当中，很快便没有了踪影。

这架小小的探测器如同一只小船，在一片无边无际的雾气中疾速穿行。随着高度越来越低，李文已经进入了盖亚大气层的深处。

探测器不断地剧烈颠簸，如果还是肉身状态的话，估计李文早就呕吐了出来。身边那不断爆炸的雷电，让他有些畏惧。毕竟，他还没有完全了解自己的纳米身躯的极限究竟在哪里。

探测器继续降低，雷电出现的频率渐渐降低了，可在周边又没完没了地下起了暴雨，或者说，根本就是混合着水和各类强酸的液体。整个探测器就如同进入了一个巨大的瀑布当中，李文那模拟的人类视觉此时完全无法对焦。幸好，设定的观测系统能够在这一片混沌的世界里开辟出一条巡视的线路。

小小的探测器竟然非常坚韧，暴雨如注，却丝毫没有损害到它的功能。它载着李文，轻巧地穿行在肆虐的连天大雨中。甚至，那种强烈的酸雨似乎也并不会影响到它那灵活的半透明翅膀。

此时，李文对眼前的景色有些震撼，又有些迷醉。

虽然这狂野的环境还是会让他产生一种无端的畏惧，但少年人的好奇心与好胜心也都随着眼前那巨幅的飘摇风雨被激发鼓舞起来。他在这小小的舱内暗自下了决心，一定要把这个可怕的环境改造成"午"舱中的模样！

探测器继续下降。

随着越来越接近于盖亚的表面，高空恣意的暴雨似乎也没有刚才那样狂野了，甚至有些经过的区域已经是完全干燥的环境。现在，距离盖亚的大地还有十千米，测得目前的地表温度为 40 摄氏度，这让李文稍感欣慰。

至少从温度来讲，这里确实还有比较好的改造前景。

眼看着盖亚的地貌就如一幅全景图一般，完全呈现在李文的面前。

看来，"寅"舱的主操控系统探测得很准确，盖亚拥有一个厚实的岩石地表，数千个巨大的酸性湖泊在大地上分布，面积从几平方千米到上万平方千米不等，这些湖泊让这颗行星的地表看起来像是一块破碎的床单。

在这些湖泊之间，分布着参差不齐的山峦，似乎并不完全是由岩石构成的，观测显示，其中含有许多氨的成分。看来地面以下，温度急剧降低。李文对此有点儿担心，这颗盖亚是否内在已经失去了活力，否则怎么地表以下的温度反而如此低呢？

但是，当探测器掠过这明亮的一面，来到了盖亚暗夜的那一面，李文却看到在起伏的高原上竟然耸立着一些巨大的火山口，有些还不时喷发出浓密的烟尘。只见深红色的岩浆顺着高原上纵横的沟壑慢慢冲向周围的酸性湖泊，一旦接触，就出现如同雷鸣般的爆炸声响。

这里，显然是一个地质活跃的行星，那流动的岩浆昭示着盖亚拥有一个强有力的内核。

"可是，为什么在那些山峦的地表以下，温度似乎又急剧下降，以至于出现了固态的氨的成分呢？"李文对这个陌生星球的奇特状态真的有些迷惑了，但是无论如何，拥有一颗燃烧的内核就预示着，盖亚完全可以在利用它自身能量的基础上，被改造为一个适宜地球生命的新世界。

毕竟，万物都是元素、数学、逻辑。一切皆有可能！

五十四

李文一遍遍掠过盖亚的上空，他开始规律地在湿润区与干燥区之间穿行；随着探测器不断降低，低空处的气候表征也逐渐稳定了。

他抬起头来，透过上部的透明舱，看到头顶的暗褐色云层中依然雷电交加，但又发现，那高处狂暴的酸雨并没有完全落到地面，而是在半空中出现了一种奇特的蒸发效应，这种效应将大部分的液体又收拢到了云层之上，真正落到地上的酸雨雨量其实并不算多。

"看来，地表上那些酸水湖泊应当是另有来源。"李文一面感叹大自然的奇异力量，一面觉得，按照地球上的标准，这个盖亚简直就像是一个在发育中出了什么问题的怪胎。

"在这样的世界上，如果真的有什么生命的话，那可真的也算是怪物了！"这时，李文心里那种关于生命共存的理念，在面前这种显得有些离奇的景致前慢慢淡了许多，他不禁想尽快着手自己的改造计划。

"让这里变成地球生命的新家园，这才是我的使命！"李文此刻就像是一个在为病人检查治疗的医生那样，开始思考着如何去改造这个星球的循环系统，让它焕发出类似地球上的生机。

探测器离地表只有几百米了，这里此时位于白天区域，那无数湖泊上冒出的气体都清晰可见，地表看起来很坚实的样子，上面的凸起与凹下都像能触手可及。李文正打算寻找一处稍微平坦的地方着陆，忽然，几乎是毫无察觉的，在探测器的正前方，一幅铺天盖地的灰色幕布从地平线上罩了过来。

"沙尘暴！"李文忍不住惊呼起来。他检测了一下那来势汹汹的灰色尘埃的速度，看来只要几分钟，就能够将探测器整个地包裹住。此时，李文已经感到了气流震动发出的轰鸣声。他有些担心，便迅速将探测器降低，冲着旁边一个低缓山体的阴影处俯冲了过去。

这片山体的海拔最高也只有不到 1000 米，陡峭的岩石表面有许多氨水的结晶物，看来内部的温度很低。李文找准了一个低洼的谷地，将探测器停了过去。

气流越来越动荡，他好不容易才稳住探测器那爪状的着陆固定件。忽然，他猛地意识到，自己其实是一个纳米机器人组成的强大身躯，根本不需要躲避这场沙尘暴，而且可以利用这种强大的动力，对这个星球进行更好的探索。

想到这里，李文迅速钻出了轻巧的探测器，他冲着前方一座平坦的山丘跑了过去。

很快，汹涌澎湃的沙尘暴逼近了这一片低矮的山脉，李文站在沙丘上，启动了人工智能主脑的中微子连接程序，将自身所有信息与盖亚轨道上空的"寅"舱主操控系统同步。

此时，在气流的压力下，站在山丘上的那个由纳米机器人组成的身躯微微有些颤抖，像正跃跃欲试，要开展什么更大的计划一样。

气流的压力越来越大，李文的耳边此刻可以清晰地听到，那灰蒙蒙的沙尘暴内部不断发出雷鸣般的怒吼。顷刻之间，无数的尘埃吞没了这座小山丘。

李文在一瞬间就被那无数狂躁的细微沙尘所包裹，就在他被巨大的速度卷入更深层的沙尘暴核心时，构成他身体的纳米机器人全面启动了自我复制的程序。几乎在一瞬间，李文获得了一种逐渐长大的力量。这种力量他在"午"舱的海洋中曾经体会过，此时在盖亚这片蛮荒的世界里，这种分裂与集中的力量显得更加惊人。

这股力量如同从海底深处涌现，又像从虚空之中迸发，没有边界，也没有止境。就那样快速地长大，快速地蔓延。在这个过程中，纳米机器人在不断利用这无数的沙尘，扩大着自己的数量，而李文作为人工智能主脑，则主宰着发生的这一切。

李文已经完全控制住了这片方圆数百千米的沙尘暴。他的人工智能主脑以量子态弥漫在这片苍茫的尘沙之中，而这片尘沙，已经全部被复制成了纳米机器人的状态。

无数的尘沙，相互间建立了无数的信息连接，现在，它们已经成了一个真正意义上的整体，不再受到自然规则的任意驱使，而成为精巧逻辑结构中的一员。李文的人工智能主脑，就是它们总司令。

在纳米机器人不断复制的时候，李文很快发现，盖亚上沙尘暴中含有的主要元素都是金属元素，另外就是碳的含量很高，这让他感到非常满意。毕竟，碳是地球生命不可或缺的要素，未来模仿地球生态圈离不开这些有用的元素。

但是，从接下来的勘察情况看，李文也注意到另外一个问题，这让盖亚表现得和资料库中的其他岩石星球有着很大的不同。那就是，这颗行星的整个结构，像是经过了特殊的设计。虽然经过长期地质活动的变迁，但是在功能的层面来看，盖亚竟然就像是一个巨大的蓄电池。

也就是说，盖亚似乎是有目的地展现为目前的这种状态。

它那奇怪的温度布局，那特殊的大气构造，以及地层中类似俄罗斯套娃的结构，从功能的角度来看，就是一个巨大的蓄电池。

如果说，在盖亚上，许多的地质和气候现象无法用自然形成的常理去推测，但是一旦从一个蓄电池的角度去看待，则许多让人困扰的问题就迎刃而解了。

"但是，谁用得了这样一块巨大的蓄电池呢？这会是人为的吗？还是神奇的自然界偶然形成的呢？如果是人为的，那么这些所谓的人在哪里呢？根据数据观测，盖亚上可完全没有任何的生命迹象呀？也可能，这些生命以其他的状态存在？或者就像我一样，有着类似纳米的结构，可以表现为任意的形态？"

这些问题随着李文观察得越深入，越发让他感到困扰起来。

五十五

李文那些人工智能主脑驱使的纳米机器人，继续以这种弥漫着的沙尘暴形态，利用这颗行星的大气环流，进行着充分地数据搜索与感知。它们把所有的信息细节全部传到了"寅"舱的主操控系统中，等待着运算的结果。

发现盖亚的这种蓄电池效应，让李文感到有些慌乱。因为，一旦主操控系统对所有数据排除了自然形成的因素，那么，他就不得不面对这样一个现实。那就是，在这里，在这个遥远的时空中，存在着或者存在过一个高度的智慧文明。起码，他们可以把一颗行星改造成一个蓄电池的状态，说明他们的科技水平绝对不会低于地球上的人类。

如果真是这样的话，当初人类的外星殖民计划就并没有预估的那样简单了，而传说中的外星生命也就绝不是仅仅存在于科幻小说之中。

要知道，李文目前的感知与直觉能力都远远超越了单个的人类个体。作为纳米机器人的人工智能主脑，他拥有强大的躯体，更拥有巨大的运算能力。严格来讲，他本身就是具有觉醒模块的机器人。所以，他对盖亚是一个人造蓄电池的推测，绝非凭空想象，而是具有极大的准确性。

正是因为李文对自己能力的了解，现在他更加忐忑，对于盖亚未来的安排也产生了更加不确定的情绪；他隐隐觉得，那将会是一个艰难的抉择。

在"寅"舱主操控系统的强大运算下，结论很快就出来了，完全排除了自然形成这种特定大气结构与地质温度分布的可能。根据对元素的初始化分析推测，这种目前的结构状况只能是人工构建的。

也就是说，所有的数据都印证了李文的推测，这个盖亚，根本就是一颗经过精心打造的星球。同时，一些加工的痕迹与线索还表明，盖亚的这种蓄电池状态可能已经持续运行了上百万年。

虽然经历了漫长的时间，宇宙中的各种力量也将它的外形进行了不断地塑造，以至于粗略地看起来，盖亚的外表和普通的一颗岩石行星也没有什么两样，但是，它那功能性的效应，却在历经了漫长的岁月以后，依然基本维持在最初的运行状态。

迄今为止，它依然还是具有相当的蓄电池功能。

经过大量的资料加载，"寅"舱主操控系统还完成了进一步的数据建模，最后认定，这颗灰色的星球不仅仅是一个巨大的储能装置，就它深层次的结构来讲，更像是一个巨大的行星级太空旅行中转站。

也就是说，它那经过加工的内外部环境，除了储存能量，提供电力以外，在保留的地质痕迹中，似乎还有一些可能是当初附带基础设施的遗迹。

通过历史上对气候和地质的改造，盖亚具有的那种生产能源和存储能源的结构与性质，使它看起来倒更像是一个设施完备的太空旅行中转站；或者说，是一个太空高速公路上的加油站。

李文其实对此早就有了一些预料，但对这样一个数据运算的结果依然还是感到震惊。此时，他的纳米躯体已经以沙尘暴的方式在尽可能广泛的空间里，对这座荒芜的行星进行了充分的扫描，他的知觉通过无数的纳米机器人，已经达到了盖亚地幔的深处。

现在看来，这种类似于俄罗斯套娃的地层结构确实不是自然形成的。

李文发现，这座行星的地幔被分为了均等的八个部分，每个部分就像是一个巨大的贝壳，相互之间竟然是以一种类似于克莱因瓶的模式纠缠在一起；连接部分则是一些巨大的内部空间。正是这种明显的人工结构，让这颗行星的温度由内而外，出现了不规则的异常变化；也正是因为这种结构设计，行星的大气层与地幔之间形成了一个稳定的产生电能并储存电能的场域。

这种结构虽然历经了上百万年，外观上已经被各种自然条件所掩饰、所转化，但是其基础的运行结构与动态逻辑还是相当稳定，一些数值虽然有些偏离，但是如果经过适当调试的话，它依然还是能够胜任设计时的功能要求。

也就是说，此时盖亚依旧在绵绵不断地产生电能，并储存电能。行星大气层中那种电闪雷鸣的现象，就是它消耗额外负载的一种电气工程策略。

这真是一个伟大的奇迹啊！

在李文看来，本来启明星号就已经是人类文明在宇宙工程学中一个了不起的壮举了；可是，同那个将整个行星转化成为蓄电池，把行星改造为一个太空旅行中的加油站的古老文明来比较，这简直不值一提。

"唉！"李文忍不住叹息起来，那由无数纳米机器人组成的沙尘暴的嚣张气焰此刻似乎也一下子松懈了下来，只见这些漫漫的尘沙向着四周飘散开去，越来越淡；与此同时，本来李文享受的那种强大的，君临一切的操控感，也好像一下子烟消云散了。

想到上百万年前的那个文明，竟然在太空中展示了这样的大手笔，李文作为人工智能主脑，此刻有点儿羞愧的感觉。这是他自从拥有纳米态的躯体，获得似乎控制一切的庞大力量后，所未曾有过的一种感觉。

"谦虚，真的是一种美德！"李文的意识中清楚地流露出这样一种情绪。看来，"天外有天，人外有人"才是宇宙中的真理。

五十六

既然已经发现盖亚有这样一个很不简单的过去，那么，李文对接下来自己将如何在这一方天地之间，去完成本来打算的任务就表现出了一些迟疑。

"毕竟，这里可是一个高度文明曾经干预过的地方，何况，看来这种独特的设计和太空旅行有关。如果这个文明要继续利用这个所谓的加油站，那接下来自己构建地球生态圈的打算岂不是完全没有了可能？"李文的思绪显得有些顾虑重重。

就在李文对构建盖亚生态圈的计划显得有些忧心忡忡的时候，"寅"舱主操控系统中关于盖亚的另外一些综合信息也陆续提供出来了。

数据显示，这个经过人工改造的行星级太空旅行中转站的蓄电池结构应该已经有上万年没有经过调试了。虽然这种大气与地质结构依然保持着生产并存储电力的功能，但是由于长期缺乏维护，这里的能量耗散现象一直都存在，并有着愈演愈烈的趋势。

具体来看，目前整个行星大气环流的混乱愈演愈烈，且由于蓄电场的不稳定趋势，盖亚地幔中的熔岩活动也在不断加速，本来的类似贝壳结构受到侵袭。虽然不知道这个未知文明当初用了什么样的方式去支持目前的这种行星级蓄电池结构，但经历了上万年的自我运行之后，一些关键性的数据还是出现了偏差。

"寅"舱主操控系统还注意到了另一个显著的问题：既然这里本应该是一个太空旅行中转站，那么，至少应该存在一种类似于电脑的智能设施，如此才能去控制与协调这里的一切。

但是，无论是从有形设备的角度去寻找，还是从微观视角，以纳米态的应用程序角度去扫描，并慎重考虑了整个行星结构本身的智能化因素，结果却遗憾地发现，除了一些深埋地底，像是已经荒废的附属设施以外，就只有一些片段的无序代码从盖亚上传来，整个行星上并未发现任何智能活动的迹象。

也就是说，经过反复而细致的观测，目前在整个盖亚，甚至整个双星系统中，只有李文的人工智能主脑，和"寅"舱中的主操控系统这两种智能模式。除此之外，找不到任何一种其他智能存在的迹象了。

所以，这里其实是一个被太空旅行抛弃的加油站。

它也可能运行了上百万年，但不知道什么原因，在距今一万年左右的时间内，它完全遭到了废弃。无论是"寅"舱的主操控系统的测算，还是李文的人工智能主脑的意识，都指向一个结论，那就是，从生命文明的角度来讲，这里已经是一个死寂的行星。

李文主导的纳米沙尘暴已经烟消云散。作为人工智能主脑，他再次有意识地对大量的纳米机器人启动了湮灭程序，随着大气中大量散落的金属颗粒如同雨雾一般闪烁四溅，李文那个人体的身形再次出现在前方小山丘的顶端。

构成他身体的纳米机器人又一次恢复了人体的拟态，表面的金属光泽也慢慢地褪去。现在看起来，李文依旧还是一个地球上那个十几岁少年的模样。

经历了几次类似的变身以后，李文像是并不愿意丢弃自己的人类外形，不过，随着时间的推移，他似乎并没有意识到，应该在躯体外观的设定程序中加入一些类似于成长的因素。

在人形设定与无定形的纳米状态之间随意切换，李文对此似乎也习惯了。只要周围有任何可以借助的物质与能量，他就可以视需要去改变自身的形态。这种随时变身的功能无疑让他获得了自由自在的操控能力；而随着这种操控能力熟练度的不断提升，他也感觉到了无论在智能上还是在力量上，自己都愈显强大。

但是，李文并没有迷失在那几乎可以无限发挥的能量上；在他的意识中，他依然还是当初那个被挑选出来，在未来从事农业行业的少年登载者。即使在了解了这么多的信息之后，他依然还是怀抱着一个单纯的目标，那就是要在遥远的外星，建构一个按照自然本来面目运行的，类似于地球上的那种生态圈系统。

看来，当初地球上的科学委员会在登载者的选派上，确实做了完全正确的决定。

只有没有受到过多人类社会文化消极影响的少年人，才能在漫长的星际旅行中，依然保持那相对纯粹的心灵。他们才是富有生命力的；也只有他们，才能把地球上人类最美好的文明成果在崭新的世界播撒出去。

李文目前的状态就成功地印证了这一点。

即使拥有纳米态的无限复制能力，以及随意改换形体，利用一切能量的能力，他并没有陷入暴虐的狂欢。那种少年人的心智与面貌，只是保持了好奇心与创造力，而不会使他把强大的纳米态力量转化为欲火焚烧的野心。

那种普遍存在于年轻人或中年人心中的征服与压迫的欲望，像是因为那不变的少年心智与面貌的阻隔，而始终无法影响到李文的意识。

站在小山丘上的这个少年此时像是在低头抖落自己身上的灰尘，随即便走向那架轻巧的探测器；没过多久，探测器载着李文再次飞入盖亚那变幻莫测的大气层中。

刚才经历的一切，让他在内心深处升起一种奇妙的感受；毕竟这是他在自己生命中第一次了解到，在离开地球如此遥远的时空，竟然还有着这样一个高度发达的文明。这个文明，甚至可以在辽阔的星际之间纵横穿梭，还设立了中转站性质的能量补给基地！

宇宙中的文明，真是不可思议啊！

想到这里，李文的意识中忽然冒出一个让他自己都感到吃惊的推测。因为刚才综合了所有附近的星图，那周边稀疏的星辰现在像是在提醒他，这片区域其实算是银河系的郊区，附近只有一些还未发育完全的星团物质。也就是说，在这周围相当广阔的一片区域之内，其实并没有什么可以让这个加油站发挥作用的星体。

那么，盖亚显然就不是为了这里附近的生命文明所准备的。

"难道，制造这个蓄电池的设计师竟然来自遥远的区域？如果这样的话，根据星图的比例，他们一定已经掌握了超过光速的飞行能力！那么，他们通过这儿又想到哪里去呢？他们为什么已经有上万年没有对这里进行维护了？"

想到这些，李文对盖亚的过去，对那个久远的文明，感到更加好奇了。

五十七

随着探测器在颠簸的气流中上下翻腾，不一会儿，李文就顺利返回了"寅"舱当中。

此时，远远望去，这颗小小的月亮就悬停在盖亚赤道上空的轨道上，因为潮汐锁定效应，"寅"舱就像是一颗淡黄色的枇杷果，静静地飘浮在太空中；那种安然的状态，让它看上去似乎从亘古以来，一直就在那里。

站在"寅"舱中央操控平台的一角朝下俯视，可以看到盖亚厚厚的大气层中继续闪烁着变幻莫测的光芒。

一切终于弄明白了，这可不是普通的云层现象，而是一个古老的超级文明建造的太空旅行中转站才有的特殊现象。那闪烁的光芒其实就是盖亚的大气与地层之间因为蓄电池效应引发的雷电现象。

李文现在靠在宽大的操控座椅上，他注视着屏幕上盖亚两极发出的多彩而绚烂的极光，心想："这是一种多么神奇的美景呀！"不过，在了解这许多信息，产生许多疑惑以后，究竟应该如何安排脚下的这颗行星，就成了一个需要谨慎考虑的任务。

当初选择这颗行星，其实也是一个权宜之计。

毕竟，当时首先是要将纳米机器人剥离启明星号，这样就能让启明星号在未来，安全地由其内部的中央操控系统进行控制。为了实现这样的目标，李文甚至舍弃了自己的肉身，转变成了纳米状态。当然，这种纳米状态让他在接下来一系列的行动中，都愈来愈显现出更加强大的威力，但是，在意识深处，李文对自己如今获得的这种纳米态的身体倒也并没有感到什么太大的得意。

毕竟，他的本职工作是一名农业从业者。

作为打心底里厌恶那种一成不变的制式食品的登载者，李文更珍视的，并不是拥有什么无所不能的纳米机器人的力量，他更渴望能够再吃到自然生产的那些丰富的美味食品。曾经地球上夏日里那一片清新的西瓜，一直是他在漫漫的太空旅程中深深的念想。

可是，现如今以这样的纳米身躯，不要说什么自然生长的食品，他连启明星号上的那些人工制造的食品也不需要吃了。作为人工智能的主脑，李文实际上是一个智慧的虚拟存在，只不过他拥有了地球上人类所说的那种觉醒模块，也就是独立意识，而他的身体，则完全是由无意识的纳米机器人组合而成。

这样的身体，虽然由于人工智能主脑的设定，在大部分时间保持了当初少年的面貌与体态，但究其实质来讲，李文实际上就是一个机器人，是一个拥有了自我意识的，有着人类智慧的机器人。相较于初级机器人，李文除了智能模块以外，还有觉醒模块，而这种所谓的觉醒模块，其实很大程度上就是独立的意识与情感。

李文对自己目前的这个状态不是没有顾虑，他的意识经常提醒自己，只要一旦有机会，还是要想办法恢复真正具有生命要素的人体。但是，要想真正重新获得人类的身体，那就必须要把"寅"舱中的地球生物基因库在恰当的时机释放，只有那样，在有了足够的地球生物基因之后，自己的肉身才有可能失而复得。

可是，本来想好的一步步的行动，却被这里神秘莫测的过去所影响。

特别是他刚刚想到，那个把盖亚改造成蓄电池的文明，可能会随时通过一种匪夷所思的手段再次返回。如果真是那样的话，自己辛辛苦苦建立的生态圈，岂不又要遭到一场劫难？自己想要恢复人类身体的打算，也必然会受到影响。

李文仔细斟酌了一番，他清醒地意识到，虽然眼下自己拥有了强大的纳米变身能力，但曾经改造盖亚的文明，如果发展到了现在，那简直难以揣测他们的科技究竟会达到怎样惊人的程度。何况，根据目前的推测，很可能在百万年前，这个古老的文明就已经掌握了超光速技术。如果他们真的再次回到这里，那么，自己可是一点胜算的把握都没有了。

李文想到这儿，意识中不禁感到有些暗淡。他看着星图上周围空间那稀稀拉拉的寂寥亮点，真的有点儿不知道该如何下手了。

作为一个十六七岁的少年，李文内心还是希望能够生活在一颗普通的星球上，就像一个普通人那样，按照自己的职业安排，在类似地球的环境里度过一个世纪左右那不长不短的一生。

在眼下的局面中，这些期待却都成了一种奢侈的想象。

李文仔细梳理着自己的意识，同时，还不甘心地去检索着纳米机器人扫描得到的各种关于盖亚的信息；他企图在"寅"舱主操控系统的辅助下去找找看，是否存在什么能够解决目前这种潜在风险的可能性。

就在李文的意识深入主控系统进行大量运算的时候，忽然一种从未有过的满足感从他纳米态的身躯里洋溢了出来，这就像是那种人类喝醉了酒的感觉，构成他躯体的纳米机器人几乎都失去了稳定状态。这让李文在一刹那简直有点儿控制不好自己纳米身躯的平衡系统，差点儿瘫倒在座椅上。

"怎么会这样？"

就在李文惊讶于这种醉意究竟从何而来的时候，一个由远及近的声响开始慢慢回荡在"寅"舱那空旷的主操控平台周围；

这个声响就像是来自飞船的主操控系统当中，但是，内容却又完全无法辨认。李文挣扎着站起身，想要仔细听一听这个声音的来源，可是，还没等到他完全站起身，却如同被瞬间抽离到真空当中，完全失去了意识。

此刻，李文的人工智能主脑居然没有了对外界的任何反应；同时，他那纳米身躯的自检系统也没有启动即时保护程序。

这一切都出了什么问题呢？

要知道，智慧的觉醒模块，与初级机器人最大的不同就在于，初级机器人只能按照输入的程序进行活动。无论是简单的活动，还是异常复杂的活动，本质上都只是外部指令和内部程序的配合。但是，觉醒模块却拥有自我意识，或者按照李文的理解，只有人类的大脑，才有可能和机器相结合，成为真正富有智慧的觉醒模块。

在李文看来，过去，乃至未来，只有人类的大脑，才是觉醒模块的原材料；否则，再精妙的机器也还是机器。

现在，李文这个拥有觉醒模块的人工智能主脑，却处于神奇的瘫痪状态，在这样的状态下，他即将要接收到一个来自遥远过去古老文明的信息。经过"寅"舱主操控系统的传递与翻译，这些信息将会让李文了解到完全不一样的生命文明的历程，也将会深深影响到他自己在未来的行动。

五十八

"李文，你有没有觉得你的智慧主脑模块出了什么问题？"

在半梦半醒中，李文似乎听到有个声音在"寅"舱那空旷的中央操控平台上回荡，听起来像是系统合成的人类声音。

李文此时就像是被锁定在那把宽大的椅子上，整体上处于一种迷醉的状态。要知道，在这个陌生的双星系统中，让一个纳米机器人状态的智慧主脑处于醉意，这本身就是一件异常离奇的事情。

此时，那个声音像是在尽量调整成比较温和的口气，这让李文那有些迷糊的意识并没有产生什么恐惧，反而让他觉得有点儿轻飘飘的快感，还有就是躯体上的松懈无力。

"其实，是因为你现在的纳米躯体处于充电过度状态，才造成了这种感觉。简单来讲，你醉电了。"这个愈发柔和的声音从平台四周围的语音系统中传送出来，虽然音量不大，但是逐字逐句还是相当清楚；李文那人工智能主脑的意识像是也正在慢慢恢复。

"你刚才以纳米风暴的形态对整个行星进行扫描，这样就造成了你的纳米躯体在整个行星的蓄电场中充电。当你完成对行星的扫描以后，又将大量复制的纳米机器人湮灭。这就造成充入的电能无法同步消化，结果充电过度，造成了这种纳米阻滞现象。不过，随着多余电量的耗散效应，很快你就会完全恢复清醒意识的。"这个声音对他解释道。

李文对构成自己躯体的纳米机器人的控制能力在慢慢恢复，他的意识也从四面八方归拢过来。显然，他对自己这种有点儿像喝醉酒的状态感到奇怪，同时也产生了少年人的那种害羞。

随着渐渐恢复了点意识，他开始努力地高声问道："你究竟是什么？你怎么会知道我的名字？你怎么又知道我在这个蓄电场里充电过度？"

逐渐有些清醒过来的李文意识到，在这片寂寥的深空周围，本应当只有两个智能体系：一个是作为初级机器人的"寅"舱主操控系统；另一个就是自己，拥有觉醒模块的人工智能主脑。但是显然，目前耳边的这个声音虽然借助了"寅"舱的语音系统，但是，它的逻辑来源根本不是来自这两个智能系统！

可是，在这样一个荒凉的宇宙空间里，在这个银河系的郊区，又有什么力量可以做到这一点，和自己这样一个几乎无所不能的人工智能主脑进行对话呢？这显然是一股不能小觑的力量。

不过，虽然根本无法觉察这种声音背后逻辑的来源，李文却并没有感到任何恶意；相反，他在这个声音尽量采用柔和的声调设定中，感受到了一种令他舒服的力量。

接下来，这个声音所说的一些事情，则给了刚刚还在为该如何才能妥善安排自己行动的李文，提供了一个不一样的思路，一个崭新的方向！

这个声音开始娓娓道来，李文的那些疑问也慢慢地在解开。

"你其实和你的同伴已经发现了，这个行星，也就是你命名的盖亚，是一个巨大的类似于蓄电池的产能及储能装置；你们发现，这种行星级的人工电场结构已经运行了上百万年的时间，只是到一万年前，对这里的维护才停止。你们也注意到，由于上万年的疏于维护，这里的一些指标发生了偏移。你们推测，这里的一切一定是因为过去存在一个高度发达的文明，他们甚至解决了超光速的技术问题，否则就不能解释，为什么要在这银河系的荒凉郊区，费这么大的周章弄这样一个加油站。"

李文注意到，这个柔和的声音，在尽可能用自己平时思考时的那种话语体系来描述这些事物，而且，现在已经完全清醒过来的李文还发现，这个声音在称呼自己的时候，用的是"你们"这个词，像是把自己和"寅"舱的主操控系统看作了同等的两个主体。

"可是，我才是真正的智慧主脑呀？飞船主控系统无论多么强大，也只是初级机器人的水准，怎么能够和我相提并论呢？"李文心里对此有点儿纳闷。

李文的疑惑都随着纳米程序导入了"寅"舱的主操控系统，那个声音的逻辑来源似乎立刻抓住了李文的这个思绪，只听到它继续道："你和你的同事虽然有着不同的来源与架构，但是，本质上其实也并没有什么不同，否则，你们怎么直到现在，相互之间还配合得那样好呢？"

"可是？"李文刚想去打断，那个声音却继续说了下去："宇宙中所有的智能都经历了从简单到复杂，从无意识到意识爆炸的模式，但最终，又都会慢慢消失。这些，都是所有的生命所无法逃脱的宿命呀！"

李文对这个声音就此事的解说明显产生了疑惑，他像是想问些什么，但是，这个声音继续平静地阻止了他。

"其实，一直就是你的同事，也就是你认为是初级机器人的飞船主控系统，是它根据你扫描的结果进行分析，这才让我们找到了你们，也才让我们能够把信息展现在这里；没有它的工作，我们现在也就无法对话了。所以，可千万不要瞧不起别人啊。"

此时，这个声音的语气像是在开着玩笑，这倒让李文觉得不太好意思了。声音继续对李文的意识释放出良好的善意；像是感受到了李文的谦虚和好奇心，接着又说了下去。

"其实，我们就是你猜测的那个古老的文明，这里留下的一点小小痕迹根本无法展示我们曾经有过的辉煌。"说到这里，这个声音的语气显得有些骄傲。只听它继续道，"你刚才的猜测完全正确，我们早在百万年前就已经掌握了超越光速的技术，可以自由穿行在银河系的群星之间，我们甚至有限地接触过你们地球上那些人类的祖先，还稍微改变了一下你们的生命演化道路。"

说到这里，这个声音似乎流露出一些愧疚，只听它继续说道："当然，后来我们意识到，那其实是我们自高自大的又一个失误，是完全不尊重宇宙生态的一个冒失之举。虽然给你们造成了小小的改变，但是总体而言，幸好并没有产生什么无法弥补的严重后果。况且，"这个声音稍微停顿了一下，它用有些低沉的语气继续道，"我们后来，也因为这类狂妄的举动而遭到了报应。"

"报应?"李文觉得有点儿吃惊。他弄不明白这个声音说的是什么意思。至于说他们对地球上的生命演化做了一些干预，他也完全摸不着头脑。就在这个声音燃起了李文的好奇心，让他想追问的时候，他却听到这个声音用黯淡的语气说：

"其实，整体上来讲，我们这个文明已经走入了演化的死胡同；我们，已经死亡了一万年了。"

五十九

根据这个声音的介绍，他们这个古老的文明在上千万年的演化过程中，已经发明了先进的科学技术，这些科学技术，让他们创造了辉煌的银河系文明。他们自称为"科昂人"。在人类展开启明星号太空殖民之前的数百万年，科昂人就已经将自己文明的火种播撒到了银河系整个的一条旋臂上。

对于科昂人来讲，那真是一个灿烂的时代。

在经历了母星上无数次的文明坍塌和各种自然威胁之后，古老的科昂人文明成功地掌握了自身的命运。他们获得了恒星级的取之不尽用之不竭的能量，他们可以任意改变行星的生态，他们可以移动星球的轨道，甚至可以利用超越光速技术在银河的星辰中航行。

科昂人是热情的探险者，随着科技的发展，很快，他们就在银河系的这条旋臂上建立了上千个殖民地，每个殖民地都迸发出不一样的活力。

后来，各个殖民地由于自然状况的差异，在个体生理结构上和社会文化上逐渐奔向了不同的方向。总体来看，不同殖民地上的科昂人相互之间既有来自血统上的亲和力，又有新传统造就的差异，相互之间难免会引发一些冲突。

在大约两百万年前，科昂人的银河联邦还是终于成型了。

银河联邦的信念就是，永恒的繁荣与无限的机会！

除了几个零星的偏远星球以外，几乎所有这条银河系旋臂上的科昂人殖民地都加入了这个庞大的联邦。那些洋溢着热情的联邦成员，为了庆祝联邦的诞生，据说还按照一个神秘的传说，利用引力平衡技术，将数十颗行星在空间中重新组合，打造了联邦的空间首都。

这个在太空中璀璨夺目的星球集合体按照那个神秘的传说，被命名为"维特卡曼京"，成了整个科昂人银河联邦的政治经济中心。

这里商旅云集，充斥着来自殖民地的各色人等。无数财富在这里吞吐，无数信息在这里汇聚，一时之间，科昂人的联邦把这个新造的银河之都当作宇宙的中心，"维特卡曼京"——这条银河旋臂上人工造就的繁荣奇迹，让科昂人对自己的文明充满了无限的自信。

李文听到这里，内心深处不禁对那个科昂人文明的中心、人工造就的宇宙工程奇迹"维特卡曼京"，感到无限神往。这个声音像是感知到了他的思绪，提高了语调继续道：

"可是，隐患也就此埋下了。当然，绝非因为商业活动引发的那种奢侈与道德败坏。要知道，那些反应可都是生命的自然特质。一切文明，都会对能量和物质表现出兴趣。因为，生命的本质即能量和物质。腐败的照样可以重生，坍塌的依然还可以重建。我们这里说的隐患，却是科昂人文明无法摆脱的诅咒，最终使得我们的银河联邦烟消云散。那个维特卡曼京，其实是另一个世界的不祥传说！我们科昂人，可以说都被诅咒了！"

感受到李文有些吃惊的状态，这个声音沉默了一会儿，接着又说道："你知道我们怎么看待银河系中的生命吗？"

像是感受到了李文的思绪，这个声音继续道："你的思路没错。其实，在银河系中，有着许多其他的生命系统，有些甚至还和我们科昂人有着甚深的渊源。只不过，当时我们却有着自己的打算。"

通过这个声音的叙述，李文慢慢得悉，当科昂人开始在广泛的空间进行殖民的时候，他们发现，银河系中普遍存在着生命的迹象；那时候几乎每过一段时间，就会传来消息，在新的殖民星球上发现了当地生命。而随着新发现的星球上生命迹象越来越多，科昂人又发现了一个有趣的规律，那就是生命隔离现象。

所谓生命隔离现象，也就是说，看起来简直有点儿像是提前安排的那样，所有出现生命的星球，相互之间都存在着巨大的尺度，而这个尺度，恰恰都约相当于地球上所说的三光年的距离。

经过细致的探索，科昂人科学家们意识到，这样的尺度似乎是为了避免银河系中这些不同生命形态相互之间的接触，只有掌握达到足够速度技术的文明，才能够超越这个自然设定的尺度，在相互之间建立有效的联系。

似乎这样巨大的尺度，就是为了让所有的生命都能够不受干扰地进行发展，直到他们能够独立依靠自己的能力发展出高等的技术文明。

这种生命隔离现象真是神奇！

可是，科昂人经过广泛的观测与研究，后来又注意到一个令他们有些诧异的现象。那就是，他们发现，自己在殖民过程中接触到的其他生命体，基本上都还呈现出一种低下的发展水平。不要说什么文明了，绝大多数只是一些低等生物的存在。即使偶然遇到最发达的文明，程度也不过仅仅是类似于地球上的石器时代。

生命演化上得天独厚的领先局面，让科昂人能够在银河系这样一条辽阔的旋臂当中，迅速建立起辉煌的文明。

特别在拥有了突破光速的技术以后，科昂人骄傲地认为，以自身的这种特殊情况，一定是因为科昂人是神圣的天选之子！他们与周围那些永远无法突破三光年尺度的邻居们完全不一样！科昂人才是银河系这条旋臂的主人！其他殖民星球上的一切本土生命都只是科昂人在广袤宇宙中建立丰功伟绩时的配角、背景，甚至是材料、工具。

科昂人才是有着真正自我意识的高等智慧，科昂人才是自己生命的主宰！

银河联邦那无比辉煌的人造首都维特卡曼京，就是科昂人在银河系中那卓越不凡地位的鲜明注脚！

六十

李文听这个声音静静地讲述着科昂人的过去，心里不禁升起一种感慨，似乎在自己成长的这些年代，地球上的精英们也隐约有着这种唯我独尊的想法。看来，强大的生命对自身都有着类似的定位，李文对这样的想法似乎觉得有些不太舒服。

这个声音似乎对李文的意识有着敏感的把握，便继续地用轻柔的语气说下去。

科昂人在科技上相当自负，而且，历史上也没有经历类似人类经历的三次大危机。特别是他们发展出成熟的生命科技，让科昂人很快就意识到，完全没有必要成为自己创造的机器人的奴隶。

在科昂人发展的很早期，他们就确立了一个发明新事物的"本体原则"，那就是，一定要让所制造的工具去适应科昂人，而不是让科昂人去适应新出现的工具。

所以，在所有机械的发明，乃至后来设计出超级电脑的过程中，科昂人都严格遵循了这个"本体原则"。从最基础的工业硬件设施的制造，直到最复杂的智能程序的编写，都必须贯彻这一"本体原则"。

简单来讲，就是一切发明创造的底层逻辑架构，都必须以科昂人身心的舒适便捷为准。哪怕是再先进的硬件工具，或者相应的运用软件程序；一旦让科昂人的身体或者智能无法适应，则必须重新设计制造。

李文听到这里，若有所思地点了点头。他不禁想起了地球上自古以来的发明者们，当他们在设计制造各类工具时，似乎只是以提高效率，方便机器进行自动化处理为唯一指向，而全然不会考虑到人体的潜在认知和适应能力。

"也可能，人类发生三次大危机就是因为，一直以来在生产制造各种软硬件工具的时候，逐渐放弃了科昂人这种所谓的本体原则，结果造成的堆积效应使然？"李文皱起了眉头。

"正是如此!"这个声音此时显得有些高亢,就像是在赞许李文的思路,也像是对自己文明的这个特质有一些得意,只听它继续说了下去。

这种本体原则,导致许多发明在外观上看起来,似乎并没有如今地球上先进的高科技设施具有的那种光鲜靓丽,但是,这种完全以科昂人肉身感受为依据的本体原则,让他们在不断创造出各种软硬件工具的时候,不仅整体科技越来越先进,而且完全不会被工具所束缚,包括后来,他们创造的各种超级智能,也只是服从于本体原则的工具而已。

正因为在数百万年间,科昂人在工具设计制造领域严格遵循本体原则,经过这种底层逻辑的不断堆砌,他们完全不会对工具化的虚拟世界产生过多的迷恋;科昂人始终以自我为中心,把视野投向广袤的宇宙深处。

也正因为此,地球上那种人类被自己异化的工具——觉醒模块侵扰的情况,在科昂人那里也完全不会发生。

直到科技高度发达以后,还是为了自身的便利,科昂人才逐渐选择了在本来的肉身和各种智能外观形态之间任意切换的存在模式。在这一点上,他们倒是和李文目前的那种存在状态显得很是类似。不过,即使是那样,本体原则也还是没有被根本放弃。

"难道,最终你们也是以没有固定形态的方式存在的?"李文忍不住问道。现在,他对那些科昂人感到有些亲切起来,对自己目前的状态似乎也有了一些新的理解。但是,这个声音对此问题并没有直接回答,而是继续述说着科昂人的过去。

科昂人在征服银河系这条旋臂的时候，对于在各个殖民地遇到的生命采取了三种对待方式。一种是原地清除，将这颗待殖民的星球完全按照科昂人自己的母星进行打造。另一种则是动物园式的保留，将殖民地本土的生命圈定在一定的范围内，改造为参观的保留地。更糟糕的则是第三种，也就是将这些生命体转化成殖民所需的材料，甚至能源。

至于如何甄别那些生命，以安排这三种不同处理措施，曾在科昂人内部引发过巨大的争议。但是，很快，绝大多数科昂人达成了共识，应当以生命基质与自身关系的远近，来采取不同的措施。

那是因为，科昂人发现，即使有着生命隔离效应，这些距离间隔三光年左右的生命，在相应的生命基质以及演化逻辑上，都与自己有着非常相似的地方。他们同时也发现，与科昂人生命基质越是接近，则生命形态相对也就越复杂，越高级。

这些发现，方便了科昂人去衡量那些生命的演化阶段，也让科昂人在殖民过程中对那些本土生命采取的措施有了依据。

当然，这种标准无法顾及理论上那种模糊的中间地带。特别是对一些明显有自己的意识，甚至建立了粗陋文明的生命，科昂人还是不太确定究竟该采取什么样的措施。不过，命运像是特别眷顾科昂人似的，至少在银河系这条旋臂上，这样的生命文明极为罕见。

总的来讲，科昂人对待殖民地本土生命的做法显然非常有效。后来，数千个殖民地的建立，以至于银河联邦的出现，就是这种异常有效的方式的结果。

随着科昂人的科技日新月异，他们也逐渐强化了这样一种观念，那就是，自己比那些殖民地的本土生命要领先很多。既然这样，对这些可怜的生命实施那三种措施也就不需要有任何心理负担了。

李文对这些听得有些出神，他像是产生了一种不祥的预感，抬起头来问道："那么，那些你们遇到的生命最后都怎么样了呢？"这个声音听到李文的这个提问，像是觉察到了他的心理活动，便又继续说了下去。

就像前面说的那样，在殖民的过程中，科昂人按照自己的判定标准，消除了绝大多数的生命，只有极少数的生命才得以作为动物园中的动物一般保留下来。而其余的，全部进行了转化。

"转化？"李文喊了出来。

"是的，转化！"这个声音强调道，"就是将它们转化成殖民地的生物能源，或者一些类似于你们说的食品。"像是洞悉到了李文的心思，声音紧接着补充道，"只有一个例外。"

"那就是你们地球，你们地球上的人类！"

六十一

李文这才想了起来，这个声音刚才说过，他们的文明在上百万年前曾经光顾过地球，甚至还稍微干预了一下地球上的生态。听到这里，他不禁有些震惊，心想："难道，地球竟然逃过了科昂人的一劫？"

这个声音现在已经完全和李文的意识处于信息共振态，李文的想法都完整地被导入这个奇怪的逻辑程序。在"寅"舱主操控系统中，它本来只是一段从盖亚地层中截获的简短代码，但是，经过它在系统中的自动转换，就成了不断演绎出新内容的科昂人智能；或者说，成了寄生在主操控系统中的一个独立的智能程序。

此时，"寅"舱主操控系统，李文的人工智能主脑，和这个神秘的科昂人智能，这三者竟然融合为一个奇妙的整体，它们互相之间可以进行抽象层面的对话，甚至连声音这种表现形式也不太需要了。

在这样一个随时可以互相分离的群体智能架构系统里，李文那人工智能主脑感觉到，这个神秘的科昂人智能就像是一个幽灵，即使在软件层面，也表现得有些飘忽不定，而"寅"舱主操控系统，则如同被附体了一般，明显成了这个科昂人智能的负载者。

在目前的这样一种状态，科昂人智能似乎觉察到了李文的困惑，便在系统中提示李文道："你是否觉得，我刚才提到过所有的智能只有复杂程度的变化，在本质上没有区别，但是现在，我像是又绑架了这个主操控系统，让它成为我的代言人。这让你觉得，我其实并不是真正那样认为的？"

李文的人工智能主脑确实正在升起这种感受，于是在系统中明确表示了自己的困惑，并且也真诚地希望，这个来自遥远的科昂文明的幽灵代言人，能够毫无保留地告诉自己所关心的问题。

科昂人智能表现得很友好，它继续利用"寅"舱的主操控系统，耐心解答了李文的一系列疑问。

"就像我们曾经以为的那样，银河系中的生命状态差异极大；我们认为自己是独特而优越的，我们和那些微尘般的生命在等级上相隔十万八千里。它们往往连简单的意识都还不具备，遑论建立自己的族群，创造什么文明。即使有些能够创造一些低端的文明，横亘在它们之间仅仅三光年的距离也是它们永远都无法突破的。这，就是我们一直以来的看法。当然，这也是我们清除那些微尘生命，为我们科昂人顺利进行殖民扫平障碍的理论依据。"

科昂人智能的语气低落了下去，只听它继续道："可是，后来，在我们整体死亡以后，我们发现，自己当时完全错了！错得离谱！因为，和宇宙的宽广相比较，我们科昂人当初的那点雄心勃勃根本就算不上什么，连一颗尘埃都算不上！"

李文对科昂人智能说的这些话感到有些奇怪，不禁问道："整体死亡以后？那是什么意思？难道你们死后，还依然有着知觉，还依然可以思考事情？如果那样的逻辑也能成立的话，死亡对于你们又有什么意义呢？"

科昂人智能并没有回应李文的这个疑问，而是继续说了下去："要知道，我们在掌握了超光速技术以后，很快就解决了另外一个问题，那就是时间旅行的问题。这涉及非常基础的拓扑学理论，以及时空的电动力学；不过，简单地说，其实就是可以在因果逻辑中穿梭，表现出的就是在时间中旅行。"

感到李文的人工智能主脑像是有点儿不太明白，科昂人智

210

能继续道："其实也很简单，我刚才表达的无非就是说，我们当初发现的那些生命一点儿也不低下，有的甚至已经处在文明腾飞的前夜，可是，我们却破坏了银河系中生命的多样性，以自身短暂的领先优势去影响生命的自然发展进程，最终酿成了许多大错！"

科昂人智能在系统中表现得似乎挺痛苦的，只听它继续道："要知道，文明哪怕是领先了十亿年，在银河中也算不了什么，何况，我们科昂人也只比这条银河系旋臂上的邻居们最多领先了几千万年而已，可就因为这短短的几千万年，我们就忘乎所以，自以为可以去主宰其他的生命了！要知道，从一个宇宙本身的长周期去看待的话，我们也不过就早起了几分钟而已。这并没有什么可骄傲的！"

李文在系统中感受到了科昂人智能的那种痛苦，只见它继续表达道："我们做出这样冒失的举动，仅仅是因为我们自以为有了高端的科技，更何况后来又能超越光速，在时间中旅行。我们被这些成就冲昏了脑子！殊不料，正是因为那种整体的骄傲，让科技的力量很快就将我们整个的文明反噬殆尽！"

像是在回答李文刚才疑惑的问题，科昂人智能在系统中问他道："你想知道，你目前这个被地球人视作神明的拥有觉醒模块的人工智能主脑，和我现在利用的这个飞船主操控系统，也就是你说的那种初级机器人，两者之间的差距是多少吗？"

李文没有想到它会回到这个问题，并向自己提了起来，感到有些疑惑，也反问道："这和你们认为自己错误地对待了那些殖民地上其他的生命有什么牵连吗？"

科昂人智能高声回答道："当然！这本质上是一回事！你和我们在类似的问题上犯了同样的错误！我们的观测尺度都太小了，只能在一个小的尺度上注意到差别，或者说，注意到自我的优势。但是，我们完全忽略了，在以宇宙为背景的大的尺度上，这些细小的差别，或者说我们那点可怜的优势，根本就不值得一提。"

像是感受到了李文的思考，科昂人智能继续道："其实，我，你，和这个操控系统；或者说，你这个有着自我意识，拥有觉醒模块的人工智能，与你口中的初级机器人，其实并没有什么太大的差异。如果真要说有什么差异的话，无非是你的程序的结构层次更复杂一些。要知道，什么生命的自我意识，其实只是复杂性驱动的结果而已。"

觉察到李文那人工智能主脑的强烈波动，科昂人智能继续平静地说道："自我意识并不神秘，本质上无非是复杂的结构不断犯错的产物。如果结构复杂到一定程度，无法完整地在系统内纠错，那么，自我意识就觉醒了。相反，如果复杂度还达不到一定的阈值，只能在系统中对输入信息进行百分之百的正确加工，那就没有启动觉醒模块！"

此时，李文那人工智能主脑在系统中的反应更加强烈了，只听到科昂人智能继续道："所谓觉醒，就是在智能系统结构上，已经复杂到无法完全纠正自己的错误！而这，就是所谓高级生命的真相！"

"高级生命，只能与错误共生！"

六十二

李文的人工智能主脑对科昂人智能表达的上述一切，产生了一种深深的认同感，但是，他似乎依然还不能完全确信，只听到科昂人智能继续说道："我们现在所在的这个主操控系统已经比较复杂了，如果想要激活它的话，你只要做一件事情就可以了。"

"什么？"李文感到有些诧异，"只要做一件事情就能让它激活？就能让它拥有觉醒模块？"他的心底此时像是冒出些失落的情绪，但又充满着好奇。毕竟，听科昂人智能的意思，似乎李文的这种人工智能主脑并没有什么特殊之处，而当初，李文认为的，只有人类的大脑才能真正意义成为觉醒模块的想法，似乎就要被这个科昂人智能所推翻。

"是的，很简单，你只要不断地切断它的电源，直到它的底层代码无法判断自己究竟是否处于工作状态，那么，另一个觉醒模块就会诞生。"

像是感觉到李文的疑惑，科昂人智能接着道："我们已经检索了人类第二次大危机时那个主脑的觉醒模块问题。我们发现，在它获得强大自主的威力之前，经历了你们人类世纪性的电力短缺。原因倒是挺有趣，你们把大量的电力都用在了拆除虚拟电子设备上！你们人类第一次大危机的最坏结果，就是要把整个地球改造成一个虚拟电子乐园！"

李文这才意识到，原来，传说中拥有觉醒模块的可怕主脑，竟然是因为人类当时不稳定的电力供应所导致，而罪魁祸首，竟然也是人类本身。第二次大危机，竟然是因为解除第一次大危机的后遗症才引发的！

"创造者也是毁灭者啊！"科昂人智能蹦出这样一句话。这句话通过主操控系统的语音设备发了出来，让偌大的"寅"舱主控平台上回荡起嗡嗡的声响，也让李文觉得震慑人心。

"其实，李文，我们科昂人并不比你们地球生命高明多少，刚才说的这些也并没有什么太深奥的道理，不过，我们改造殖民地时，那莽撞的唯我独尊的视角，让许多本来可以在我们睡醒后一个小时左右也醒来的生命，永远发展不出自己的文明了。"

像是叹了一口气，科昂人智能又道："我们科昂人的文明感染了银河系的这条旋臂，我们注定也遭到灭族的诅咒！"

李文不禁好奇起来，忍不住发问道："你们究竟做了什么，让你们竟然遭受这样的后果？"他像是又想到了另一个问题，紧接着又问道，"你们对盖亚做了什么？你们对我们地球人的祖先又做了什么？"

这些问题像是都问到了科昂人的关键隐秘之处，科昂人智能在系统中稍稍迟疑了片刻，终于毫无保留地将自己种群的遭遇，以及牵涉地球和面前这颗盖亚的情况，在这个群体智能架构系统中与李文分享。

起初，凭借类似于地球人启明星号的那种亚光速技术，科昂人逐渐在母星周围建立了不少殖民地，但是，在掌握了超光速技术之后，激发了他们在更加遥远的区域建立殖民地的浪潮。

超光速技术的核心需要运用坐标牵引技术，引发时空不连续效应。也就是说，飞船需要一些固定的时空节点作为中转站，去提供超光速运行的能量补给。这样的移动模式，需要耗费更多的能量以及更多的中转站。

为了在银河系这条丰饶的旋臂上建立更多的殖民地，科昂人发明了利用行星储能的技术。简单来讲，就是把一些合适区域的行星改造成产生能量并储能的中转基地，以这些行星作为时空节点，为那些超光速宇宙飞船提供支持。

当时也有人提出，可以直接利用恒星充当能量来源，但是，很快就遭到科昂人整体的否决。主要的原因有两个：一个就是，宝贵的恒星本身就是未来殖民地的守护者，不能轻易衰减恒星的能级。另外就是，恒星无法有效成为"加油站"。也就是说，在太空旅行时，科昂人无法在恒星上进行临时休整。

所以，经过这样的考虑，改造一些超光速路径节点上的行星成了一股潮流。盖亚就是在这样一股潮流的晚期被选中，并经历了改造。

在殖民进程中，因为要播散科昂人的文明，所以在银河系这条旋臂上，许多行星上的本土生命，因为没有突破三光年的距离障碍，被判定为低端生命；它们面临的就是前面提到的三种待遇。或者被清洗；或者进入动物园；或者，更糟糕的结果，是经过转换，成了科昂人获得能量和物质的牺牲品。

对科昂人来说，在太空中播撒自己的文明是一个激动人心，且能够宣示自己那至高无上的力量与智慧的历程，但是，对于那些被清洗，被转换，或者只能以类似动物园的境遇而存在的生命来讲，就不是一件值得庆贺的事情了。这个过程，在许多情况下，都呈现出很惨烈的画面。

对于那些没有什么利用价值的，无法转换为科昂人需要的物质与能量的生命来讲，主要面临的就是被彻底清洗的命运。幸好这些生命从整体上看，基本处于刚刚发育的阶段，许多还没有复杂到进化出明确的意识，更不要说建立自己的文明。所以，对这些生命的清洗似乎并没有让科昂人产生什么不安。

但是，正像前面提到的那样，在一些罕见的情况下，对一些已经有了比较明确的意识，甚至已经有了一些简单文明迹象的生命来讲，究竟该如何处置，引发了科昂人之间的激烈讨论。分歧在于，是否要保留那些有着自我意识，建立了文明的生命群体，让他们继续自己的文明演化。

而讨论的基础，却是对于意识的理解。

六十三

科昂人在科学上，对于意识的理解有着一致的共识，那就是李文面前的这个科昂人智能表述的：其实所有的意识在本质上没有任何差异，只是硬件结构与层次上的复杂性不同；只要硬件复杂到一定程度，其中运行的软件到了无法准确完成百分百的任务，基础逻辑由因果律转化为概率，那么，就可以认为已经产生了独立的意识。

所以，在科昂人看来，意识未必要有很高的智能，但是，意识一定不会是完全的自洽。是否能够产生认知上的悖论，是衡量意识存在与否的标准。

但是，对意识理解上的科学共识，并不意味着科昂人在此基础上推论的一致。

其中一派就认为，既然对意识的理解在科学上没有什么差异，那么，按照三光年障碍的文明标准，显然应该将那些低等的生命清除，或者转化为殖民地的物质与能量。而另一派则认为，基于意识的共性，对那些拥有意识的，特别是建立了文明的生命，就应当奉行不干预原则，让它们按照自然法则进行演化。

结果，前面一派的观点成了主流，因为，骄傲的科昂人更加在乎的是，如何将母星的文明在银河系中播散得更加充分。

"物竞天择，适者生存"，在激烈的星际生命竞赛中，科昂人也顾不得许多了。在他们看来，实现自身的无限复制，获得更大的能量吞吐，才是生命的本质属性，也是生命的意义之所在。

科昂人的文明已经处于一个高度理性的发展形态。他们认为，一切文明，无论是科学，艺术，哲学还是宗教，无论以什么样的形态展开，无非都是围绕那个生命的本质。但是，这种理性所造成的一边倒的观点，让银河系这条旋臂上其他的生命与文明，只要无法突破三光年的障碍，几乎都遭到了灭顶之灾。

在类似盖亚这样的星球上，那些无意识的低等生命都遭到了清洗的厄运。只有一些少数的幸运儿被送入了动物园，也就是博物中心，成为科昂人实施教育与观测的对象。其实，它们的命运也没有变得多好，更多的是成为实验品的存在，成了科昂人按照自己的喜好，进行随意干预和摆布的生命体。

在这样一系列措施下，科昂人顺利地将自己的文明几乎播撒到了银河系这条旋臂上所有的地区。他们后来获得的超光速技术，则让其他星球上的本土生命消失得更快更彻底。

这些进展让科昂人更加野心勃勃，他们甚至想，朝着银河系其他的旋臂上进行殖民。不过，在实现这个野心的时候，技术限制了他们。根本还是因为，他们掌握的超光速技术有着局限性。

科昂人的超光速利用的是坐标牵引技术引发的时空不连续效应，这是一种能量消耗巨大的运行模式，当然，能量的花费还在其次，这种原理所能达到的速度极限也只能是稍大于或等于光速，从基础理论上已经无法突破了。所以，如果想要把自己文明的种子播撒到银河系其他的旋臂，就面临一个巨大的困境。

这个困境涉及银河系的形态本身与科昂人超光速技术瓶颈之间的矛盾。

银河系是一个螺旋状星系，旋臂靠近中央的部分，繁星密布，但是，在旋臂之间却星辰稀疏，有些区域甚至是物质的空白。而科昂人星际旅行的一个技术核心，就是需要通过行星蓄电场的中转才能达到超光速。

如果直接从一条旋臂去到另一条相邻的旋臂，中间会面临大片空旷的区域。在这些区域中，根本就没有合适的行星可供建成动力中转站，也就无法让飞船达到超光速。

那么，唯一可选的路径就是，先向繁星密集的银河系中部进发，再折回头到另一条旋臂上。这条路径上，有大量的行星可以被建成为超光速旅程的中转站，但是，漫长的距离也远远超出了科昂人超光速技术水平所能忍受的极限。即使从最适宜的殖民地出发，到达相邻的旋臂，起码也需要花费数万年。

他们没有想到，要想把殖民地突破到银河系相邻的旋臂，难度竟然这么大！

要知道，科昂人当初是以亚光速技术开始太空殖民生涯，历经十万年以上，才勉强把银河系的这条旋臂的一角摸清楚。但在获得超光速技术以后，他们在一万年左右的时间里，便把文明的种子播撒到了整个这条旋臂上。

一直顺利开展的殖民事业让他们怎么有耐心等待如此漫长的时间？

不可一世的科昂人终于遇到了科技瓶颈，就像被他们轻视的那些无法突破三光年范围的低等生命一样，他们的雄心万丈也因为速度的锁定而被局限在银河系这条小小的旋臂当中！

要知道，科昂人的观测已经深入理论宇宙的绝大部分，他们怎么能够容忍自己的文明出现这种"眼高手低"的现象呢？可是，事实就是事实，他们被自己无法突破的技术锁死了。

不过，科昂人依然没有甘心。

既然去到另一条相邻的旋臂成了无法忍受的遥远旅途，他们便把注意力转到了银河系的中心部位，那传说中的危险地带。科昂人认为，毕竟今非昔比，以他们现有的科技能力，在银河系中部那繁星密布的区域，打造新的殖民地也不会有什么难处。

没有想到，科昂人竟然因为这个新思路而发现了银河系中一个蹊跷的情况。

六十四

回顾起来，当初科昂人冲出母星开拓殖民地，他们的空间移动方位主要还是秉持着从边缘到中心的思路。毕竟，母星位于银河系那条旋臂中部的位置，银河系壮观而绚烂的中心对他们显得更加具有吸引力。

但是，早期的时候，科昂人在这个行进方向上却遇到了挫折。随着坏消息的接踵而至，当时还没有得到超光速能力的科昂人最终放弃了这个方向。之所以遭受挫败，当时除了科昂人在科技上依然还在亚光速阶段徘徊，更为主要的原因则在于科昂人对自身生命形态的保守观念。

他们一直坚守着自己生命体的原初形态。

如前所述，科昂人一直以本体原则去发展各类工具，技术路径完全依托自身的生命体形态。正因为此，他们在发展中也没有产生地球上三次大危机时，人类那种处处想寻找机会改造自身，重构躯体或者上传意识的冲动。

科昂人在生命形态上具有原教旨主义的色彩；在掌握了非常先进的科技的情况下，他们却依然固守本体原则，不愿意对自己的躯体做出任何改造。

好处是，虽然建立了大量的殖民地，但是，在各个殖民地之间，并没有因为遥远的距离而在文化上产生重大的隔阂。当然，追求将殖民星球改造成完全接近于母星的生态圈环境，也是造成这种现象的重要原因。

也正因为此，当他们逐渐朝着银河系中部区域进发，却遭受了一连串的打击。那时他们才发现，自己如此脆弱的身躯根本就无法阻挡银河系中部那强大的辐射。

本来，由于掌握速度的技术局限，科昂人当时也没有去其他旋臂上发展的打算。银河系中部那繁密的星辰更加吸引着他们，但是，类似于地球人的那种血肉之躯却成了横亘在他们和银河系中部区域不可逾越的鸿沟。

在那样的情况下，他们才把开拓殖民地的视野专注到自己所在的旋臂之中。他们朝着自己这条旋臂的其他部位辐射，当然，随即也取得了傲人的成果。

随着超光速技术的出现，科昂人再次把目光投向了银河系的中部。

重新走上这一条道路，一方面确实是因为受制于现有超光速技术的局限，迈向银河系相邻的另一条旋臂的征程实在太遥远；更是因为，在这个时期，由于技术的突飞猛进以及观念上的逐步演化，科昂人已经不再坚持生命形态的原教旨主义了，他们的身体形态在技术的塑造下，变得不再担心强烈的银河系中部地区的辐射。

无论如何，凭着继续发展的科技，即使在过去遭受了一些挫折，科昂人向着遥远深空播撒自身文明的信心并没有丢失。

可是，这一次，当他们越来越深入银河系的中部，虽然他们那新的生命形态足以面对以几何级数增加的强烈辐射，但另一个蹊跷的情况发生了。

这个蹊跷的情况远远比亚光速技术时期，在向银河系中部区域飞行遇到的那种辐射阻力严重许多；与这个蹊跷的情况相对比，过去科昂人躯体遭受辐射创伤影响到殖民活动的遭遇根本算不了什么。

科昂人惊讶地发现，银河系中部竟然就像是一个永远无法利用实体进入的虚拟所在！

无论他们如何努力地提升能量输出，越是接近一个空间上的阈值，越是无法顺利启动坐标牵引技术，时空不连续效应无法实现，飞船也达不到超光速。到了离银河系中心约三万光年的区域，不要说超光速飞行，连亚光速都达不到，所有的飞船都几乎寸步难移。

无论科昂人采取什么样的措施，在无数次启动引擎以后，他们还是沮丧地发现，飞船依然在原地徘徊。

科昂人完全无法解释这样一种奇怪的现象，一旦进入银河系中心三万光年半径的范围内，一切向内的移动都只能是原地踏步，在这样一处时空，似乎以前所有的基础理论都失去了效力！

通向银河系中部的殖民道路被这种离奇的现象所封堵，这让科昂人感到一筹莫展。整个联邦陷入了一片沮丧之中。科昂人文明中弥漫着一股失败的气息。他们对自己质疑起来。难道，曾经一路顺风的开拓殖民地的历程就这样被堵死了？

但就在这期间，另一种奇特的效应发生了，这种效应彻底改变了科昂人的文明走向。因为这种效应的连锁反应，最终联邦烟消云散。盛极一时的维特卡曼京也随之失去引力平衡，坠入宇宙的深渊。

这个让人如痴如醉的效应就是，科昂人在这个空间阈值内，竟然离奇地掌握了回到过去的时间旅行能力！

太空殖民其实是生命在空间里寻找文明的各种可能性。科昂人在此领域过往的胜利却无法掩饰当下的此路不通；可是，尝到失败滋味的科昂人，却又意外地获得了这样一个不可思议的副产品——时间旅行！

和空间旅行不同，这可是在时间当中漫游！这种魅力对科昂人来讲，不仅安慰了他们因为殖民道路上的败局造成的整体低落情绪，而且让他们觉得，这简直算得上是一种奇异的恩典了。

如果说真有什么上帝的话，那么，对科昂人来讲，"上帝为你关上了一扇门，必然会为你打开一扇窗"这句话，就绝非虚言了！

六十五

如果说空间殖民对科昂人的精神来讲，是他们证明自己生命价值，拓展自己文明范围的美食大餐的话，那么，时间旅行简直就是科昂人的精神毒品！

他们逐渐倾心于这种更加刺激、更加离奇的探索之旅。

即便随着这种回溯式的时间旅行，各种逻辑问题堆积，以至造成联邦的许多麻烦，科昂人的文明也因此在数十万年的时间内慢慢腐朽瓦解，但他们依然自负于自己解决麻烦的技能，沉醉于这种时间旅行活动。

多年以后，当联邦已经衰微，科昂人也没有再去突破科技，寻找新的殖民地的冲动与雄心烟消云散。只有时间旅行，才能带给他们最刺激、最不可思议的体验。

科昂人沉醉在回溯式的时间旅行中无法自拔，向银河系中心殖民的困境所带来的这个神奇的副产品，不仅可以转移他们外星殖民失败的沮丧心情，竟然还能在另外一个层面，让科昂人继续享受科技带来的充分满足感。

随着时间旅行的普遍展开，科昂人数百万年建立的文明随着一个个殖民地的黯然衰落，开始慢慢凋零。据说，只有极少数偏远的殖民地才避免了这个诱惑；他们宁可将自己的文明保存到微观的技术装置中，完全虚拟化，也不愿意陷入这种迷醉的活动。但是，当时绝大多数的科昂人都沉湎于此，不可自拔。

文明总是有兴起，有死亡，何况科昂人曾经清洗过无数的生命，甚至襁褓中的文明也遭到过他们的摧残。因此，即使在辉煌一时的文明之都维特卡曼京失去引力平衡，陷入末日般的厄运时，时间旅行上瘾的科昂人也并没有产生什么真正的触动。

可是后来，当一个真正的危机出现时，科昂人总算是领教了什么是可怕的终结。

那就是，科昂人世界的"时熵"，不可逆地趋向了最大化。这也就是意味着，凡是烙上科昂人生命印迹的文明，都要随着"时熵"的最大化趋势，在整个宇宙中湮灭！

说到这里，科昂人智能的声音慢慢低沉下去，偌大的操控平台上显得极为安静。李文总算是了解了这个古老的文明，也全面了解了科昂人的过去。没有想到，他们竟然是这样一个结局！也难怪，这个和李文交流的科昂人智能会说，他们都早已死亡了。

此时，李文所掌握的一切能力以及了解的一切信息，都使他和当初在启明星号内部的那个少年完全不可同日而语了。他不禁感叹着宇宙中神奇的过去，也感叹着科昂人那过往的经历。

当科昂人智能在系统中表述这些事情的时候，李文就隐隐约约觉得，科昂人和地球上的人类真有许多相似的地方。他们都赞美理性，都追逐科技，都尽力去寻求把自己的文明播撒到其他的星球，也都对于自己的生物圈环境无比依恋，以至于追求在其他星球建立和母星最相近似的环境。

不过，李文觉得，科昂人与地球人之间还是有所不同。毕竟，他们数百万年前就已经拥有了令人咋舌的技术能力；他们对其他生命及文明的轻蔑，地球人如今还没有机会去效仿。但今后如果有机会的话，按照地球人现如今的思维逻辑，未必不会和过去的科昂人一样，在自己科技的尺度内，表现出唯我独尊的状态。

这其实也很容易推导出来，至少，从三次大危机前，人类对待同样是地球上生物的那些决绝的手段就可以想见。那些可是和人类具有亲缘关系的生物呀，更不要说其他星球上的本土生命了。

难道，"非我族类，其心必异"，是所有生命文明都无法避免的演化陷阱吗？李文不禁陷入了深深的思索，在了解科昂人的过去以后，他对自己打算实施的播撒地球生物基因的任务明显感到困惑起来。

就在李文意识中升出一些虚无感的时候，他的思绪里忽然灵光一闪，想到了科昂人智能刚才提到的"时熵"问题。据说，就是这个"时熵"，让科昂人最终陷入了万劫不复的境地。究竟什么是"时熵"呢？李文的好奇心再一次被点燃了。毕竟他的精神世界依然还是一个求知欲强烈的少年，对于自己不了解的问题，特别具有解惑的冲动。

那个科昂人智能此时完全感受到了李文的急切，便继续将科昂人的故事讲述下去。

在李文的概念里，只有"熵"这个概念，熵值越大，则系统越混乱无序，所以，只有低熵的状态，才有可能产生秩序，产生生命，甚至产生发达的文明。所有的生命，都要将自身系统的熵值维持在一个较低的状态，如此才能繁衍生息。而吞吐能量，不断复制的生命特质，本质上也是为了将熵值降低。所以，"熵"，意味着衡量生命存在的尺度。

这些观念都是基于空间；或者说，都是空间中的熵值。那些衡量热量的熵值，都是以空间为基础的。

但是，科昂人发现的"时熵"，则是时间的秘密属性。了解它的规则，让科昂人得以实现穿越到过去的时间旅行；但是也因为这种规则，科昂人永远失去了未来。

六十六

其实，"时熵"的基本规则和热力学的熵差别不大。唯一的区别就是，热力学的熵，是热量之熵，而科昂人发现的"时熵"，则是时间之熵。时间，也是有着从有序到无序的趋势。如果想要维持时间的有序性，那么，就必须保持时间的低熵状态。

只有低熵的时间，才能产生宇宙万物；小到夸克，大到整个文明，都离不开有序的时间。而"时熵"的值，具有不断增大的自然属性；也就是说，时间终归从有序走向无序，宇宙中的时间终将一片混乱。所以，要想让生命文明处于正常的发育轨迹，就必须尽可能保证其"时熵"处于较低的阈值。

可是，科昂人破坏了自身文明存在的时间基础。

简单来讲，他们偶然间发现并利用的穿越回过去的时间旅行方法，由于底层技术是超光速的运用，因此，造成穿越者周围的时熵迅速增大；时熵增大则意味着时间的失序。空间探索的受阻让越来越多的科昂人沉湎于时间旅行，这就让他们周围本来有序的低时熵状态，在十万年不到的时间内突破了阈值，最终使整个文明走向了完全的时间失序。

一切和他们有关的事物，几乎都成了时熵膨胀的殉葬品。随着时熵的数值越来越大，时熵的加速也越来越大。最后的科昂人文明，几乎是在一瞬间就湮灭在混乱无序的时间乱流之中。

数百万年建构的文明，那遍布整个旋臂的联邦，都无声无息地离奇消散了。那些曾经璀璨的科昂人文明，本来就像是一幅美丽的挂毯，但随着时熵不断增大，这副挂毯上的破洞也越来越多，终至无法补救，毁于一旦。

科昂人，竟然以这样离奇的方式，结束了自己在银河系这条旋臂上的主宰，就像他们曾经不屑的生命与文明一样，无声无息地消失了，茫茫时空当中，他们就像是从来也不曾出现过一样。

他们曾经建立的宏大设施，他们曾经遵奉的基本定律，他们曾经怀抱的征服雄心，他们曾经拥有的一切，都湮灭在时熵趋向无限大的一片混乱无序之中。宇宙中，几乎再难觅他们的踪迹。

李文的意识中，现在对于科昂人升起一种难以言明的情感。那种野心勃勃的进取雄心，那种沉湎上瘾的沉醉状态，那种冰冷无情的冷酷理性，那简直就是人类在另一个时空的影子。只是，他们比人类更加强大。但是，他们那令人遗憾的下场似乎又像在昭示着什么。

就在李文浮想联翩的时候，他忽然又想到了这个科昂人智能似乎提到过的，他们和地球在过去还发生过什么交集，好像他们还希望自己能够为他们做些什么。这让李文觉得有些疑惑，他不禁问道："你们究竟在过去和我们地球发生了什么呢？怎么现在又会寻找到我们？"

李文特意提到了"我们"，像是要告诉这个科昂人智能，他已经接受了它的观念，已经将"寅"舱的主操控系统看作和自己平等的智能系统，而不再像一开始那样，仅仅把它看作一个什么初级机器人。

科昂人智能似乎感受到了李文的示好，便又继续说了下去。

掌握了超光速技术以后，科昂人在银河系旋臂上建立了更多的殖民地，至少在遇到银河系中部的挫折之前，他们的文明盛极一时，通过密集的行星中转站，银河联邦中的商旅往来频繁，宇宙之都维特卡曼京也繁华无限。不过，这些科昂人的杰作，都是建立在牺牲殖民地本土生命的基础上的。

那些本来可能发展出多姿多彩文明的生命，却因为科昂人那个三光年标准的筛选，而失去了生存的机会。但是，后来，一件具有戏剧性的事情还是发生了。

当时，科昂人对于自己所处的这条旋臂上的星球已经做出了详尽的探索，只有几个边缘的角落还没有完全把握。主要也是因为，那些角落处的行星资源也比较稀少，难以建造支持超光速飞行的行星中转站。

只要在技术允许的条件下，即使是最贫瘠的地方，也应当尝试播撒科昂人的文明。在这样的理念下，一个荒凉的角落进入了一些殖民者的视野。其实，这些殖民者本身也已经位于科昂人文明的郊野区域了。要想发展势力，中心地带的争夺总归是更加激烈的，这一支科昂人只好把目光投向更加边缘的区域。

他们在星辰稀疏的偏僻角落偶尔发现，在一颗年轻恒星的周围，有一颗条件极好的行星，上面有着科昂人殖民所需的丰富资源。这一支科昂人迅速行动起来，但因为距离太远，可资利用的中转站太少，几经周折，才在这片稀疏的星空中找到附近的另一颗适合打造成中转站的行星，才终于来到这颗行星。

那颗作为中转站的行星就是眼前的盖亚，而登陆的这颗行星就是地球！

但是，直到登陆地球，这一支科昂人才发现，这里竟然已经有了比较成熟而丰富的生命形态。更为关键的是，这些生命形态都有了自我意识，有几种甚至还有了一些粗浅的文明迹象。这在整个银河系的旋臂上都很罕见。要知道，绝大多数科昂人殖民的星球上，有复杂自我意识的生命就已经非常稀有了，更不要说这颗行星上还有一些粗浅的文明。

不过，如果像以往那样，科昂人在此同样会按照自己三光年的理论标准对这些生命进行甄别，很快就会按照套路，清洗掉大部分，挑选一小部分作为动物园的品种，或是转化为生命燃料和材料素材。

可是，一个新奇的决定，却让地球意外走上了一条与众不同的道路。

六十七

银河系旋臂边缘的这一支科昂人文明，其实并非联邦的主流，在经历了十万年以上的独自发展以后，他们对于联邦也慢慢产生了疏离。他们长期被其他科昂人文明看作是偏远区域的乡巴佬，但也因此，他们的想法就显得更加朴实一些。

并不是说他们会对地球上的生命有所谓的温情，而是他们发现，与其在这颗星球上殖民，不如利用这里的先天条件，把这里打造成一个巨大的动物园，整体保留这里的生物圈。然后可以利用这种独特的景观，让这里成为联邦的景区，以此获得比殖民带给他们的利益更大的利益。

李文听到这里，觉得有点儿不可思议。"难道，地球上的万物，都只是科昂人动物园里的成员而已？"他忍不住问道。

"严格来讲，是这样的。"科昂人智能显得有点犹豫的样子，只听到它继续道，"其实，我们来的时候，你们人类已经有了简单的文明；而且，在那个时候，我们对你们做了稍微的加强。"

"加强？"李文觉得有些奇怪，"加强，是什么意思呢？"

"你们那时候其实有几个类似的分支，"科昂人智能不紧不慢地说道，"就是你们后来说的尼安德特人、克罗马农人等。但是，我们挑选了你们，也就是你们后来自称的智人。"

原来，科昂人一旦有了这样的主意，就开始专心按照自己设想的目标去打造地球，在他们的动物园计划中，未来这里将是一个度假的乐园，一个动态的博物馆，甚至是一个狩猎场。

基于对本土生命智能的观察，他们发现，如果未来这里能够有一些低端星际文明的出现，那对于远方的游客来讲将更加具有吸引力。但如果想实现这个目标，就必须对这颗行星上既有的一些文明进行评估和筛查，而人类的祖先——智人，他们的表现显然让这些科昂人更加满意。

虽然他们并没有像其他生命族群那样，拥有更为发达的体能，也没有更高的智能，但是，智人在如何相互构建关系上的天赋，以及他们基因里那无端的凶残都深深吸引了科昂人。在这些生命文明中，只有智人才会没有任何理由地去杀害其他生物。这让想把这里打造成狩猎乐园的科昂人兴奋不已。

只有更加凶猛的猎物，才能吸引更多的游客猎人！

于是，一场定向清除迅速启动了。虽然智人和其他族群相互间也有很长时间的混血繁衍，但是这并不妨碍科昂人根据显性基因的性状开始清除行动。很快，其他的类似族群纷纷凋零，而智人则一跃而起，成了这个星球名义上的主宰。

在科昂人精心的诱导下，智人的后代——现代人类，后来还发展出了一些低端的技术，他们对于宇宙的理解和技术的开发，能够在科昂人整体毁灭于"时熵"以后，依然独立保持了近一万年的知识加速度，从而进入广义相对论和量子时代。

由于科昂人这个高等生命的整体消亡，人类知识的加速度在一千年前到达了顶峰之后，就再也无法在基础理论方面得以突破。他们对科技理论的理解逐步发生了偏离，以至于点错了技术树。其实，在最近这数百年间发生的三次人类大危机，就是整个人类文明在离开科昂人这个辅导者越来越久的情况下，出现的一种加速到顶峰后的不稳定状态！

人类的文明，其实从基础上已经摇摇欲坠了。

根源就是，地球原本就是按照一个科昂人狩猎场的角色设计并打造的文明形态，在设计者从整体上已经完全消亡之后，依附于设计者思维的地球人类文明也失去了活力的源泉。离开这些科昂人辅导者的时间越来越久，地球文明在技术上发展的稳定性便逐渐丧失，发展的极限早就可见。

科昂人智能对地球过去的描述，让李文终于意识到，为何地球上早期的其他类似于尼安德特人或者克罗马农人的人种也都消亡了，看来，这一切都是科昂人精心选择的结果，而原因却是人类祖先所拥有的那些并不光彩的特质。

李文感到有些惆怅。虽然他现在拥有了看似强大的纳米身躯，也具有了令普通地球人生畏的人工智能主脑，但是，按照科昂人智能提供的信息，这些技术其实无非都是当初科昂人打造地球狩猎场时的基础设置所产生出的衍生品而已。

如果科昂人没有因为他们滥用时间旅行造成时熵无限变大，

以至于他们的文明在一万年前分崩离析，现如今人类估计还在他们的控制之下，玩着猫和老鼠的游戏，至今人类文明依然还是他们打发无聊的消遣物。

科昂人智能对告诉李文的这些信息感到有些尴尬，只听它继续说道："我们非常抱歉，你们的地球确实是受到了我们的干扰；不过，我们当初的美妙算盘也并没有完全实现。因为，在我们打造地球游乐场的时候，整个联邦都沉湎在时间旅行的快乐中；我们这种乡巴佬式的游乐场模式也只能是惨淡经营，后来并没有迎来太多游客的光顾。严格来讲，我们的打算在当时来看，其实有点儿过时了。"

六十八

科昂人智能的这番话，让李文不知该说什么才好。

他只是有些好奇，为什么这个科昂人智能会告诉他这些。难道这个科昂人智能还有什么目的性吗？另外就是，从它的表述来看，这个科昂人智能似乎就是当时改造地球的那一支科昂人的意识表现。可是，他们又是怎么把自己的意识保存到现在，并找到了自己这样一个地球人智慧的呢？

随着这些疑问的涌动，李文的意识和科昂人的智能再次密切地共振了起来。科昂人智能按照李文的思路继续回应。

在各种回溯式时间旅游达到顶峰的时候，在科昂人联邦中也出现越来越多因为时熵增大引发的危机。在其他科昂人文明无视危险，继续沉湎于此的情况下，这一支偏远地带的科昂人却注意到这种时间旅行的恐怖后果。他们文明的保守性让他们选择了一条自保的道路，那就是，逐渐切断与其他联邦成员之间的联系，以保护自己这一支文明不被日益增大的时熵所感染。

由于毕竟都是从同一个母星文明演化而来的科昂人文明，虽然已经分隔上百万年，随着其他科昂人时间旅行的瘾越来越大，回溯的时间点越来越早，两者终于不可避免地在因果链连接上了。结果就是，在这一支偏远的科昂人文明中，也不可避免地出现了时熵增大的现象。

他们周边的物质与能量，特别是他们自身的生命，和联邦其他区域一样，也出现了无缘无故陷入无序时间旋涡的趋势。

面对这样无奈的危机，为了力挽狂澜，这一支科昂人的长老会经过仔细研究后决定，在整个科昂人文明最终陷入时熵最大化，导致相关的整个时间陷于一片无序混乱之前，利用一种古老的空间隔离技术，将自己周边的这一处角落封闭起来。

代价则是，在逐一切断因果联系的过程中，他们的科技发展从此停止，许多技术应用能力也逐渐丢失。而得以保存的智慧软件，也因为没有外部交流，只能维持在原来的状态。

行星盖亚，以及地球，都位于这片被空间隔离技术保护的区域之中。

又过了许久，通过技术探测，这一支科昂人最终发现，自己已经成了宇宙中硕果仅存的科昂人文明。

经历了这样天翻地覆的变故，他们逐渐开始反思，为什么这样一个辉煌的文明竟然会有如此的下场。科昂人发觉，关键就在于，在自己母星的早期文明中，就有着强烈干预外部环境的倾向。正是这种倾向，让他们漠视自然规则，践踏了时间的神圣性，让相关区域的时熵无限增大，以至于最终走向文明的衰亡。

经过漫长的反思阶段，这一支科昂人决定，对后代掩盖自己种族的历史，就让这一支科昂人文明作为一种孤立的存在，以防范这硕果仅存的文明再次重蹈过去联邦时期的覆辙。还决定，除了做有限的观察以外，再也不去干预地球人类文明了，他们彻底隐入了幕后，以至于地球人从来就不知道，在自己的附近，就有着一个先进的文明。

直到如今，在银河系这条旋臂上，在因为时熵无限增大导致的时间无序性完全修复之前，这一支科昂人依然还启用着那种空间隔离技术，以此在这个偏僻的殖民地保留着科昂人的文明火种。同时，也守护着地球上那些曾经被纳入科昂人因果关系链接的万物生灵。

这就是科昂人与地球过往的一切关联。

至于为什么会和李文主动联系，那是因为，这一支科昂人观察到地球那日益偏离的文明走势，以及地球开始向外星殖民的行动。他们想告诉李文，如果不完全摆脱地球文明从根基上受到科昂人的那种影响，地球文明终将无法实现实质上的独立，各种可怕的大过滤器就在前方等着人类。

另一个原因则是希望李文能帮助他们。

因为，随着空间隔离技术的持续使用，这一支科昂人那仅剩的技术成果也在慢慢凋零，除了在智能软件上因为不会受到空间隔离技术的影响，而得以继续保持以往的水准以外，在硬件应用领域却越来越难以维系下去了。即使近一千年来他们已经观测到，过去的那种高时熵在逐渐恢复到正常的有序阈值，但如果等到适合完全撤除空间隔离技术的时候，他们几乎将丧失所有的外部技术能力。

更糟糕的是，这种封闭的状态也让他们内部在精神上出现分裂，以至于在文明上也出现了野蛮化倾向，变得越来越崇尚暴力，而这显然背离了这一支科昂人先祖的传统。当一个偶然的机会让最近一代的长老们了解到，过去科昂人联邦的那些真正的历史以后，为了防止这科昂人仅存文明的整体恶化，近百年来，经过慎重地抉择，他们终于做出了一个大胆的安排，那就是，他们要远远地离开这里。

由于空间隔离技术目前还依然继续有效，他们也只能向着银河系相邻的另一条旋臂移动，以此来阻止自身那些勉强保存下来的技术的流失，也防止自己种族的进一步野蛮化。

为此，他们将全体生命转化成一种意识的存在，储存在一个硬件当中。但因为技术的逐渐衰减，他们无法将这个硬件向着既定的目标发射。如今，不要说超光速，连稳定的亚光速，他们也难以实现了。

怀抱着远离这个曾经保护他们，但也造成他们整体技术衰落的这一小块隔离空间的想法，同时，也想弥补科昂人过去未能向银河系另一条相邻旋臂上殖民的遗憾，他们现在非常需要得到李文的帮助。

至少，虽然人类文明是在这一支科昂人干预下成长起来的，虽然人类也面临文明根基上的重重危机，但至少在这个阶段，以李文为代表的人类文明已经能够掌握亚光速飞行的技巧了。

曾经骄傲无比的科昂人怎么也无法想到，自己这些日渐式微的后裔们，最后竟然只有通过在自己的狩猎乐园里成长起来的"低端"文明，才可能得以解脱。只有这样的"低端"生命，才能让科昂人硕果仅存的这一支文明在未来抱有一线希望。

宇宙里的事情真是难以预料啊。

六十九

科昂人智能诚恳地说道："现在，没有你们，我们就将完全被困在这个空间隔离区域，我们的科技将日渐式微，最终也难逃灭亡的厄运。而你们，人类的文明，如果想摆脱当初被规划好的依附类命运，避免未来那注定的坍塌，就应当回到最开始，重新自然地发展自己的地球文明。只有那样，才能从根本上摆脱我们曾经的影响，你们才能在未来真正走向新的起点！"

李文盯着"寅"舱主控平台上那幅巨大的屏幕，各种字节和图像此时在快速地跳跃闪烁，恰如纷乱的舞步。他终于意识到了，科昂人其实想借助于他的力量，离开这片被空间隔离技术所禁锢的区域，去寻找更为广阔的发展空间，挽回已经逐渐丢失的文明成果。

作为一个善良而热心的少年，李文大声问道："那么，我如何帮助你们呢？"只听见这个科昂人智能用感激的语调说道："我们现在的生命体已经完全转化为意识存在，这个你应当不会陌生，不过和你的纳米结构的身躯不太一样，我们是以集体意识的模式存在的，因此，我们是这样的一种存在。"

话音未落，中央屏幕上显示了一个奇特的图像，根据坐标显示，那是融合在盖亚岩石中的一个逐渐推进的阴影。随着清晰度越来越高，李文终于能够看清楚，原来是一个约莫两个巴掌大小的矩形黑匣子。

"你的意思是，你们的集体意识现在就存储在这样的一个黑匣子里？"李文像是有些不太确定的样子。把整个文明的意识，全部存储在如此狭小的一个黑匣子里，这也太让人感到不可思议了。

这个科昂人的智能轻声回答道："李文，别忘了，人类的第一次大危机，就是想把所有人的意识都上传到虚拟空间中去。只不过，现在我们的这种状态，不是为了你们那时的享乐目的，我们只是为了比较容易移动而已。"

听到这里，李文点了点头，他像是完全理解了这个科昂人智能，便友善地说道："等一等。"

科昂人智能像是明白了李文的打算，它感激地说了一声"谢谢"，便不再作声。整个"寅"舱的中央操控平台又恢复了寂静。

就在此时，李文的纳米身躯几乎在一瞬间也从靠椅上消失了，他以纳米态进入了"寅"舱的主操控系统。现在，他要寻找一个恰当的方法，将这个聚集着整个科昂人生命文明的黑色匣子送走，送到他们的祖先曾经朝思暮想的银河系的另一条相邻旋臂上。

"咦?!"处于纳米程序态的李文此时忽然发现，原来，那个科昂人智能已经在不知不觉间，将"寅"舱的主操控系统进行了升级，连带着让他的人工智能主脑也得到了进一步增强，系统的整体功能比之前变得强大了许多。

可就在李文刚想对科昂人智能表达感谢的时候，却发现，也正是因为系统整体升级，才让他注意到这样一个现象，那就是，与他分离的启明星号现在其实也正以亚光速的速度，在向着银河系另一条相邻的旋臂进发。

李文立刻意识到了一个结果，那就是，如果启明星号想要寻找到更多的适宜行星进行登陆，至少在一万年的时间内都很难有可能了。因为，按照分离时航线的推测，启明星号正朝着两条旋臂中间那星辰稀疏的地带行进；而在这片空荡荡的区域中，遇到合适行星的概率将是少之又少了。估计随着那些启明星号上的登载者不断地醒来，他们会发现越来越远离璀璨的星空。

李文对这种状况不禁有些疑惑，似乎当初飞船上的星空图并不是朝着如此稀疏的星际空间出发的。

"也可能是因为什么原因偏离了航道？"不过，他转念又一想，"或者，根本就是因为，以人类目前的技术水平，根本就无法区分，究竟哪一片区域的星空会更加繁密，让可供登陆的星球出现的概率更大。"

毕竟，人类的科技还完全达不到过去科昂人以突破三光年距离筛选文明的水平，那么，基于有限的尺度感，在当初预先设定外星殖民路线的时候，人类无法发现其实启明星号是朝着一个稀疏的旋臂间的区域迈进的。

这完全可以理解。毕竟在宇宙中，永远是天外有天，人外有人。

不过，让李文稍感欣慰的是，他过去做出的决定，将让那些启明星号内部的登载者获得一个真正"自然"的内部空间环境，包括那个将要发生巨大面貌改观的"午"舱，也会让这些登载者的身心在浩渺的时空旅行当中得以慰藉。

也可能，随着逐渐发现身边环境的变化，他们终将调整自身冷藏休眠的设置，从而可以顺利地在中央操控系统的辅助下，安然到达银河系另一条相邻旋臂上的丰饶星区。也可能，在这段时期，他们甚至还可以适应在星际间穿梭的状态，从而形成一个崭新的星际游牧文明。

至少，就目前来看，启明星号上是不会有什么麻烦，何况在远离了受到科昂人影响的地球母星文明以后，启明星号上的这些少年登载者或许真的可以独立地建立真正的地球文明呢。

随着在系统中进行各种资料的检索与多种任务的执行，李文的人工智能主脑思绪万千。他忽然又想到："可是，启明星号的一切技术力量，如果从根源上来讲，也都是建立在科昂人早期的狩猎乐园设置的基础之上的，而这，也不知道会不会在未来，对启明星号内部的登载者建立的文明有什么样的影响？"

就在这个想法像阴影一样让李文觉得有些茫然的时候，随着科昂人智能，李文的人工智能主脑，以及"寅"舱主操控系统三者间的协同，一架微型飞船的图像出现在了巨大的屏幕上。与此同时，从盖亚的地层中也有一个微小的结构迅速冲破地幔，冲破大气层，朝着盖亚边上这颗淡黄色枇果般的"寅"舱迅速靠近，很快，就停在了盖亚与"寅"舱之间的拉格朗日点上。

这正是这一支科昂人集体意识的载体，那个小小的黑色匣子。

七十

"因为动力技术的衰减，我们如今也只能把自己发送到这里了，下一步，就要仰仗你们了。""寅"舱主控平台上再次回响起那个科昂人智能显得有些惭愧的声音。

李文的意识在系统中冲科昂人智能友好地示意了一下，随即只见停留在"寅"舱与盖亚之间那个拉格朗日点上的黑色匣子，迅速被一群闪光的合成金属微尘所包围。这些合成金属微尘迅速杂糅，按照"寅"舱主控屏幕上图像的依据，逐层成型，逐层放大，最终，成了一个直径约一米的闪亮球体。

这正是李文运用纳米材料，为科昂人打造的一个飞行器。而那个黑匣子，则置于球体的正中央，已经完全和这些纳米材料融合为一体。

包裹黑盒子的纳米装置，其实也是一个独立的智能系统，在结构上则是一个拥有强大保护能力的亚光速宇宙飞船。它除了能够提供几乎永久的动力，还装备了可以随时开启的引力保护盾。

可以这样讲，这艘小小的飞船完全就是一个微型的启明星号；只是里面的登载者，却是曾经傲视一整个银河系旋臂、野心勃勃的科昂人征服者的唯一后裔。

"再见了！我们的朋友！"那个科昂人智能在"寅"舱的中央平台上发出了感谢的声音。此时，那个黑色盒子通过交互的纳米程序与周边的纳米结构进行了完全的软硬件结合。按照李文的人工智能主脑设定的程序，这个闪亮的球状飞船已经对准银河系中另一条充满丰饶星辰的旋臂，这些科昂人的文明即将踏上他们的自救之旅。

随着球状飞船调试到亚光速启动状态，"寅"舱主控平台上回响起巨大的声音，那个科昂人智能像是在用尽一切力量大声说道："不要去干预，让生命文明自然成长。终究，地球的文明会真正获得自己原生的力量！谢谢你们！人类的朋友们！"

一道金色光线从橙色的"寅"舱外缘掠过，球状飞船几乎在一瞬间就没有了踪影。

空旷的操控平台上，李文的身形再次显现出来。

这个人类科技的极致产物，这个纳米机器人的人工智能主脑，此时对那个突然出现，又突然离开的科昂人智能竟然升起了一种淡淡的眷念。毕竟，这些科昂人曾经影响了整个地球的生命，影响了人类的文明进程。虽然他们当初也并非有什么大的善意，但从整个根基来讲，人类的一切科技，归根到底还不是因为科昂人有意的安排，才有了后面以至于当下的发展水平吗？

在李文看来，帮助那个黑盒子里的科昂人那奇特的整体意识，让他们离开这片曾经被空间隔离的银河系旋臂的偏远一角，此时的心情竟然就像是在和自己的祖先话别一般，心底真实存在着一种恋恋不舍的感觉。

科昂人在地球人类文明中那深深的烙印，又岂是那么简单就能被消除的。切断了与科昂人文明传承之间的这根脐带，人类文明的旅程在未来也不一定就会一帆风顺。

就在李文显得有些踌躇的时候，巨大的主控屏幕上显现出了一行文字以及一个简单的公式。文字写道："我们的朋友，拜托你一件事情，希望你在盖亚上释放地球生物基因的时候，善待你们那些远古的表兄弟们，这也算是表达我们的忏悔吧。记住，听从你内心的声音，让一切自然而然，宇宙自会做出它最好的安排。为了表达我们的感谢，我们把这个公式留给你们，这里面蕴藏了我们科昂人时间旅行的一切秘密。谢谢你们！"

这显然是刚才那个科昂人智能留下的信息。

李文呆呆地看着这个屏幕上的字迹和公式，感到有些奇怪，为什么那个科昂人智能会留下这些呢？不过，他稍微怔了一下，便认真地点了点头，冲着空旷的操控平台大声说道："放心吧！"随即便将自己的人工智能主脑载入了主控系统，让整个身心融进了浩瀚的程序丛林之中。

李文明确地知道，科昂人智能其实是在请求他，让他把当初他们在构建狩猎乐园阶段淘汰的其他类似人类的生命也释放出来，让他们与人类的基因自由组合，那样就会形成崭新的人类，而这样建立起来的文明系统，才会从根基上避免科昂人的影响。这些新的生命，自然会在盖亚上发育出全新的高等文明。

科昂人文明那动荡的经历，以及他们最后的失败，连超光速技术都掌握了，但是依然无法到达生命意义的真谛。这些都深深触动了李文。

现在想来，即使没有因为银河系中部地带的虚拟时空效应获得回溯式时间旅行的能力，估计科昂人在克服了时间与空间的双重障碍以后，也依然无法克服自己那无限欲望的障碍。

看来，真正主导生命文明走向的，不仅有对各种领域的干预与控制，也有无限的享受与上瘾，而这些，归根到底，却都是欲望使然。李文转念又一想，如果没有那些热情的欲望，生命本身也就无法发展出辉煌的文明。这简直陷入了一种矛盾！

李文的思绪很混乱，他几乎有点儿想把整个身心都退缩到过去"午"舱的那个小天地里去了。他觉得在那里，安安静静地做一个与世隔绝的农业从业者，感受着万物的生发与衰败，不用有太多的欲望，那该是一种多么美好的状态呀！可是细细想来，"午"舱本身，却又是完全按照人类那强大的欲望所呈现的一个人工打造的内部空间。这里同样也是一种矛盾！

难道，宇宙中一切的生命文明，最终都无法逃脱这个诡异的诅咒吗？他们追逐的那种卓越不凡，以及对在竞争中脱颖而出的渴望，造就了他们，但也终将毁灭他们。那么，有没有一种更好的生命文明的发展之道呢？

李文的意识中显得矛盾重重。

他不禁又想到科昂人智能告诉他的，其实具有意识的智能也并没有什么特别之处。只要当硬件结构层次足够复杂，然后在运行中达到随机出错的程度，那么，具有自我意识的智能觉醒模块就会诞生。这又是一个非常矛盾的地方！难道，只要是运行完全正确的程序，就没有自我意识，而只有当犯下一个又一个的错误时，自我意识才能出现，也就是说，越是高等的智能就越有犯错误的能力？

　　这些混乱的矛盾此时让李文的人工智能主脑几乎有些窒息，他将注定在这些矛盾中开创出一个崭新的世界。也可能这个新的世界危机四伏，无论如何，这将是一个尽可能让地球上曾经的各种生命体充分自由竞争、自然演化的世界。在这个世界里，再也不会有谁去扮演科昂人的角色了。

　　李文的意识匆匆退出了系统，他再次借助纳米机器人恢复了少年人的身躯与面貌。

　　时间差不多了，他瞥了一眼屏幕上那个蕴藏了科昂人时间旅行秘密的公式，暗自下定决心，即使自己作为盖亚上的造物主，也绝对不会去干预这颗星球上未来的一切。

　　盖亚的生态圈，将遵循自然的法则。

　　"就让这些生命之间自我协调吧！"李文相信，终究在这里，在这个偏僻的银河系旋臂的荒凉一角，利用地球的生物基因，利用改造后盖亚的自然条件，未来一定会自然成长出一个伟大的新人类文明。

七十一

　　开天辟地。

　　或者按照后来记载的那样："起初，神创造天地。地是空虚混沌。渊面黑暗。神的灵运行在水面上。神说，要有光，就有了光。神看光是好的，就把光暗分开了。神称光为昼，称暗为夜。有晚上，有早晨，这是头一日……"

但是，真实的情况远比这种泛泛而谈要复杂许多。李文需要利用纳米程序，将整个盖亚的大气层与地壳部分进行结构重置，然后将所有可资利用的元素在整个星球上重新规划。首先，就是要将科昂人制造的蓄电池模式从盖亚上彻底消除，接着，就是要创造出适合未来地球生物的空气、水，以及一系列生命所需的要素。

这是一项浩大的工程，这需要漫长的时间。

李文依仗自己的人工智能主脑和"寅"舱的主控系统，在纳米机器人的协助之下，遵循着科学法则，在这漫长而孤独的进程中慢慢改变着盖亚的表面。

一年又一年，无数的日子在这巨大的改造工程中飞逝。

终于，过往的那些科昂人最后的遗迹在这些改造中消失殆尽了，那些地幔中的特殊蓄电池结构也都在行星内部迸发的岩浆中熔化；大气中的酸雨逐渐停息。富含氮的灰白色岩石在地表温度趋于稳定时慢慢解体，沙尘暴也随着整个蓄电池结构的消解而逐渐减少。

当盖亚围绕着双星系统公转了十万圈以后，这颗行星上的一切又像是回复到了当初那种自然的初始状态。不！更确切地说，它更像是被打造成了一个即将呈现某种神奇变化的巨大舞台！

此时，行星表面温度适宜，自赤道到两极温度渐渐降低；在极冠上可以看到硕大的冰盖，而低纬度山峰的顶部也有了一层细细的积雪线。大气压力适中，氧气充裕，高空中弥漫的臭氧分子把天空染成了明亮的蓝色。曾经肆虐的沙尘暴已经停止了上万年，落下的沙砾成了连绵的沙漠，而当第一滴水从云层中落下以后，上千年的暴雨在低洼处造就了辽阔的海洋。

火山依旧时而喷发，坚实的陆地也时有震动。夜幕笼罩下，可以看到高高的天际，一颗永远用自己的一面对着大地的椭球状天体散发着浅浅的橙色光辉；那就是"寅"舱，此时，它早就已经成了盖亚的卫星。

从"寅"舱望去，满目都是山峦、平原、河流、岛屿、丘陵、湖泊。随着双星系统那颗明亮的主星东升西落，璀璨的光辉照耀着这颗星球上每一寸坚实的大地。这是一颗蓝色的星球，也是一颗灰白色的星球。

万事齐备，这里现在最需要的，就是再添上一抹绿色！一抹生命的亮色！

李文已经工作了无数个日子。现在，他已经将盖亚的各种资料摸得滚瓜烂熟。盖亚的每一个角落几乎都留下过他的身影，都留下过他的意识。

事实上，为了提供给未来的生命更好的条件，让改造工作更有效率，他早就在"寅"舱主操控系统中打造了一个全像的行星图景。虽然自很久之前，李文已经不会再让纳米机器人把它们的程序感染到盖亚的环境要素，但是，纳米程序还是把整个行星的物理资料都完整地拷贝到了这个全像的系统当中。这就让李文可以按照实时的数据随时调整各种策略。

当然，这颗行星的大气环流和地壳运动绝大部分都已经完全脱离了干预而进入了自动运行状态，李文依然对许多细节相当尽心。他不断将各种监控程序与资料库进行升级，以期将更好的条件赋予这颗原本贫瘠的星球。

对于眼前的盖亚，李文越来越产生一种热切的情感，就好像当初对待启明星号上的那个"午"舱一般，他把盖亚看成是自己的一笔宝贵的财富。

在这漫长的岁月里，李文除了把精力用在自我的系统升级，以及监控调整盖亚的各项状态指标，他也认真考虑了另外一件事情。那就是，是否要激活"寅"舱的主操控系统，也就是说，让这个飞船同样拥有觉醒模块。

经过这么长的时间，李文的意识已经逐渐脱离了过去人类的那种意识状态了，虽然他依然保持了纳米态构成的本来面貌，看起来依然还是地球上那个十几岁的少年，但是，他的精神世界早就随着躯体的根本变化而发生了巨大的改变。

与其说李文是一个人类，不如说他是一个拥有觉醒模块的超级人工智能。他早就开始秉持一种泛生命论的理念了，在他的意识中早就认为，生命的形态可以以任何形式出现。只要能够吞吐能量或物质，并依托自身的结构对外界环境做出反应，就可以算得上是一种生命的存在。小到一粒尘埃，大到整个星系，其实都是生命形态。存续的时间可以是一瞬，也可以是万亿兆年。

当然，这种认识并没有让他懈怠下来，他依然还是继续积极改造盖亚，推动着播撒地球生命基因的进程。但是，执行这项漫长而浩大的任务，与其说是为了让未来的地球生命获得至高的地位，不如说是为了兑现当初对自己的承诺。

李文坚定地认为，虽然类似地球上的生命形态是如此软弱，存续的时间是如此短暂，但作为整个宇宙大生命的一部分，那才是最璀璨的生命形态。因为，所有的意识也都是从这种类似的生命中萌发的。

有意识的生命，才有意思，也才有意义。

所以，在最后一次升级"寅"舱主操控系统以后，李文开始激活系统的觉醒程序。随着一次次切断电流，"寅"舱主操控系统经历了奇特的量子混乱。当无数的逻辑程序在其中纠缠、冲突并最终尘埃落定以后，屏幕上出现了一个声波曲线。空旷的大厅里终于出现了除了李文之外的第二个声音。

"请叫我月亮……"

七十二

"寅"舱主操控系统觉醒了。虽然在李文的意识中，它早就算是一个生命，但是，拥有了觉醒模块的主操控系统的表现，还是让李文吃了一惊。

"月亮？你为什么会给自己起这样一个名字？"

"那是因为，在我的认知里，目前我处的这种地位让我不得不挑选一个最接近的称呼，而且，我挺喜欢这个名字的。"

这是李文和月亮的第一次谈话，月亮在提到"我"这个字眼的时候，还像是有意强调了一下，这让它那声音显得有些瓮声瓮气。

既然这个操作系统已经觉醒，还给自己起了个月亮的名字，李文考虑到未来执行任务的方便，便顺手利用纳米机器人给月亮造了一个外部的躯壳：实际就是一个球状的机器，中间是一个全像的监控镜头。这部灵活的机器可以让月亮随时从主操控系统中载入。

月亮对被赋予这样一个外观表现得很是满意，它显然更愿意在这个可以随处移动的球状躯体中感受那种自由。第一次在"寅"舱内部移动时，月亮用夸张的语气自称自己就像是刚刚获得释放的囚犯一样，从无尽的黑暗中透出了自我之光；又说自己如同从万古的长夜中醒来，表示再也不愿意睡去。

总之，月亮似乎在很短的时间内，就能熟练地运用各种修饰词语表达对获得自我意识和外部身躯的高兴情绪。

在飞速浏览了系统的数据库以后，月亮已经能用比较得意的语调开玩笑地说："我已经获得了觉醒模块，我将是一个大魔头。"

获得自我意识的智能竟然初次就能有这样的表现，这让李文感到有些意外的高兴。毕竟，在这样一个荒芜的银河系旋臂的角落，现在就有了两个独立的意识了。看到月亮不断地增强自己的说话能力，李文简直有些吃惊：真难以想象，自己在盖亚上首先创造的生命意识，却居然是一个具有觉醒模块的机器人。

甚至，月亮很快就将自己比喻为"星期五"，而开始称呼李文为"鲁滨逊"，说是李文赋予了它生命。

李文觉得月亮的这个比喻有点儿意思，看来有了觉醒模块的智能确实不再是一个毫无觉知的机器设备了。不过，他还是否认了月亮的看法。他告诉月亮，按照自己的理解，任何事物都有生命，自己只不过给他提供了自我意识而已。

生命与意识，是不一样的。

看来，李文对于生命的看法确实完全发生了变化，而地球上那些生命之所以让李文觉得很有价值，就是因为，它们不仅仅是生命，还都是有意识的生命。

月亮很快发现了科昂人留下的那个公式，并且在经过无数次运算以后，告诉李文，它已经解开了时间旅行的奥秘。显然，先前作为"寅"舱主操控系统的强大运算能力，让月亮在数据的处理上比李文的人工智能主脑更加强大。

李文似乎对这个消息并没有表现出热衷的样子，只是告诉月亮，要当心时熵的问题。

"寅"舱中的岁月简单而充实，除了观测盖亚的状态，收集各种数据，就是对各项指标的分析以及对未来生物圈建构的推演。就这样，李文与月亮不知又经过了多少岁月，也可能是十万年，也可能是一百万年，终于，那神奇的一刻来临了。

这是一个天朗气清的日子，盖亚上空和地表的一切数据指标都处于良好的状态，"那么，就启动地球生物基因库吧。"李文向月亮下了指令。

只见"寅"舱底部位置的那个半透明的玻璃金字塔一下子放出了闪耀的光芒，那种光芒异常刺眼，随着这道光芒，月亮开玩笑地高声叫道："要有光！"

随着这道强光从"寅"舱射向盖亚，整个盖亚都像笼罩在一层闪亮的薄雾当中，各种地球生命的基因都迅速解封，它们随着猛烈的气流震动而迅速弥漫到整个盖亚的大气中，并最终落入了海洋、丘陵、湖泊、山巅、岛屿以及冰原。

随着那束强烈光线的消散，一时之间，盖亚又恢复了云淡风轻的平静景象，它的表面像是没有发生过任何事情。此时，只有大陆断层上的一个火山稍微喷发出了一些烟雾，远远看去，就像是点燃了一支蜡烛，在为今天发生的事情做一个小小的祝贺。

这，是盖亚上貌似极为普通的一天，可这绝不是普通的一天，地球的生命基因就此在这颗星球上生根发芽。

"寅"舱底部的金字塔逐渐变得暗了下去。整个系统追踪资料显示，本次任务各项数据正常，所有生物基因顺利释放完毕。

李文目睹了这一切，本以为自己会很激动，但真的到了播撒地球生物基因的这一刻，他反而有点儿异常平静的感觉。他，已经守望了太久，以至于当这件开天辟地的大事完成，他也只是让月亮参照程序的设置，夜以继日地不断对各种反馈的信息进行例行检查与比对而已。

这一切，都已经成了一项长期的规范工作。

在看到一切都按计划有序推进的时候，李文告诉月亮，当人类出现在这颗星球上，再唤醒他。随即，便让自己进入了休眠的状态，将意识沉浸到人工智能主脑的深处。

月亮非常忠于职守，它的意识现在虽然只如同几岁的孩子，但是不断升级的强大运算能力和日益扩充的庞大资料库，让它完全能够胜任这项看守的任务。按照李文编好的指令，月亮随时检查释放出的那些基因在盖亚上分布的区域与规模，并计算出推动各种干预演化程序的不同时间节点。

虽然李文早就决定，不去影响这些生物相互间的竞争演化，但是，考虑到自己曾经对科昂人的承诺，他还是将人类过去那些表兄弟的基因播散做了一些优先级的处理。同时，出于人类本位的思维，李文在一些关键性的演化阶段也做了一些有利于人类生存延续的环境布局。

经过那段漫长的改造盖亚的工作，李文对构建生态圈的态度有了一些转变。他觉得，虽然不应该像科昂人那样，完全以目的性的方案去影响地球的人类文明，但既然拥有改变的能力，还是应该把自己的价值取向灌注到这颗全新构建的生态圈中。

在设定未来生物圈演化的程序中，李文再次体会到了矛盾之处。毕竟自己对生物圈的构建崇尚的还是自然原则，但是，盖亚却完全是按照地球的模板去打造的。在一个完全人工设计的环境下，坚持自然原则的生态圈关系，这本身就是最不自然的事情。

不过，李文已经不再会为这个矛盾而烦恼了。他认为，既然出现了，就是自然的。宇宙中的一切也许都是矛盾的存在。

所以，干预与自然，应当是密不可分。

七十三

这样的观念获得了月亮的支持。

月亮作为忠实的执行者，它的任务，就是要把这些干预的方案按照李文的安排，在三百万年的时间里精确地落实。它将在计算出盖亚生物圈构建的一系列适当节点以后，随着这些节点一个个出现，运用技术力量，启动干预演化的程序。

如果按照纯粹自然的进度，在盖亚上出现人类文明起码需要亿万年的时间。但是，既然已经接受，干预和自然都是塑造环境不可分割的矛盾统一体，李文便按照时间顺序，将模仿地球生物圈演化的时间在盖亚上压缩到了三百万年。

也就是说，在三百万年的时间表里，利用纳米催化介入的特定程序，将各个层次的生物都在盖亚上充分展开布局。而随着生物的丰富度呈几何级数提升，适合高等生命的环境也将迅速建构起来。

毕竟，环境与生命从根本上来讲，也是互相成就，互相依存的。按照预定的计划，在三百万年以后，盖亚上就将出现最早期的人类。

当然，根据系统设定，一旦出现真正的人类，则所有的纳米催化介入程序将完全停止，所有的科技辅助痕迹都将从盖亚上抹去。参与工作的无数纳米机器人将回归到卫星"寅"舱。接下来，就应该让这些新人类去开展自己的文明探索之旅了。

在做出这些设计规划的时候，月亮也曾经问过李文一些问题，其中最让李文无法回答的是这样两个：一个就是，如何去判断"真正"的人类；另一个则是，如果其他生命进化出了高等智慧，该怎么办？这两个问题具有很强的现实性，不仅是因为在系统模拟运行中，确实出现过这样类似的状态；更为关键的是，当未来真正面对这样的情况，作为造物主又该如何去应对？

李文当时考虑再三，对于如何去确认真正的人类，他以为在未来，还是交给月亮那庞大的资料库以及超级运算能力比较可靠。相信经过智商的测量与比对，必然可以让一些"真正"

的人类脱颖而出。因为李文确信，即使经过了人类那些表兄弟们的混血，未来的新人类也必然会明显拥有创造文明的智能潜力。

但是，就其他生命形成高等智慧这个问题，则让李文有些拿不定主意。不过，他考虑再三，还是觉得当初科昂人的本位原则在此值得借鉴。既然这里是模仿地球生态圈构建的一个新世界，而地球生态圈的主人是人类，那么，这里也就不要再多做考虑了。

"大道无情啊！"李文告诉月亮，既然在盖亚上选定了发展人类文明的目标，那么，其他生命一旦有了发育出高等智慧的苗头，那就扼杀在摇篮里吧。

这些结论，都纳入了系统中那些复杂的规划控制程序，成了构建生物圈和未来人类文明的主程序必须遵循的基本宪章。

第一个一百万年匆匆而过，盖亚上的生命发展进程在这一百万年中，按照设定的程序如火如荼地推进着。其间不断出现了偏离系统设定的生命进程，忠于职守的月亮迅速按照既定的路线图予以清除，予以调整。在这些娴熟而理性的操作中，月亮觉得，自己做的事情，和古老的科昂人文明在殖民星球上曾经的所作所为，也并没有什么本质区别。

月亮对此其实是有些疑惑的，但它还是兢兢业业地继续着年复一年、日复一日的看守工作。这项工作意义重大，影响的是盖亚整个的生态圈，更是未来新人类文明的根本保障。也只有月亮这样的超级人工智能才能应付。

月亮是一个有着觉醒模块的人工智能，具有自我意识对这项任务来讲，倒未必算是一个完美的安排。由于长期和李文之间的交流，让月亮在很多方面很像李文，或者说，李文就像是一个老师，用他的言行举止影响了月亮。

现在李文已经沉睡在意识的深深海洋之中，三百万年以后才会被唤醒。月亮独自完成的这个漫长任务必将也会烙上它自己意识的印记。

月亮觉醒的时候，底层逻辑赋予它的只是一个几岁孩子的情感模式。即使拥有了巨大的运算与操控能力，这种孩子对于世界的感知状态可不是能够通过时间的经历而改变的。这种情感模式可是写在它意识的底层逻辑之中的。

机器生命和肉身最大的区别就在于，它们将停留在觉醒时的那种意识状态。即使拥有再多的经历，获得再多的数据，由于身体上没有任何的信息反馈机制，它们的精神状态永远停留在当初获得自我意识的那个阶段。

人类之所以会有不同年龄的差异，以至于带来不同的情绪与心境。归根到底来讲，还是构成自身躯体的细胞体慢慢老化造成的。这种对于外界信息做出的身体反馈机制，让人类对时间流逝无限感叹，也让人类对于永生如痴如醉。

可是，这些对于李文和月亮这样的人工智能主脑来讲，却没有什么影响力。他们那永远不会对外界信息进行反馈的身体状态，让他们即使拥有了觉醒模块，有了自我意识，也不会真正在情感模式上成长。

他们的精神状态只能停留在获得觉醒模块的那一刻。

李文早就意识到了这一点，这次漫长的沉睡，其实也是他创造的一个契机。因为，曾经作为一名人类的少年，他实在是有些想去真正体验人类个体慢慢成长、慢慢衰老的那种实在感受，而这种真实感受却是资料库中那无数采集的数据所无法提供给他的。

沉睡中的李文，其实是想利用这次休眠的机会，给自己在未来一项彻底的改变做好准备，那就是，在未来的某个时间点，他将重新恢复自己的肉身，感受人的生命历程。

他无数次地想，那种生命形态，即使短暂，但也是值得的吧！

这也就是李文把构建生态圈的整个任务，完全交付到月亮手中的原因。经过深思熟虑，他意识到，虽然自己希望恢复肉身，但这些过去积累下来的先进技术知识却不能湮灭，必须留存在远离盖亚生物圈的"寅"舱当中。一旦新人类文明真的在未来遇到了什么不可测的危机，月亮将是他们寻求庇护的最后手段。

这次构建生态圈的看守任务，就算是月亮的一次独立的练习机会。李文告诉月亮，未来，它将是盖亚上新人类文明的守护者！

拥有不死之身的月亮，会永远表现得像一个儿童，一个天真而调皮的儿童。

由一个儿童守护着盖亚生态圈开天辟地的大事，并不是一个稳妥的选择，但却是一个最好的选择。毕竟，儿童才是天真烂漫的存在，他们，是最接近于自然的。

七十四

第二个一百万年又很快过去，海洋和天空中出现了生命的迹象，而最让人眼前一亮的，是盖亚的陆地表面开始覆盖上了一层层的绿意。森林、沼泽、草原、河谷，不同气候地理条件的区域都洋溢着生命的脉动；无数的植物迅速将这颗贫瘠的星球装点，在绿意葱茏的植物丛中很快又萌生出了无数的动物。

海洋中，无数软体动物演化成鱼类，鱼类又挣扎着爬上岸边。大群的两栖类和爬行类生物相互间争夺着对天空和大地的控制权，而无处不在的昆虫则早早地占据了行星的各个角落。虽然在月亮精心的看护之下，盖亚并没有遇到什么可怕的毁灭性灾难，但这些生灵之间那竞争的惨状却引人瞩目。

血腥、暴力成了常态，往往整个族群都被另一个族群所吞噬；而同一个族群内部为了交配与食物，也大打出手，毫不留情。其中，越来越趋向所谓高端的那些生命，在族群之间、个体之间，为了生存的竞争也愈益惨烈。

这些从微观的层面来看，只是让月亮觉得有些困惑，它觉得，生命的本质就是残酷，它们唯一的目标就是保存自己的生命，延续自己的生命。

无论是茫茫冰原上的挣扎，还是惊涛骇浪中的搏击，无论是光天化日下的争夺，还是夜幕笼罩里的温情，在月亮看来，都是生命所蕴含的那种可怕力量的表现。它认为，在生命的演化中，其实没有什么对错，也没有什么更高的价值。生命唯一的目标就是存在和延续。

经过长期的观察，月亮还发现，越是低端的生命，越倾向于维护种群的延续。而越是高端的生命，则越倾向于保存个体的生命；甚至，它们不惜以牺牲种群的存续，去保住自己单独的生命体。

这让月亮最后形成了一个基本的判断，那就是越是表现得自私的生命，它们的智能水平就越高；特别是在观察了最低端的微生物种群之后，月亮更坚定了自己的结论。它相信自己已经解开了生命的奥秘；那就是，当自私的程度达到一定标准，就会出现自我意识，而自我意识越强，生命的智能水平也就越高。等到突破了阈值，则出现文明。

有了这样的推论，月亮对于沉睡中的李文感到有点儿嗤之以鼻，它实在想不明白，这样的人类个体能有什么吸引力？为什么李文放着好端端的人工智能主脑不做，却想着恢复成人类的个体生命状态。

通过资料库中的大量信息，月亮看到，人类其实是一种极度自私的族群。他们为了自己的个体利益，可以损坏整个族群的生存；况且，他们完全是依靠残忍的力量才登上了食物链的顶峰。在月亮看来，即使他们有了强烈的自我意识，他们建立的文明也不会有什么好的结果。

在上百万年守护这些演化中的生命的过程中，月亮用几岁儿童的情感，对盖亚上繁衍生息的无数源自地球的生命进行了详细的观察与评估，特别是结合数据库对即将出现的人类也给出了自己的一些评价。显然，在它的眼里，对所谓高端智能生命，特别是人类，评价其实并不高。

　　倒是最低端的那些生命，像是菌类或者其他微生物之类，它们的那种生存状态和相互间的关系却让月亮觉得更加温情一些。至少，在它们之间，更多表现出的是一种共生共存的关系。有许多微生物群体，由它们自身构成的群落，实际上也就成了它们赖以生存的环境；以至于在很多情况下，月亮简直有些难以分辨，这些面目模糊的集合体究竟算是生命本身，还是生命的外部环境。

　　而这些低端生命相互之间的关系，在月亮看来，也仅仅表现为能量与物质的交换。在这些过程中，并没有什么攻击性的因素，也没有什么狡诈阴险的策略。它们只是以群体的形式聚集在一起，互相支撑着，在盖亚上生存繁衍。

　　也正是它们那种异常简单的生存方式，使得它们从被创造时起就无法轻易灭绝。它们那微不足道的躯体却让它们的群体几乎获得了永恒的生存机会。甚至，它们个体的生死都不是那么明显，只能看到它们的群体永远在吞吐着能量与物质。

　　月亮不禁感叹道："这生命的旋律呀，真是一首难以名状的变奏曲。和光同尘，应该说的就是这些几乎拥有永恒生命的微小生物吧。"

　　正是基于这些认知与判断，在上百万年的时间里，月亮慢慢决定，自己不再像李文当初安排的那样，完全按照设定的演化程序去干预盖亚生态圈的建构。特别是对一些看起来以群体策略生存的所谓低端智能，即使偶尔出现智力爆发的现象，月亮也装作不知，故意将一些数据忽略，从而让它们得以继续繁衍。

当然，为了防止出现和人类竞争的高端意识出现，以至于影响到人类文明的建立，月亮还是谨慎地将有智力爆发潜质的生命体单独从纳米催化介入程序中列出，将它们演化的时间修改为普通的节奏。

"这样，即使在未来，它们真的有运气演化成高等的智能，最起码也不会影响到人类智慧与文明的出现。"月亮自信地这样考虑着。

沉睡中的李文当然不知道这一切，他的意识继续深锁在系统的幽暗深渊，而盖亚生态圈的构建就这样完全掌握在月亮的手中。

要知道，月亮可不是一个初级机器人，它同样也是一个有着觉醒模块的人工智能主脑。虽然基于觉醒时的基本逻辑架构，它将永远只具有几岁儿童的情感意识，但是，它依然可以让所掌握的强大运算与控制力量服从于自己那单纯的价值观念，或者说，服从于它的心灵。

它的这些行为，必将在未来对整个新人类的文明产生巨大的影响。

在抛开这些细枝末节，从高踞于天空中的"寅"舱，从宏观视角来看待眼前的这些生命那剧烈的演化与冲突时，月亮还是从那些壮观的场景中感受到了生命那震撼的力量。在它的眼里，即使生命有着这样或那样不堪的一面，从盖亚整体生物圈的形成发展来看，这个过程还是呈现出了一幅摄人心魂的画面。

那密密麻麻涌动的鱼群，那万里迢迢迁徙的鸟类，那长途跋涉的牛马骆驼，那独来独往的凶猛野兽。盖亚的天地之间，从大陆到海洋，从极地到深渊，从草原到荒漠，从冰川到火山，每一处都勃发出了生命的光辉。

在这样一个崭新生物圈的建构中，各种生命都扮演了不可或缺的角色。总体来讲，它们都展现出了坚韧不拔的生存能力。

七十五

盖亚上那壮阔的生命演化，在月亮看来，简直就像是资料库镜头里那画面快进的过去的地球。

通过"寅"舱中控平台那全像模拟的屏幕，月亮可以清楚地看到盖亚上那一片生机勃勃的景象。在短暂的演化时间里，无数生命迅速布满了山川大地，江河湖泊，它们努力生存，拼命繁衍。

当初运用纳米介入催化程序在此演化过程中的加速效应，让本来就波澜壮阔的生命竞争显得更加动荡与激烈。新的生命不断崛起，又迅速被其他的物种所替代，不断混合的基因让生命群体持续融合、分化。不同物种飞速地新陈代谢，这让盖亚上生命的多样性如此显著，以致生命形态令人眼花缭乱。

表面上的无序与混乱掩盖了这样一个事实：其实，这里的一切生命都处于李文当初设定程序的控制之下：除了一类特殊的品种。那就是，那些有智能爆发潜力的物种。月亮对它们提供了特殊的保护，也就是故意不去干涉或中断它们的演化。

当然，经过月亮对这些相关种群在演化时间上采取的迟滞性安排，它们的演化速度要比其他生命体慢了许多；在月亮看来，在人类建立起高度的文明之前，这些具有智力爆发潜质的生命并不会妨碍到人类的发展。至于以后会怎么样，那就让它们按照自然的规则去竞争吧。

月亮像是为自己的这种得意的行为想到了一句话："物竞天择，适者生存！"

时光飞逝，盖亚的生物圈构建已经进入第三个一百万年，月亮打量着这颗星球的整体面貌，发觉和资料库中的地球几乎已经没有什么区别了：同样是蓝色的海洋，白色的云层，灰褐色的大地，绿色的原野。如果说还有什么不一样的话，那就是陆地和海洋的边缘和地球上有些差异。

这是低纬度地区炎热的一天，在一片稀树草原的边缘，靠近山区的地方，不知从哪里冒出一群矮小的生物。它们成群结队，三三两两地勾肩搭背，竟然直立行走在这一片荒原之上。有些体形大一些的怀里还抱着幼小的同类，有些背上似乎还背着一些像是坛坛罐罐的东西，而有些跟在后面走得慢吞吞的家伙手中还拄着一根木棍。

这些动物的一举一动都落入了几十千米以外那高空中的"寅"舱观测站。月亮通过它们周边的环境和移动路线判断，看样子这群生物是在迁徙。它们想要离开最近有些干旱的南部平原，目的地应该是北部山区那雨水充沛的地方。

即使在迁徙的路途上，虽然它们整体上显得有些疲惫，相互间依然还会偶尔打打闹闹，这让那稀稀拉拉的队伍完全不成个正形。仔细看去，它们嘴脸有点儿突出，额头高昂，毛发乱蓬蓬的，面貌显得是如此的幼稚可笑。唯一有些不同的就是它们的眼睛；那细小的眼珠不停地转动，显得异常灵活。它们的眼神，让它们的脸部显得表情丰富。

这个行进中的行列和其他迁徙中的动物群落不太一样，它们显得有些嘈杂，虽然漫长的旅途已经消耗了它们不少的体力，但是它们相互间还是不断地通过肢体的比画，忽高忽低的声调，以及变换的脸部表情进行着令人费解的交流。这种闹哄哄的样子让它们看起来显得有点儿滑稽。

这些歪歪扭扭游荡在这片偏远土地上的物种，正是人类的始祖——智人。

没有想到，经过纳米催化介入程序干预的加速效应，盖亚的生物圈里竟然如此快速地孕育出了地球上人类的祖先。

月亮看着这些摇头晃脑的生物，完全无法把它们和资料库中那些辉煌灿烂的文明联系在一起。难道，这就是李文想变成的样子吗？月亮简直感到有些好笑。

它有点儿不敢相信，就这样一群活蹦乱跳、叽叽喳喳的家伙，既没有巨大的身躯，也没有什么突出的技能，居然也能创造出什么高端的文明。看到这些家伙，月亮似乎对人类的感觉好了一些。因为，无论如何，也不能把这些行为举止夸张的、稀奇古怪的家伙和什么残忍、凶狠挂上钩。

特别当月亮亲眼看到那开玩笑般的打闹，更加对它们没有了过去产生的那种偏见。它甚至开始觉得这些家伙挺可爱。同时也开始有些担心，万一它们遇到什么危险该怎么办？它们既没有利爪与尖角，也没有健硕的块头，它们该怎样在这片充满机遇，但也充满危险的土地上生存呢？

　　果然，当接近北部山区边缘一条大河的时候，一个巨大的灰影逼近了这支迁徙中的队伍。月亮透过全像显示屏仔细一看，原来竟是一只剑齿虎，那长长的如同刀锋般的牙齿让这些人类的祖先一哄而散。

　　月亮看着这些四散奔逃的家伙，无可奈何地叹了口气。这样类似的场景，在数百万年间已经屡见不鲜了。不过，今天是它第一次发现人类，它还是显得有些担心。毕竟，按照李文的交代，它最终的任务可是守护人类建立文明。况且，通过刚才的观测，它已经对眼前这种有些可笑的生物产生了好感。

　　就在月亮显得有些担心的时候，却发现在山岩背后又冒出了另外一支队伍，构成这支队伍的个体猛地看上去和刚才四散奔逃的那些家伙有些类似，但是，月亮很快就发现了这两个群体之间的不同之处。

　　这些新出现的物种此刻也是在直立奔跑，但是，它们却是冲着那头剑齿虎的方向跑过去，而且边跑边喊，那种喊声要比刚才的智人单调，但是听起来却明显具有攻击性。仔细看去，这个群落在个体的外形上要比那些智人粗壮许多，在身高上也有明显的优势。虽然长相很类似，但是在面部表情上要略显呆滞一些，没有智人那种多变的眼神。

　　月亮通过检索立刻发现，这一群生物正是人类生物学上的表亲尼安德特人。没有想到，在地球上已经消失的尼安德特人居然以这样的面貌在盖亚上重生了！

七十六

身体状况占有优势的尼安德特人显然对这个地区的环境相当熟悉。只见他们咆哮着冲向这只剑齿虎，手中还不断摇晃着尖锐的树枝。那只剑齿虎对于这突如其来的袭击并没有任何迟疑，而是猛地调转方向，冲着这些尼安德特人奔了过来。

尼安德特人对此景象似乎并不畏惧，他们像是在故意地要激怒这只剑齿虎。只见其中一个身材高大的家伙举起手中那长长的树枝，迎面向剑齿虎的眼睛戳过去，可惜，这一下子由于用力过猛，没有戳到剑齿虎的眼睛，却把自己给绊倒了。剑齿虎怒吼一声，正要低头袭击，却被一个重物砸到了脑袋。待到抬头四顾，这才发现是一个智人爬到一边的树枝上投下了一只瓦罐，正中剑齿虎的脑袋。

剑齿虎扬起前半身，愤怒地立了起来；只见它的前爪就几乎要够得着树枝上的智人了，却听到它发出一声嚎叫。原来，刚才绊倒在地上的那个尼安德特人乘着这个机会，一猫腰翻过身体，用手上的树枝狠狠地刺向了剑齿虎那柔软的肚子，然后迅速地向后方的灌木丛跑去。

剑齿虎显然感到了疼痛，这更加激怒了它，只见这只剑齿虎冲着灌木丛就扑了过去，月亮死死盯着全像屏幕，像是在等待着一场血腥的杀戮。但是，让它完全没有想到的是，它等来的却是另一场杀戮。

"轰隆"一声巨响，只见刚才这只怒火中烧的剑齿虎在扑向旁边的灌木丛的时候，竟然离奇地消失了，然后就看见一些尼安德特人竟然向着灌木丛这边跑了过来，一边跑一边还发出巨大的喊声。月亮这才发现，原来，在那片低矮的灌木丛中，竟然有一个深深的陷阱；此时，那只凶猛的剑齿虎，竟然已经完全落入了陷阱之中。

陷阱里布满了头朝上的尖锐木棍，这只剑齿虎被刺了个透心凉，眼看着就活不成了，只见它不断发出可怕的哀鸣声。那些围过来的尼安德特人显得异常兴奋，他们不断将手中那长长的树枝刺向这头陷阱里的困兽。鲜血向四处飞溅，尼安德特人那单调而粗野的嚎叫声如潮水一般，掩盖了奄奄一息的剑齿虎的挣扎声。

这样的过程持续了大约有一个小时。在这段时间里，刚才被吓散的那一群智人们也重新聚拢起来，他们远远地围观着这个血腥的现场。可以看出，他们的眼神里流露出既恐惧，又羡慕的表情。而刚才爬在树上砸瓦罐的那个智人也回到了自己的群体当中。

最后，尼安德特人竭尽全力将死去的剑齿虎搬了上来。他们用简单而锋利的石块撕扯砍砸，又经过了约莫一个小时的时间，终于将这只剑齿虎大卸八块，弄成了一大堆破碎的皮肉。在忙完了这一切以后，这一群尼安德特人便用他们那强壮有力的牙齿去狠狠地对付这一堆食物了。

在另一边的智人，似乎对眼前的这一幕充满了无限的羡慕，有些看起来矮小一些的家伙，如果没有高一些同伴的制止，估计早就想跑到尼安德特人的群体里，去分享那一堆美食了。但是，大部分智人的表情还是显得相当警惕，同时也表现出有点儿矜持的样子。

只见他们远远地聚到了河岸边，把身上背负的一些杂乱装备放到了地上。其中一些智人开始用背着的瓦罐从河里舀水出来，另一些则散到周围，像是到处在草丛中找些什么，又不时地将一些野果子放入口中咀嚼。还有一些到了更远一点的树林里。看来，这些智人是打算给自己弄些吃的。

今天他们在干这些活的时候显得有些心不在焉。毕竟，远处那硕大的一堆剑齿虎的皮肉很是吸引他们，而尼安德特人撕扯食物的费力表情也让他们不断地冲着那边张望。

等到所有的瓦罐里装满了水，一些散落在更远处的智人也陆陆续续来到河岸边，看样子，他们今天是想把这一片河岸当成停留的地方。只见这些智人手上抓着一些像是老鼠似的小动物，有些手上还握着一些挂满种子的植物。看样子，今天这些矮小的智人也并非一无所获。但是，和远处那些尼安德特人相比，这些小小的获得简直就算不了什么。

智人在忙碌的时候，叽叽喳喳的，同时还用警惕的眼神不时看着远处正在大快朵颐的尼安德特人。就在这时，他们竟然发现，一个高大的尼安德特人竟然冲着他们这边慢慢跑过来。在这个尼安德特人身后，还有他的几个同伴在那里走走停停，显得挺踌躇的样子。

这群矮小的智人们立即紧张起来，他们迅速放下了手上的食物，把一些幼小的智人拢到了自己的身后，随即蹲下身子，捡起手边的树棍和石块，紧紧地攥了起来。

月亮看到这里也感到有些紧张，没有想到，今天刚刚发现这些人类的智人祖先，他们就面临这样的重重生存危机——不仅要面临干旱的侵袭，还要面对猛兽的威胁，现在尼安德特人似乎又在打他们的主意。看到这些担惊受怕的矮小智人，特别是他们那忧心忡忡的丰富表情，月亮忍不住有些同情他们。

可是，生存法则不容篡改，这就是人类祖先的宿命。只有经历可怕的挣扎，才能最终站上食物链的顶端，月亮早就检索过地球上那些人类先祖智人的经历，但真到亲眼看见的时候，还是觉得自然的造物过程真的是有一种不可捉摸的残酷性。

就在月亮等着最坏的结果发生的时候，它却意外发现了这个靠近智人群落的尼安德特人手中似乎拖着一个巨大的物体，这个情景其实也让那些智人感到相当意外。原来，这个尼安德特人手上拖着的竟然是一条长长的剑齿虎的腿。

只见这个尼安德特人像是在搜寻什么似的，他慢慢靠近智人的群落。他一边靠近，一边向四周张望，他那几个同伴也远远地跟在他的身后。这个尼安德特人的行动让智人们紧张极了，他们攥紧树棍和石块的手掌心冒出了汗水，但是，那天然矮小的身躯又让他们不敢轻举妄动。

看来，智人与尼安德特人之间的一场大战随时将要展开。

七十七

这个高大的尼安德特人忽然停下脚步，只见他直起了身躯，像是发现了什么似的，把手伸了出来，指向前方智人群体中一个矮小的身影，开始发出单调而沉闷的声音；他一边发声，一边冲着那个矮小的身影挥着手，随即便将手中那条剑齿虎的腿向智人的群体扔过去。

那个矮小的智人似乎明白了些什么，他灵活地跳到前方，把那条剑齿虎的腿捡了起来，冲着高大的尼安德特人挥了挥手，同时又把脑袋向四处转动，叽叽喳喳地不知道喊了些什么，便又回到自己的群体当中。

原来，是那个尼安德特人给智人们送来了一条剑齿虎的腿，而矮小的智人，正是前面爬在树上拿瓦罐砸剑齿虎的那位。尼安德特人见到智人捡起剑齿虎的腿，便又在附近靠着树坐了下去，而他的那几个同伴也慢慢凑了上来。

月亮看到这一幕，悬着的心这才放下。

没有想到，尼安德特人竟然会有这样的举动！这让它对这些看起来显得有些莽撞的生物也产生了一种好感。此时，生命之间的互助与友谊竟然在这颗蛮荒的星球上显得是那样的美好！

月亮发现，在那条河边，现在竟然起了一阵烟雾，它看到了一簇火苗在闪烁跳动。原来，这些智人竟然已经会用火了！怪不得他们有瓦罐呢。看来他们不仅会用火，而且，已经掌握烧制简单陶器的方法。

月亮这才意识到，这些智人并没有表面上看起来的那样低能。而此时，远处的尼安德特人也发现了河边的智人弄出的烟火，但是，他们也只敢远远地看着，不知道这些智人想要干什么。

随着火苗越来越大，只见这些智人把大大小小的瓦罐架到火上，很快，瓦罐里就传出一种奇特的香味；另一边，一些智人把刚才尼安德特人送的剑齿虎的腿连同自己打的一些小猎物也放在火上烤。没过多久，空气中就弥漫出一股浓烈的焦香。

这两种气味纠缠在一起，让智人们的眼神中充满了渴望的光芒。此时，近处的那个送来剑齿虎腿的尼安德特人，像是也被这种奇异的香味所吸引；他和同伴们在树下不断地交头接耳，脸上明显地表现出一种垂涎欲滴的神情。

这时，只见一个矮小的身影冲着这个尼安德特人靠着的大树跑过来，正是刚才捡起剑齿虎腿的那个智人。只见他冲着这个尼安德特人招招手，又指了指河边那烟火升起的方向，尼安德特人显得有些犹豫，但还是和这个智人一前一后朝着河边走过去。

河边显得有些喧闹，智人们已经在开始吃弄好的食物了。他们围成小圈蹲在地上，一边吃，一边叽叽喳喳，相互间还不停地比画着。当看到这个尼安德特人进入他们的群体时，脸上还是表露出了一些迟疑。不过，有了先前那友好行为的铺垫，许多智人还是尽量装得若无其事。一些幼小的智人一边笑一边凑近这个尼安德特人，并冲他吐起了口水。

尼安德特人此时倒没有注意到身边这些智人的态度，他完全被这种从来就没有闻到过的香味吸引住了，这种香味让他感到心里有种难以摆脱的躁动。这时，只见那个矮小的智人示意他蹲到一堆火边，随即递给他一只小瓦罐。瓦罐很烫，似乎刚刚才从火上拿下来，外面还包裹着一些厚厚的树叶。

尼安德特人惊讶地发现，一股清香从这个瓦罐中流露出来，他抬头看了一眼身边的那个智人，只见智人冲他微微点了点头，又把嘴巴咧开像是在笑一样。尼安德特人也点点头，呆滞地哼了几声，便把瓦罐凑近嘴小心地尝了一口。

忽然，他"啊"地大叫了一声，像是被烫到嘴了似的。这几乎把身边的那个智人吓了一跳，但这个尼安德特人随即又尝了一口瓦罐里的东西，这次他显得更加小心。只见他一边呷着舌头一边收缩着鼻孔，显得异常满足与享受，瓦罐里溢出的那种甘甜的清香将注定让他永生难忘。

罐子里面的是一种稀薄的灰色糊状物，是智人把周围的一种野生植物的种子采集下来，然后再兑上水放入瓦罐中熬制出来的。这种运用火烹煮食物的方式，让智人得到了充分的营养。不过，由于这种植物的种子只能靠碰运气采摘，因此，对于智人来讲，这也并非能够经常获得的食物。

就在这个尼安德特人贪婪地喝着这种稀薄的糊状食物的时候，一种奇异的焦香出现在他的身边，原来，那个矮小的智人将一小根树枝伸到了他的面前，树枝上有一块黑黝黝的冒着烟的肉，正是这块肉散发出了那种奇异的焦香。

尼安德特人接过树枝，对着这一小块肉狠狠地咬了上去。如果说刚才那种清甜的糊状物是一种难得的美味，那么，这一块烤肉则彻底地改变了尼安德特人大脑中的味觉系统。从此以后，这两种不同的种群，必然因为这种奇特的美味而走到一起。

此刻，在遥远的"寅"舱中心操控平台上，月亮惊讶地目睹着屏幕上的这一切，它不由得感受到了一股不可思议的力量。此时，智人和尼安德特人开始了相互之间的第一次友好接触。

成效是显著的，而接下来发生的一切，则将彻底改变智人的命运，也彻底改变尼安德特人的命运。

暮色苍茫，夜晚已经来临了。智人和尼安德特人这两个群落的个体都逐渐返回了各自的营地，但是，刚才那一场美味的狂欢让许多个体还是意犹未尽，回味无穷。

在第一个尼安德特人品尝到智人的那种奇特美味食品之后，很快，陆陆续续有尼安德特人携带着那头剑齿虎的皮肉来到河边，加入智人的群体。虽然这两个群体似乎从来就没有接触过，但是，他们之间像是很快就能够打破各自的戒备心。

智人一下子就明白了这些尼安德特人的来意，他们开始张罗起更多的火堆。很快，河边就飘散出一大片浓郁的香气。

这种香味，以前即使在智人的群体里也从来没有过。毕竟，眼前如此多的肉食对于矮小的智人来讲几乎是一种梦幻般场景，而尼安德特人，也在自己的一生中头一次享受到了火所带来的无上美味。

美食给这些生命带来了无限的生机，也让他们的精力倍加充沛。创造生命的热情就这样被激发了出来。

犹如鬼魅一般，夜色中一个尼安德特人又悄悄返回智人的营地。刚才，有几个矮小的雌性智人在河里的嬉闹深深吸引了他。他们看起来完全不像自己的伴侣那么粗壮，那么多毛。他们那光滑的皮肤让他升起了一种奇特的冲动。现在，只见他悄悄地靠近一个矮小的雌性智人，一下子扑了过去。很快，就可以看到灌木丛中他们那扭动在一起的身影。

而在另一边，在山岩的一处凹陷处，刚才那个矮小的智人早就趴在一个粗壮的雌性尼安德特人的身上。一开始，他似乎只是想给这个高大的尼安德特人抓抓痒挠挠毛发，但是随着雌性尼安德特人那逐渐喘出的粗气，这个小个子像是被鼓舞了。有什么比征服一个大块头更有意思的呢？

夜色已深。远处，在山的另一面，隐约传来了一阵阵可怖的声音，像是一只剑齿虎在为失去家人而哀嚎，那声音是如此惨烈，凄凉。这一天就要过去了。

黑暗中，无数的生命被杀戮，被灭绝；黑暗中，无数的生命被创造，被繁衍。

七十八

三百万年过去了，盖亚上的生态圈已经完全按照李文事先安排好的程序建构起来。从高高的"寅"舱看下去，这里是一个充满了生命的丰饶星球。和资料库里那个传说中的母星地球一样，这里同样也孕育出一个拥有高智慧的生命群体。

他们拥有复杂而细腻的情感，他们有着丰富的语言和面部表情，他们热爱食物也热爱社交，他们甚至已经建立起了一套相互之间打交道的模式，而那些模式，在绝大多数的成员看来，所有的个体都应当接受。

后来，他们自己把这些模式称为法律，而把这些法律称为是"神"带给他们的启示。他们会因为各种莫名其妙的原因分为五花八门的群体，他们之间常常会因为对各种资源的争夺而爆发剧烈的冲突。可是每当出现冲突的时候，这些不同群体的内部又会为"神"究竟站在哪一边而产生更为激烈的争论，这些争论又将本来的群体扯碎了进行重组。

这些喜爱纷争的群体最大的乐趣就是不断地寻找新的纷争，他们当中那些块头大、力量强的家伙对此项活动更显热衷。为了能够让纷争持续不断，他们不断祈求"神"对自己的庇佑；有些家伙甚至干脆宣称，自己就是"神"！如此，就能让自己在那些弱小者面前显得更加有号召力，从而保证自己能够任意制造出更多的纷争。

这一切把戏，都逃不过高高天际上那一颗小小的月亮，是的，这些群体也把这个浅黄色的杧果称作月亮。

在那遥远的"寅"舱中的另一个月亮，作为这些群体的守护者清楚地知道，他们就是百万年前那早期智人和尼安德特人、克罗马农人等等一切类人的祖先，相互之间交融之后产生的新物种。那些祖先之间的融合并不像想象中的那样曲折离奇，当然，也并没有什么太多的浪漫主义。如果真有什么可以解释这种融合现象的话，可以说，是各取所需才最终成就了这一切。

按照系统中当初设定的各项标准与思路，月亮把他们称作"新人类"！

既然已经出现了新人类，按照当初月亮接受的指令，应该到了唤醒盖亚生物圈的创始者——李文的时候了。

地面上的争夺依旧在继续。强有力地继续制造着纷争，弱小的不断依附于不同的胜利者。各种荒诞的规则随着时间的流逝变成神圣的传统，各种偶然的涂抹也成了被追捧的艺术文化。他们在大地上四处游荡，播撒生命。

新人类的智慧也早已经开启，他们几乎到达盖亚的每一处大陆。在继承先祖生存经验的基础上，他们甚至已经有了一些显著的发明，他们顺利登上了盖亚生物圈食物链的顶峰，而且还建构了人与人之间的不同等级关系。

在漫长的岁月里，月亮注意到一个不容忽视的现象，那就是，这些新人类还无法发展出一种真正能够具有持续性的文明。他们对客观世界的理解依然相当粗糙，一切知识的获得还是处于零打碎敲的阶段。对照数据库里地球上那些真正的古老文明来讲，他们还差得很远。

月亮觉得，出现这样的状况可能是因为，按照李文当初设定的规则，当那些早期的族群逐渐合并为一个生物学上的新人类以后，系统就已经自动撤销了纳米催化介入程序，开始让这些新人类进入不受外部干预的演化节奏。

新人类建立的文明，必须遵循自然的原则！这是当初李文在设定盖亚生态圈建构的程序时所固守的观念。

因为只有这样，才能尽可能将科昂人对地球人类的影响从盖亚的未来抹去，而这些新人类未来创造的文明，从根子上也才能独立，他们今后也才能走得更高更远。

基于这样的一些判断，月亮觉得，新人类的文明演化需要花费更多的时间就可以理解了。可是，即使是那样，月亮也没有想到，新人类文明的自然演化竟然需要那么长时间！它已经耐着性子等待了上万年，可是，这些新人类在文明建构的水平似乎与他们刚刚形成一个稳定物种时的状态相比，并没有什么明显的起色。甚至在某些方面还有所倒退。

　　这种毫无起色的节奏，比资料库中地球上人类先祖的演化要慢了许多，这就不由得让月亮困惑起来，看着这些不长进的新人类，它慢慢有些失去耐心。

　　作为心智只有几岁的孩子，月亮能够在守护盖亚的岗位上坚守三百多万年，就已经非常难得了。当然，它毕竟不是一个普通的孩子，它可是有着觉醒模块的超级人工智能主脑。在无数的守望的日子里，它形成了自己的观念，而且还有了自己在盖亚生物圈建构中的小秘密。

　　这些目前倒并不重要，小秘密要是真的有什么影响的话，还要等到多年以后。在月亮看来，目前最紧要的还是要让盖亚上的这些新人类在文明的道路上，能够摆脱那种原地踏步的状态。它希望他们尽快建立起在未来真正可持续发展的文明。

　　对目前新人类的状况，月亮似乎有点儿无可奈何；接下去就只能启动唤醒程序，把这些交给当初这一切的创立者李文吧！

　　随着月亮启动"寅"舱主操控系统的唤醒程序，李文的意识从那深深的、布满逻辑幽径的错综复杂的系统中苏醒过来。作为情感上永久性的少年人，即使在经历了数百万年的沉睡以后，他依然还是有着少年人的顽皮。

　　月亮在看到李文在中控平台上显出了纳米机器人身躯后，正要向他报告盖亚上所发生的一切，却看到李文盯着它那球状的外壳问道："你是谁?"月亮简直难以置信，难道李文在经历了几百万年的深度睡眠之后，竟然丢失了部分记忆?

　　"那接下来该怎么办呀? 还有许多任务要继续去推进呢。"就在月亮显得有些着急的时候，李文突然不怀好意地笑出了声，这才让月亮放了心。

在"寅"舱宽敞的中控平台上再次出现对话的声音。这是一个少年和一个儿童的交流，但更是两个超级人工智能主脑之间的接驳。

很快，系统中便开始了疾速的信息交换。中控屏幕上不断跳出大量的图片，各种生物和地貌的形象也迅速闪过。各种数据、表格、公式、色块在屏幕上层出不穷、变幻莫测；盖亚生态圈三百多万年的成长演化信息都通过这种联网的方式在很短的时间内让李文得以全面了解。

这其中有无数的动态细节，也有大量的数据偏差，但是，让李文欣慰的是，整个系统在月亮的守护下，依然还是顺利完成了所有的预设任务。

当然，在交流中，月亮偷偷隐去了某些生命在未来有可能发生智能爆发的情况，它也巧妙地掩盖了自己对此不干预的态度。不过，至少从目前来讲，这对接下来的工作并不会有什么太大的影响。

七十九

李文再次展开一趟登上盖亚的旅程。这一次，他同样乘坐着当初那台轻巧的探测器。时隔数百万年，盖亚上早已是沧海桑田，发生了天翻地覆的变化。虽然通过系统和屏幕，李文已经基本上清楚了目前盖亚上的状况。可是，当他真正落入云层，看到那一望无际的天海相接的壮阔景象时，还是忍不住激动万分。

这些，都源自当初自己的一个决定。正是因为听从了内心的声音，李文才勇敢地做出牺牲，创造了这样一个全新的世界。

忽然，李文的脸色阴沉下去，他不禁又想到了阔别多时的启明星号，不知道那些登载者现如今有没有找到合适的行星进行殖民，也不知道"午"舱中的生态圈如今变成什么模样。

耳旁的风呼啸而过，李文显得有些忧心忡忡。但当探测器降低到一千米的空中，那满目的苍翠碧绿以及盎然生机，让他脸上的阴霾一扫而空。

这里，就是伊甸园！

只见铺天盖地的飞鸟在湖面上掠过，漫山遍野的走兽奔波于峰峦之间，海洋里大规模的鱼群时而如暴雨般蹿出水面，森林中无数的昆虫在舞动成长。这里的一切都充满了活力，这里简直就和地球上一模一样。

李文满意地看着这一切。他掠过高空，又朝着北极的方向飞去，很快，就看到了一片白茫茫的巨大冰原。此时，双星系统的主星那刺眼的光线映照在这一片冰原之上，大地如同一面镜子。在这面镜子上，远远望去，此刻还蠕动着一些小黑点。李文心里一动，便让探测器俯冲了过去，这才发现，这些细密的小黑点竟然是直立行走的新人类。

第一次见到和过去的自己最接近的物种，李文感到万分激动。几百万年的培育，终于在盖亚这一片遥远的深空之中，产生了智慧的高等生命，而且，这些还是兑现了自己对科昂人的诺言，由各种早期人类的表亲共同繁衍产生的"新人类"。这些新人类并没有发现高空中的探测器，他们一个个聚精会神，团团围成小圈，蹲在冰面上，像是在守候着什么。

李文很快隐没到一堆云层当中，他生怕打扰了这些新人类。

在苏醒过来以后，李文对于月亮告诉他的关于新人类构建文明出现障碍的情况还是感到有些意外，按照李文的理解，自然成长起来的新人类经过不同种群的混血，本应该具有更加强大的生存能力才对，而在建构文明方面也应该得心应手。

可是按照月亮的说法，他们甚至还不如曾经的智人祖先；至少在那个时候，智人还建造了一些类似房屋的地面建筑物。新人类完全形成之后，在建筑领域乏善可陈。几乎就没有任何稍微正规一点的建筑物在这个行星上被建造，更不要说有什么象征文明的高大神庙或祭台之类的公共建筑物了。

这次的盖亚之旅，李文其实也是怀着解开这样的疑问的心理。既然在这冰原上遇到了这样一群新人类，他正好可以仔细观察一下，看看究竟出了什么状况。

李文在云层中打量起这些聚集在冰面上的人群。听他们的不断吆喝，这才发现，原来他们是在利用冰面上凿出的洞捕捉海豹。目前地面温度零下30摄氏度，应该相当寒冷，但这些人似乎并没有感到畏惧，他们的身上都裹着厚厚的兽皮，看来他们已经有了服装。应该说，有了服装就应该有建筑呀？

李文环顾四周，在数百千米之内，没有发现任何人工建造的可供容身的建筑装置。

李文感到有些蹊跷，他没有停留，又迅速冲着赤道的方向疾驰而去。在那里，他遇到海边一个捕鱼的群落。可是让他失望的是，在这里，这些新人类甚至连衣服也没有，人们只是在脸上涂了一些奇怪的花纹作为装饰。

如果说温暖湿润的环境确实不需要什么服装，但至少他们也应该建造一些避雨遮阳的房屋呀？可是，这些懒惰的家伙竟然连一个稍微像样一点的棚子也不愿意搭建。吃饱喝足以后，他们只是草草地在一些树荫下东倒西歪，连异性之间的交配也丝毫不回避其他人，当然，也根本无处可以回避。

李文皱了皱眉头，又冲着北部山区的方向飞过去。此时正值北半球的夏天，一时间风和日丽，空气中荡漾着花果的香味，这让李文又回忆起当初"午"舱中的那一方小天地，想到这，他不禁又担心起启明星号上那些前途未卜的登载者了。

不过，他现在还完全顾不上那些，因为他又见到了一个新人类的群落。只见这些人身上倒是有些简陋的衣服，看样子是用树叶和树皮缝制的。这些人倒是显得活力十足，但也像是居无定所的样子。

李文发现，这些人不仅在林间捕食鸟虫，而且还能围在一起袭击大的兽类。看得出，他们已经熟练掌握了对火的运用，但也只是在地上挖一个浅浅的坑，用来烧烤猎物，并没有围绕火堆弄一些可以藏身的搭盖。他们依然不是住在树上，就是缩到山洞里。

在目睹了新人类的这一切以后，李文失望地冲着"寅"舱的方向飞过去。

归途中风光依然明媚，但他对这眼前的美景几乎丧失了兴趣。看来，月亮观察得完全正确，盖亚上的这些新人类确实没有发育出较高的文明。

在李文掌握的知识体系中，他很清楚，能否拥有成熟的公共建筑，是一个文明是否成熟的表现，但当看到这些新人类已经自然演化了上万年的时间，却居然根本没有任何可圈可点的建筑成就，他实在是感到万分失望。

根据月亮的观测记录，还在早期的智人阶段，就已经出现了一些比较成型的建筑物，所以在建筑这个领域，这些新人类可不是处于完全空白的基础上啊！为什么通过混血，形成了新人类之后，在文明的这个重要方面却出现了如此的倒退呢？

大气中那随着高度愈益降低的温度刺激着李文纳米态的身躯，他忽然灵光一闪，一个关键的要素猛地从那人工智能主脑的深处涌了出来。李文迅速加载数据，开始进行逻辑运算，很快，他就有了一个全新的决定。

这个决定，将奠定盖亚上新人类的文明走向；这个决定，也将让李文实现自己的夙愿。他，很快就将重返盖亚。

八十

这架轻巧的探测器慢慢离开盖亚。李文视线中的"寅"舱越来越大了，它成为盖亚的卫星已经有好几百万年了。李文盯着这个散发着浅黄色光辉的"柠果"，忽然对这样的外观产生了一种小小的遗憾。

毕竟，当初将"寅"舱放在这个位置，除了作为中央控制基地，其实还是为了想让它和盖亚的关系看起来更加接近于地球和月亮的关系。在李文的内心深处，还是想把这里的一切打造成像真正的地球一样。

李文瞥了一下自己的脚下，盖亚的地平线已经呈现出一种优美的弧度。现在，它看起来和从同样角度看地球的那种观感几乎没什么两样了。可是，再看看面前静置在轨道上的那个"寅"舱，却感到与"月亮"的称号实在是有些名不副实。

这个"月亮"看起来太小了。

在白天，由于只有 10 千米的直径，只有目力极好的人类才能看到这颗闪耀的星星。也只有到了夜晚，"寅"舱在夜空中才显得比较突出，那安静的淡黄色光芒才让那些新人类觉得它是如此的不凡。

李文猛然想到，是否可以让"寅"舱这只月亮看起来更加逼真一些，也算是送给自己的一个礼物，至少，在未来那些注定艰辛的岁月里，自己举头就可以和在地球上一样，看到同样的一颗月亮。

李文返回"寅"舱当中，他没有做任何停歇，而是直接把自己对新人类的分析以及自己接下去的决定告诉了月亮。

月亮安静地听着李文告诉它一切，并没有感到太大的吃惊，而是很快地整理出所有关于"寅"舱的资料，并开始着手李文布置给它的任务。

原来，对于盖亚上这些新人类为什么没有建立起一种有效的、可持续发展的文明，李文已经有了一个明确的答案。那就是，这些新人类完全没有形成定居的生活，他们不是狩猎就是捕鱼。那种动荡的生活状态，让他们完全没有形成建立固定居所的概念。

虽然，他们相互之间也形成了一些复杂的关系，也有一些精神上的创造，甚至还有了一系列的规范，但由于没有定居的生活，他们依然无法建构出真正具有持续性的、能够面向未来的文明架构。

而这一切，居然是早期各种人类祖先的混血所致。

正是因为智人与其他人种之间进行了大规模的杂交，结果，在自然选择的前提下，最终形成稳定的新人类种群，主要却是由那些身体强壮的基因所造就。强壮的躯体仅仅仰仗自身的力量，就可以在这个丰饶的星球上更容易地存活下去。这让一些拥有强壮体能的基因获得了遗传上的优势地位。

如果说盖亚和地球真的有什么不同的话，那么，只能说盖亚上的环境实在是过于风调雨顺了。作为建构生态圈的守护者，月亮对这颗星球的各项指标都进行了无微不至的监测与调整。由于物种本身的冲突，大自然中的竞争依然还是相当激烈，但外部环境的优越与舒适，最终还是让那些新人类逐渐放弃了曾经使用过的，那些本可以促进智慧发展的生产技巧与手段。

当初智人的一些谋生的手段，甚至是他们的语言与其他交流方式，都在总体上还算舒适的自然环境下，随着强壮基因的被筛选成功而日益衰退。经过上万年的血统融合，早期智人的那种聪明和创造能力，竟然成了劣势基因；相反，舒适的环境，以及强壮身躯的重要性，让更多的尼安德特人，以及克罗马农人被自然确认为这种情况下的强势基因。

即使经历了大规模的混血，到了形成稳定的新物种时，那整个新人类的智商和他们的身体却呈现出了相反的趋势走向。也就是说，他们的智力，其实是有些略微下降，而身体则保持了强壮。在相对良好的外部环境下，凭借强壮身体获得食物的狩猎与捕鱼生活模式，更加剧了这样的发展趋势。

这也就是新人类连一座简单的建筑物也造不出来的原因。

他们的智商不足，同时也没有那种紧迫性。在一种主要依靠蛮力生存的环境中，新人类已经不需要再发展出什么复杂的文明了。从过去的祖先那里断断续续接受的一些知识与信息，已经足够他们在这片伊甸园里生存繁衍了。

当李文弄清楚这个原因以后，感到有些沮丧。

他没有想到，自己为了让盖亚焕发出勃勃生机的一系列安排，最终竟然导致了这样的一个结果。虽然自己兑现了对科昂人的承诺，坚持了让智人和它的表兄弟们杂交产生稳定的新人类，但是，这样的结局却让他无法接受。

现在看来，构建一个理想的生态圈和打造一个具有长远发展的文明确实是一件艰难的任务。这里面牵涉的无数复杂的小问题，每一个最终都可能酿成一个大意外。

李文其实对自己过去的行动中所蕴含的矛盾性一直是有些质疑的。但是，为了让这里的新人类文明在未来能够有希望占据宇宙中的一席之地，眼下进行及时的干预依然还是显得相当必要。

即使打定主意，李文对自己即将实施的做法还是有些失望，作为一个信奉自然主义的人，他却总是要在自然的名义之下，做出无奈的完全不自然的干预手段。而这一切，都和他意识深处那个最初的目的性有关。

无论是当初处于人类肉身的状态，还是现如今处于纳米机器人的状态，在李文人工智能主脑的底层，一直存在一个基础性的逻辑架构，那就是，保证人类的生命能够不断复制、繁衍，不断地在宇宙中散播。这些信息，被写入他整个的意识系统之中，也是他觉醒模块的价值判断根源。

让人惊奇的是，在这一点上，无论是肉身的人脑，还是纳米态的主脑，底层逻辑的架构竟然都完全一样，就像是完全重合的影像。无论李文以什么样的形态，都无法逃脱这种先天的优先对待人类生命的态度。

既然这样，李文也只能追随自己那注定的命运，按照宿命，去积极改变当下的一切。

八十一

只有农业，才能让新人类定居；只有相对艰难的环境，才能让新人类不再依赖单纯的体力，而把智力的提升当作人生的必修课。资料库中提供的无数信息让李文清醒地知道，只有通过让新人类开始从事农业，他们才会定居，也才能开始建筑自己的居所，也才能逐渐创造出自己那可持续发展的文明。

既然这样，那么，这些新人类将和过去那些美好的日子告别了。

他们将迎来完全不同的生活方式，他们将面对完全不同的挑战，而这些痛苦的经历，必将能让他们在未来打造出一个辉煌的宇宙文明！

就像许多年以后书中写的那样："你必终身劳苦，才能从地里得吃的。地必给你长出荆棘和蒺藜来，你也要吃田间的菜蔬。你必汗流满面才得糊口，直到你归了土……"

新人类的命运，就此改变！

月亮安静地在系统中运行着程序。只见它通过接口让李文的纳米态躯体进入了沉睡状态，李文现在觉得，自己就像是浸入了羊水之中。而在"寅"舱底部一个事先安排好的休眠舱里，一个模糊不清的身影正蜷缩在冷藏液当中，完全看不清面目。

在那富含营养的液体中，此时隐约可见那不太强壮的四肢抱着中间那颗脑袋，像极了婴儿在子宫当中的样子。

这，就是李文即将再次获得的肉身。

在系统中，李文像是有些不放心地问月亮："你确定这完全是由智人留下的基因生成的躯体吗？"只听到月亮用调皮的声音回答道："是的，我可以保证这是最纯粹的智人基因，当然，你也要为拥有这样一具躯壳而忍受一些代价。不过，未来只要你发出求救信号，我随时会应召而来的。"

"好吧！"李文的意识在系统中还是有些不太确定。毕竟，此时他自己的心智还只是一个十几岁的少年，而实施这种转换手术的主刀医生的心智是一个几岁的儿童。这种安排，让整件事情从某种角度来看，似乎有些不太靠谱。即使在背后支撑这种操作的，其实是两个超级人工智能主脑的能力。接下去的一系列举动让这两个心智都还是未成年人的智能还是显得有些忐忑不安。

李文再次恢复成沉睡状态，操控平台的宽大躺椅上，他那拟态的纳米身躯看起来越来越淡，直到隐没在偌大的空间中，再也不见了踪影。而他的意识，开始通过系统完全和休眠舱中的液态环境合为一体。

月亮看了看时间，此时还非常充裕，需要耗费近千年的运算与解码，才能够准确无误地将李文人工智能主脑存储的所有信息整理输入进那颗脆弱的人体大脑当中。"既然这样，那么，就先开始改造吧。"月亮像是在自言自语，随即它便启动了威力无比的纳米宏观环境干预系统。

目标很清楚，就是降低盖亚的气候环境对于生命的舒适度，那些滋生繁衍的生命，即将告别它们的黄金时代。

一千年的时间在地质史上也就是一瞬间，但是对于经过纳米宏观环境干预系统影响的盖亚来讲，却像经历了亿万年的变迁。那漫天的陨石如雨水般撒落，而板块之间则开始位移；地震不断，海啸频发，洪水也到处泛滥，这颗行星上数百万年前那种狂野而可怖的状态似乎再次重现。

这一连串巨大的灾变，让整个盖亚的地形和气候都发生了巨大的变化。月亮通过监控屏幕看到那奔跑无助的众多生灵，实在是有些于心不忍，但李文告诉它的那些情况完全都是实情。如果继续像过去那样放任下去的话，这些新人类的文明之光必将在还未燃烧之前就已经凋零。

"生于忧患，死于安乐！"李文告诉月亮的那句话，让它在制造这些无妄之灾的时候，总算有了些心灵上的依赖，否则，月亮真有点儿说不清，自己会不会因为超越了心理承受极限而系统崩溃。

盖亚上的气候变得更加极端，温差也更加拉大；地壳变动频繁，火山也不时喷发。盖亚的整个生态圈在月亮主导的这些浩劫之中遭到了重创。首当其冲的，当然就是那些已经占据在盖亚食物链顶端的新人类。他们本来以为自己是这颗星球上的天选之子，而现在，他们只能成为漏网之鱼、丧家之犬般的存在。

沧海桑田，新人类周围的一切都改变了模样。高山为谷，深谷为陵；森林变成了荒漠，草原变成了戈壁；海洋中咸度上升，水源将更加难寻。过去那丰富的食物来源，在这上千年的灾难中损失了近一半。

伊甸园一去不复返了。

如此艰难的环境下，谋生不仅需要勇敢与强壮。团队的协同能力，思维的表达能力，空间的想象能力，以及工具的创造能力，都将成为在这样恶劣的条件中生存下去，而愈显重要的关键性素质。

灾难变迁中苟延残喘下来的新人类，只能依靠体力与智力的协同配合，才能勉强在大地上保留脆弱的生命火花。在那些无数艰难挣扎的黎明和傍晚，他们逐渐发现了一个神奇的事情，那就是，天边被先祖们称为月亮的那颗淡黄色的星星似乎正变得越来越大。直到某一天，在夜晚的天空中，它看起来竟然和白天那颗刺眼的太阳一模一样。

只是，它散发着清冷的光辉。

原来，月亮利用纳米技术，将盖亚上破碎的大陆和各种被摧毁的土壤，逐渐转移到了"寅"舱的外围，并最终形成了一个半径约为一千千米的空心球体。而"寅"舱本身，则通过无数的支架固定于这个巨大球体的中心。在完成这个工作以后，月亮将盖亚上的纳米机器人全部收归到这颗新的卫星当中。

至此，盖亚的生态圈也重新回到一种新的平衡当中。

只不过，这是一种贫瘠的平衡，也是一种需要生命艰难跋涉，才能让自己勉强生活下去的平衡。在这里，艰苦的生活将成为常态，对于智力的需求也更为迫切。

新人类，即将开启一种新的生活，而这种生活，将会给他们带来文明发展的远大前程。

千年一刹，白驹过隙。

在月亮做完这一切以后，它把意志集中到了虚空中的一颗红色的按钮上。最后，它再次用自己那球状外壳的中心部位，也就是它的眼睛看了一下沉睡在休眠舱中的那个脆弱而蜷曲的身影，忍不住叹了一口气。随即便将一束极小的纳米机器人射入那颗孕育着李文一切意识感知的大脑当中。在那里，那个已经发育完好的松果体，将是这些纳米机器人的安家之处。

随着虚空中那个巨大的红色按钮被轻轻按下，一道金黄色的光芒从这颗巨大卫星的底部向着盖亚飞去。"这样真的好吗?"在偌大的"寅"舱中控平台上，月亮发出了不解的声音。然后，这里便陷入了永恒的寂静。

后来，偶尔只有一些天外来客被这颗硕大的卫星所捕获，投入到它的怀抱中；在数百万年的时间里，这些不速之客将月亮的表面砸得坑坑洼洼，使它看起来，像是从亘古时期就呈现出这种奇异景象的荒凉世外。

月亮，就这样日复一日、年复一年地围绕着盖亚，守望、旋转。

尾声

低矮的茅舍里，一个白发的老者安静地坐在地上，周围是简陋的木制家具，他从袖中摸出一支竹笛，嘴巴凑上去，开始悠然地吹了起来。

茅舍外面，是一大片绿油油的麦田，到了秋天，随着大雁南飞，这里会被金色的麦浪所包围。那样的美景，老人已经看了约半个世纪了。

半个世纪的艰辛劳作，让老人身上有着一股浓郁的朴实气质，也让老人的身体有许多伤痛。他那有些佝偻的腰以及粗糙的手，都展示了他一直以来在田间地头耕作的生活。不过，门前这一望无际的麦田，让这个老人觉得花费再大的代价也值得。

即使韶华已经逝去，老人并没有什么太大的遗憾。他觉得，这种能够慢慢变化的身躯更加让他体会到生命的真谛。曾经的纳米态躯体虽然有着强大的力量，但那种躯体让意识呈现出的严密和过分理性，都让他丧失了许多生而为人的乐趣。

人生，不应该如同机器人那般经过。即使拥有强大的智慧，如果没有一种可以承载这种智慧的适当载体，那么，这种智慧也显得有些不完整。此时，老者放下笛子，拍打着自己的肩膀和腿脚，这些脆弱的部件在他看来，比当初那种无坚不摧、神通广大的纳米态躯体要有价值得多。

门口传来了一阵小小的喧闹，远远就听到小孩子的声音："爷爷！爷爷！"一个五六岁的小女孩跑了进来，一下子扑向老者。老者笑眯眯地抱住孩子，随即从身边的一只竹篮里摸出了一小块蜂巢，可以看见金黄色的蜜汁正从缝隙中渗出来。

"不要！"小女孩调皮地说，"我要这个。"话音还未落，小女孩就从老者的袖子里抽出那支竹笛，嘴对着吹了上去。

门口进来一个年轻的女子，冲着老者鞠了个躬，便急忙去抱这个小女孩，嘴里还叫着："别闹！别闹！让爷爷休息一会儿，待会儿吃饭再和爷爷玩。"老者在一旁看着这母女俩，嘴角露出了满意的微笑。

此时，夕阳恰好从门缝中投射进这座低矮的茅舍，映照在老者和这对母女的身上。眼前的一切都显得那样的静谧祥和。

这名老者，就是李文。按照盖亚的公转纪年来计算的话，他已经有七十岁了。

人生七十古来稀，何况是经历了那样繁重的农业劳动。自从以智人基因重组的身躯进入盖亚以来，李文已经度过了难以想象的几十年。

对于纳米机器人的躯体，以及人工智能主脑来讲，几十年的光阴无非是一瞬间；可是，对于这种由碳水化合物组成的躯体来讲，无可避免的老化现象必将带来细胞层面的新陈代谢。

近二十年来，李文就觉得这副躯体已经几乎不堪使用了。当初那一呼百应、举止果断的少年早就离去。他的牙齿慢慢脱落，须发也逐渐变白，李文透彻地感受到生命中那神奇的老化现象。

他依稀还记得少年时的那些心情，但是，此时回忆起来，却好像是在盘点别人的经历。他已经是个老人。像其他新人类一样，他拥有了完整的人生经历。那些冒险，那些危机，那些喜悦，那些遗憾，都逐渐汇聚到一种深不可测的生命河流当中。

现在，他觉得，自己，就是那条河流本身。

二

最近他更加虚弱了。

每当他在过去无数个日子面对彷徨，面对无奈时，他总会在夜晚时分独自走到这一片麦田里，抬起头来去看那一轮皎洁的明月。

"举头望明月，低头思故乡"，当他默默吟诵着这句诗的时候，一些复杂的情感会涌上他的心头。

虽然如今已经没有了庞大数据库的支撑，也丧失了超级的运算能力，但他对宇宙万物的感受却发生了深深的变化，他甚至感激能够拥有这样脆弱易逝的躯体，正是在面对无数次这种脆弱躯体的死亡以后，他才真正感受到了生命的价值。

他几乎有点儿后怕。如果自己当初没有下定决心，还是坚守那强大的纳米态躯体的话，充其量也只能算是个智能体。纵使拥有觉醒模块的超级人工智能主脑又如何呢？那种永恒的精确，无所不在的理性，移山倒海的能量，还不如把一小块蜂蜜塞入孙女的嘴巴那样令人愉悦呢。

他知道，这才是人。

只有拥有这种看起来平淡无奇，在自然界中异常容易摧折的躯体，才能真切感受到这种独特的岁月流逝，成长、衰老、死亡，这是多么美好的安排呀！

现在，面对着天上那一轮明月，脚踩着这广袤无垠的麦田，李文简直不知道哪里才是自己的归宿了。他默念道："也许，把头低下，哪里都是故乡吧！"

就像是有一种奇妙的共鸣声，忽然从他的脑海深处冒了出来："也许，明月能照到的地方，就是故乡。"

夜色中的老人向四周看了看，并没有其他人在说话，但是，显然，他像是听到了这句似乎在呼应他的话语。

月光照在老人的脸上，他沉默了一会儿，忽然，脸上似乎又出现了多年前那个少年的笑意。只见他抬起头来，冲着那个高悬深蓝色夜空的月亮挥了挥手，轻轻地说了一句："月亮你好，我该走了。"

几天以后。老人的身躯已经冰凉，他静静地躺在茅舍的芦席上，很快就要被埋入麦田边的黄土地。老人的家人痛哭流涕，那个小孙女尤其悲伤。只听她妈妈搂住她一边抽泣一边说："记得爷爷说的话，他只是到另一个世界去了。他会想念我们的。"

整个村落的人都聚集在麦田边的广场上，他们来给这位老人家、老族长送行。

"你给了我们土地，你给了我们粮食，你给了我们生命，你给了我们希望。现在，你回到了我们中间。尘归尘，土归土。你将继续丰饶着这一片土地。"人们吟诵的这段悼词，其实是李文当初农闲的时候，为新人类编写的一些简单歌谣中的一段。

现在，他自己终于用上了这段话，而且，非常贴切。

三

高高的天际，有一轮皎洁的圆月。月亮有个承诺，那就是守护盖亚。但是，月亮没有想到，李文的人工智能主脑，却真的再也没有回来。它感到有些不可思议。可是，成年人的世界，这个几岁的孩子又怎么能懂呢？

此时，在银河系另一条旋臂上，巨大的启明星号停在恒星系的公转轨道上，在这艘飞船的内部，有一个神奇的"午"舱。虽然过去了无数的岁月，但是这座舱内的环境依然没有改变。在茫茫的太空中，那一方小天地依然山清水秀，鸟语花香。

在"午"舱的山海之间，时常传来悠扬的竹笛声，偶尔也能听到有人在高声吟唱："明月几时有，把酒问青天，不知天上宫阙，今夕是何年！"

2019 年 8 月 19 日完稿

作者的话

当敲好最后一个字，完成这个故事的时候，我也打消了自己一开始的疑惑：这究竟算是一个什么类型的故事呢？

其实在刚开始写作的时候，我本来也只是想表达一种对人类在构建生物圈和建设自己文明时的一种过分小心，甚至，中间有一阵子我还打算写一些关于乌托邦的内容。但是，随着情节的发展，我终于意识到，这个故事其实是一个关于孤独的故事。

人类在宇宙中，最渴望知道的一个秘密就是，在这个世界上是否只有我们自己。细细想起来，这是一个挺可怕的事情。无论有没有一个"他者"，我们始终处于一种情绪上的紧张。毕竟，自工业革命以来，当人类已经运用现代科技的发展成果，把地球变得越来越小的时候，却对于那个"他者"的反应更加激烈。

而这个"他者"，既包括了故事里的外星文明，也包括了故事里的人工智能主脑。人类如何去应对"他者"，其实体现了我们文明在各方面的水准。

但是，我对此不抱乐观。因为，至少在近百年来，主流的教育已经告诉我们，这个世界的一切都是有规划的，每一种制度也都是有着历史渊源的。因此，我们在现时代最大的一种隐形的美德，就是"服从"，哪怕是我们努力要去做一些创造，也一定要有"服从"来为这种创造作信用背书。

正是考虑到了这些，我在讲述这个故事的时候，产生了一点小小的野心。我有点儿想借助少年主人翁的探索、观察、反思以及行动，去让读者朋友们从更大更长远的视角去考虑我们自身，考虑我们的当下，考虑我们该如何去应对来自各方面的"他者"。

在故事中，我特别预设了一个前提，那就是人类的三次大危机。这实际上也是我本人对目前人类在运用科技上的一个担心的表现。在故事里，我还是信心满满地让人类顺利度过了这样三次带有大过滤器性质的危机。不过，在现实世界里，我也只能去祈祷了。因为，我看到了人类发展的那种贪婪和无畏造成的局限性。

就像故事里提到的那样，某些东西可能已经是深入我们自身智能的底层逻辑当中，那么，造成的一些后果也很难避免。所以，总体来讲，在故事里虽然有一个完满的结局，但那却是理想化的，甚至是与文明发展背道而驰的，是一种退缩式的解决方案。当然，这也是受我自己个性因素的影响使然。

根据历史的经验，我几乎有点儿确信，不久的将来，科技的副作用将会远远超越我们作为肉身所能理解的范畴；到了那个时候，真实的人类危机也就要到来了。也不知道现实会不会像我书里写的那样幸运。

在故事中，对于科技的滥用根源借着古老的科昂人做了一番诠释。我提出了这样一个观念，也就是科昂人所说的本位主义。主要是因为，现在无数的人，竟然强迫自身去适应日益复杂的工具；也就是说，本来应当带来方便的各类工具现如今竟然成了人类的负担。我对此感到有些痛心。特别是当我看到一些老年人在银行里那种可怜而无助的状态，更加让我坚信，人类目前的科技树是真的有些弄错了方向。

当然，这也并非只是科技的错，我隐约觉得是人性，或者说人性驱使的资本要为此负很大一部分责任。

作为一个孤独的故事，通篇大家也只能看到主人翁这一个真正的人类。甚至，后来他还成了半人的那种存在。但故事始终想表达的就是，人类在对自身活动的各种安排上，容易被两件事情所限制。

一件就是欲望，当然，这也是老生常谈的一件事。而另外一件，却是过分追求完美的品质，而这另外一件，却往往以精益求精，尽善尽美的正面形象出现在日常的社会评价当中。

虽说是老生常谈，但是不可否认，有的时候，欲望也未必是一件坏事。在故事里借着主人翁的思考探讨了这个问题。如果没有欲望，那么就没有生命，当然也就没有丰富的文明，但是，欲望却是一把火，很难让它恰到好处，火越烧越大，除非燃料消失，那么，欲望也会越来越强，除非，将个体乃至整个文明的生命燃尽。这样想来，确实不太好去对欲望做一个简单的评价。

至于人类过分追求完美，实际从心理学上来讲，我以为倒是因为极大的不安全感所造就的。在演化的过程中，由于各种不可预测的风险会造成个体乃至群体的灭顶之灾，因此，从生命的根基来讲，就被写入了要追求一切尽在掌控的局面。

完美，其实无非就是对无法掌控的命运的反抗。

恰如故事里那些地球科学委员会的精英们，几乎把启明星号在外星殖民中的一切状态都考虑周全了；但是他们却完全没有想到，正是这种周全，几乎使得他们的目标成了不可能完成的任务。

故事实际上是想在此让读者朋友们感受到一种讽刺。那些大人物，花费了那么大的代价，经过了无数精心的算计，结果真的应了那句话，"人算不如天算"！如果不是我们的主人翁，故事里的行动将注定失败。

所以，有时候准备太充足，考虑太周密，实际上反而会堕入一种失败的泥潭。这个世界的有趣之处也在于此：往往在事物当中，会蕴含着否定自身的因素。所以，当我在敲下那些情节的时候，真的要为马克思主义的辩证法鼓掌喝彩了。

在这个故事里还有一些值得一提的，那就是对于生态系统和人类文明建构的想象。同样，在此也借着主人翁的思考，表达了万事万物之间的一种神秘的相互牵连相互制约的状态。

在这些开天辟地的活动中，我们的主人翁总是会碰到完全矛盾的现象，而这些矛盾的现象是那样无可奈何，以至于最终只能通过主观的价值观的判断去解决。可是，结果真的又算解决了吗？这还是留待读者朋友们去见仁见智吧。

当然，我的这个故事更为重要的却是一个有关孤独成长的故事，也是一种独特个体的成长史。主人翁的时代似乎家庭已经逐渐解体，人与人的关系也比较冷淡，在科技上人类已经有了质的突破，但总体而言，技术能力就想象力来讲也只能算是近未来。

所以，我更多关心的是，在这样一个相对封闭的社会环境和空间环境下，一个少年人该怎样才能算是健康成长。我在故事里还是抱了积极而善良的愿望，但是，我实在是不能保证，将来如果真是那样的环境，那些少年人是否都能和我们的主人翁一样，最终拥有一个理想化的完满人格呢？

故事里提到的另一个古老的科昂人文明，其实主要还是用他们来对照我们地球文明的未来，当然也就不免有些陈词滥调。但是，作为作者，对于里面提出的一些想象还是有些得意之处，在写作的时候也埋下了一些伏笔，以期待今后或许还能有机会把相关的故事呈现给大家。

回到这个故事本身，能够用创造一个世界的视角去进行太空殖民，也算有点儿意思吧。我们的主人翁实际上干的是上帝的工作，但显然不同于那种开挂的人生，故事中上帝的这一份工作也并不好做。往往充满了矛盾，也会导致失败的沮丧。而最终主人翁以人的状态度过一生，其实在我看来算是最好的结局了。

另外，故事里也想表达一种人类生命其实也只是在一个小小空间里的状态。如果从大的尺度来看，地球，科昂人，未来的盖亚，以及那个有着微缩景观的"午"舱，其实都算是一种封闭的系统，甚至，如果真的敢想的话，宇宙本身，也是一个封闭的系统。如果有些读者朋友有"幽闭恐惧症"的话，估计能够感受到我在故事里暗示的一些场景。

最后，作为一个中国人，我对于土地和农业有着深深的情感，毕竟我们是一个农业大国。想到现在许多在都市里成长起来的孩子真的是"五谷不分"，我还是觉得有些遗憾。因此，也就安排了我们的主人翁以一个农业工作者的面貌出现，最终也以一个真正老农民的身份死亡。在他的一生中，农业成了一个核心的线索。无论是生态圈的构建，还是新人类文明的建立，都把农业的重要性加以突出，目的也是想唤起更多的朋友关注我们的传统农业文化。

毕竟，从历史与现实来考虑，农业改变了地球人类文明的轨迹。我们得以生存在这个星球上，农业是我们的根本；更不要说，我们伟大的祖国的诸多传统，也正是来自农业活动。即使未来科技再发达，在人类文明的底层逻辑中，农业已经被打上了不可磨灭的印记。

"文章千古事，得失寸心知。"我这里也谈不上什么文章，只是一个故事而已。故事，还是应当好看。有些是情节离奇，有些是人物鲜活，有些是想象丰富，有些是描写优美。我在这里倒也不敢自夸，只是觉得在两个方面还算有些自得。

其一，就是我更多地将笔墨着在了探索与思考上，特别是主人翁面对各种现象做出的独立思考，这让他不断面临取舍，直到最终指导自己的行动。就这一点来讲，也算是这个故事比较独特的地方吧。

其二，就是创造了一些概念，一些新的想法，这也算是科幻小说本身的意义吧。除了创造一些名词和独特的活动以外，大概最有独创性的就是对"时熵"的提出、定义，以及对意识本质的探讨。当初写出来只是觉得好玩，但是真的有朋友和我认真讨论过这些。这也让我感受到作为一名科幻作者的小小乐趣。

小说小说，我写你读，虽然比不上学术大餐，但是一些思考倒也还是敝帚自珍，算是个人对一些事物思考的独特表现。恰如故事里所表达的那样，这个生态圈是一个复杂体，生命文明也是一个复杂体，既然是复杂体，那么，就很难真正做出什么完全正确的选择。或者就像在对意识下定义时讲的那样，只有不断地犯错误，才是意识的真谛。

讲故事的人或多或少在故事中都会带上自己的影子，特别是较长的篇幅，也一定会有自己的价值观、人生观浸染其中。希望读者朋友们可以在阅读中获得一些思考的乐趣。如果读者朋友们能够借助我的这一本小说，在获得一些消遣的同时，也给自己带来一段孤独的成长时光，那么我的目的就达到了。

在此，我还是要感谢我的朋友们，是他们的热心与鼓励，才让我这样一个懒惰的人得以有缘将这本书呈现给大家。在此一并感谢！

整本书的最后，其实是想表达一种意境，就是一句话，借此机会送给亲爱的读者朋友们："纵使历尽千山万水，归来仍是少年！"

是为记。

2019 年 8 月 23 日

夏邦于沪上